언어적 **인간**
인간적 **언어**

언어적 인간
인간적 언어

초판 인쇄 · 2020년 3월 15일
초판 발행 · 2020년 3월 25일

지은이 · 박인기
펴낸이 · 한봉숙
펴낸곳 · 푸른사상사

주간 · 맹문재 | 편집 · 지순이 | 교정 · 김수란
등록 · 1999년 7월 8일 제2-2876호
주소 · 경기도 파주시 회동길(서패동) 337-16
대표전화 · 031) 955-9111(2) | 팩시밀리 · 031) 955-9114
이메일 · prun21c@hanmail.net
홈페이지 · http://www.prun21c.com

ⓒ 박인기, 2020

ISBN 979-11-308-1605-0   03810

값 16,500원

푸른사상
산문선

31

주제가 있는 에세이

언어적 **인간**
인간적 **언어**

박인기 산문집

푸른사상
PRUNSASANG

사람과 더불어 살아 움직이는 언어를

1.

여러 해 전 연구 경험 중에 내 공부의 부족으로 고초를 겪은 적이 있다. 아니, 내 공부의 불구성(不具性)이라고 하는 편이 더 적실하겠다. 청소년들의 언어문화를 개선하기 위한 교육자료와 연수자료를 개발하는 일이었다. 말이 '청소년 언어문화 개선'이지, 사실은 욕설 언어와 불량한 언어를 일상의 언어처럼 쓰는 요즘의 청소년 학생들이 언어를 바르게 쓰도록 지도하는 역량을 교사들이 갖도록 하는 연수 프로그램을 개발하는 일이었다. 적지 아니한 분량의 자료를 개발해야 했다. 내가 국어 교수이고, 국어교육 전문가이니 이를 나에게 주문해 온 것은 당연해 보였다. 이 연구를 주문한 쪽에서도 같은 생각이었으리라.

그러나 막상 맡고 보니, 나는 이 과제를 수행할 수가 없었다. 아니 내 나름대로 수행하기는 했지만, 내가 개발한 것들이 실제로 청소년들의 문제 가득한 언어문화를 개선하는 데에 바람직한 영향을 미치고, 상당한 해법을 제공할 수 있는지, 나 스스로 자신이 서지 않았다. 내가 가지고 있는 언어에 대한 소양은 학문 구조적 지식이었다. 내가 언어에 대해서 아는 지식은 고답적이고 딱딱했다. 유연성이 없었다.

이른바 문법으로 수렴되는 언어에 대한 메타 지식일 뿐이었다.

그러고 보니 나는 청소년들 말살이의 실제에 대해서 체험으로 다가가본 바가 없었다. 불량 언어를 일상으로 사용하는 청소년들의 심리적 상흔이나 정서적 결핍을 근거 있게 이해해본 경험도 없었다. 더욱이 이들을 교육적으로 교정하고 감화시키는 어떤 처방과 해법도 나는 만들 수가 없었다. 부랴부랴 상담심리학 전공 교수와 청소년학 전공 교수, 그리고 현장 전문가들을 연구진으로 모셔서 겨우겨우 협동적 연구 체제를 만들어 해결해나갔다. 진땀 나는 일이었다.

젊은이들에게 우리의 모국어를 가르치면서 나는 '살아 있는 말'을 자주 간과하였다. 박제된 언어 규범과 교조적 윤리 규범이 내가 쌓은 전문 내공의 전부이었다. 이 프로젝트를 하면서 '언어의 확장된 작용'을 실제의 말살이에서 구하고, 그것에서 교육의 가능성을 모색하는 데에 눈을 뜨게 되었다고 할까. '언어적 인간'의 실체와 그 행위를 무수히 포획하는 일이 비로소 내게 해법의 가닥을 보여주었다.

그러면서 여러 해 전 EBS에서 〈라디오 화법 여행〉이라는 프로그램을 일 년 동안 했던 경험들이 의미 있게 환기되어왔다. '언어적 인간'의 구체적 모습들을 나의 글쓰기로 불러들이면서, 비로소 '인간적 언어'의 모습이 함께 들어왔다. 이 경험으로 인하여 나는 언어 교육과 관련하여 많이 각성하였다.

2.

나는 국어교육을 전공한 학자로 지내왔다. 일선 교단에서 국어교육 실천자로 시작하여, 한국교육개발원에서 10여 년 연구원 생활, 그리고 대학에서 30여 년의 연구와 강의를 해왔다. 주로 언어와 문학과 교육에 대한 논문을 발표하고, 저술하며 지내왔다. 연구 생활 초반에는 기성의 학문 안으로 들어와 있는 언어와 문학의 지식 체계를 익히고 응용하는 데에 주력했다. 이러한 나의 학문 수행은 변화를 추구하게 된다. 나로서는 의미 있는 변화이다.

언어나 문학 자체에 대한 학문적 관심이 후반에는 '교육'으로 무게 중심을 옮기면서, '인간'에 대한 통찰이 나의 정면으로 다가왔다. 물론 언어나 문학도 인간의 정신 활동에 바탕을 두고 인간의 정신 활동을 돕는 영역이지만, '사람의 발달과 변화'를 직접 탐구하는 교육과는 구분이 된다. 특히 연구의 대상과 실천의 디테일(detail) 면에서 질적인 차이가 있다.

언어학 연구의 대상은 언어 자체이다. 문학 연구의 대상은 문학(문학의 내용)이다. 이에 비해서 교육 연구의 일차적 대상은 '인간'이다. 언어나 문학의 실천 디테일이 '텍스트 소통 행위'에 있다면, 교육의 실천 디테일은 '학습 행위자로서의 인간' 또는 '발달 주체로서의 인간'에 있다. 나는 내가 익힌 언어나 문학의 소양을 소중히 여기면서, '발달 주체로서의 인간'을 주목하는 쪽으로 연구적 관심을 옮겨온 셈이다. 내가 몸담았던 강단이 교사를 양성하는 대학이라는 점이 나를 되돌아보게 했다. 이는 나의 현존성(現存性)과 관련한 일종의 각성이며 자기 변화라 할 수 있다.

그리고 내가 참여했던 연구 개발의 과업들을 통해서 나의 역할 정체성을 되짚어보게 된다. 나의 연구 정체성에 대한 미묘한 흔들림이 내 안에서 생기기도 했다. 자연스럽게 '언어를 실현하는 인간'에 대한 관심이 탐구적 관심으로 옮겨온 듯하다. 그리하여 내가 연구적 소명을 가지고 다가가는 대상으로 '언어적 인간'을 호명해왔다. 그 '언어적

인간'은 심리적으로 사회적으로 '발달하는 인간'이다. 그래서 여기에
실린 글들도 에세이 형식을 빌렸지만, 교육 담론으로서의 성격을 지
닌다.

3.

언어와 인간의 상호작용을 인간의 자리에서 살피며, 언어 없이 살
수 없는 인간을 볼 수 있을 때 '언어적 인간'을 이해한다. 인간은 고등
정신 능력을 지닌 존재이다. 인간은 무엇으로 정신적 자아를 드러내
는 활동을 하는가. 언어의 수행 없이는 불가능하다. 듣고, 말하고, 읽
고, 쓰고, 이런 활동 없이, 어떻게 내 안에 있는 정신을 밖으로 표상할
수 있겠는가. 자아를 드러내는 활동이 최소한의 언어 활동이라면, 타
자와 관계를 맺고, 공동체와 함께 상관하며 수행하는 언어 활동에서
는 끝없이 확장되어가는 언어의 모습을 볼 수 있다.

이렇듯 확장을 거듭하는 언어 활동은 그가 영위하는 삶의 총체라
해도 좋을 것이다. 그의 언어 활동 총체 안에는 인간의 사회적 활동
도 있고, 경제적 활동도 있고, 정치적 활동도 있고, 문화적 활동도 있
다. 활동이 인간의 내면으로 확장될 때는 심리적 정서적 활동으로 확
장된다. 동어반복 같지만, 이를 수행하는 구체적이고 실제적인 도구
는 언어이다.

언어는 그냥 단순한 도구가 아니다. 언어는 도구이면서 동시에 인
간 활동의 본질에 가담한다. 언어는 도구인 동시에 그 도구를 사용하
는 사람의 성정과 인성의 본질에 관여한다. 인간에게서 언어를 버리
라고 한다면, 그것은 곧 인간에게서 '활동'을 제거하라는 것과 다를 바
없다. 언어는 인간의 앎의 형성에 작용하고, 앎의 확장에 가담하고,

삶의 전이를 촉진한다. 언어는 인간의 삶의 형성에 작용하고, 삶의 확장에 가담하고, 삶의 변화를 촉진한다.

밖으로 발화된 것만이 언어가 아니다. 언어는 인간 사고의 내용과 방법으로 마음 안에서도 존재한다. 이렇듯 내적인 언어도 언어이다. 밖으로 터져 나오지 못하고 심정 안에 머물면서 무르익는 감정도 '내적인 언어'로 존재하는 것이다. 언어의 영토는 넓다. 사람의 마음이 살아가는 모든 영토에 언어도 같이 산다. 언어의 역동성이 이러하다. 이는 모두 인간이라는 존재를 중심에 놓고 언어의 작용을 살필 때 얻을 수 있는 통찰이다. 이 통찰이 우리에게 어떤 실천을 요청하는 것, 그것이 바로 '인간적 언어'이다.

국어를 가르치는 사람으로서 항상 염두에 두었던 것은 '언어의 확장된 작용'을 풍성하게 경험하고 실천하도록 하는 것이었다. 풀어서 설명하자면 학교 교육에서 국어 교과가 담당하는 언어적 역량은 '듣고 말하고 읽고 쓰는' 기능적인 리터러시(literacy) 학습을 넘어서서, 실제적 말살이의 지평을 볼 수 있는 데에 이르러야 한다. 언어를 배운다는 것이 궁극적으로는 삶 전체에 작용하는 말살이의 문제에 가닿아야 한다는 것이다. 교육은 이를 실천으로 경험하는 장이 되어야 한다고 생각했다. 이 책은 그런 기대를 조금이라도 반영하고자 한 고민의 흔적이라 할 수 있다.

한 사람이 성장한다는 것을, 사회적 언어 역량으로 해석해보면, 말살이가 단순하지 않음을 깨우쳐가는 과정이다. 심리적 언어 역량으로 해석해보면, 말 사용의 묘미를 알고 그 지평을 스스로 넓혀가는 것이라 하겠다. 이렇게 개인의 인성, 사회적 환경과 문화, 상황적 맥락을 통합하여 언어 사용을 확장할 수 있는 역량을 길러, 더 성숙한 언어 생활을 하게 되는 것이 '발달'이다. 더구나 요즘에는 언어 사용의 맥락으로 인터넷 등의 다양한 매체가 관여하고, 그 안에서 기호, 하이퍼텍스트, 그림, 카툰, 영상 등과 연결된다. 다채롭고 복합적인 리터러시를 구사할 수 있는 확장된 경험을 요구받는 것이다.

이 책은 그러한 '언어적 인간'에 대해서 이런저런 통찰과 숙고를 해보도록 하였다. 동시에 '인간적 언어'에 대한 지향을 품도록 하였다. 이는 '말살이의 경험'을 유기적으로, 또 자기 주도적으로 확장하여 '말살이의 지혜'로 나아가도록 하는 의욕을 담아보려 한 것이라 할 수 있다. 그런 의미에서 말살이와 관련된 체험의 요소들을 구체적 사태의 구체적 이야기(narrative)로 접해볼 수 있도록 구성하였다.

단순히 구어의 체험만을 강조하는 데에 머물지 않았다. 읽기와 글쓰기의 체험, 그리고 문학이 '체험의 말살이'의 구체적 장면에서 독자들과 만나기를 기대하였다. 독자들의 말살이 체험도 이 책의 어디에서나 상륙하여 의미 있는 교두보를 마련할 수 있기를 기대한다.

이 책을 교육 담론으로만 이해하는 것은 이 책에 대한 절반의 이해이다. 이 서문의 앞자락에서 언어 교육의 지향과 이상을 강조하여 밝힌 것이 그런 인상을 주었을 수도 있다. 그러나 이 책은 교양 담론이기도 하다. 이 책의 실제 내용은 민주 시민의 교양 담론에 훨씬 더 가깝다. 사실 교육과 교양은 그것이 인간 정신의 성숙과 고양을 가져온다는 맥락에서는 동의어라 할 수 있다. 인간의 언어 사용에 그림자처럼 따라붙는 덕성의 자질이 교육 담론으로서의 가치를 전한다면, 사회적 환경과 기술의 생태 속에서 현대인의 커뮤니케이션의 기술(skill)을 논하는 대목은 교양 담론의 자질을 띤다. 이 책이 두루 널리 다가갈 수 있기를 기대한다.

책이 나오기까지 많은 도움을 받았다. 여기에 쓴 글은 교육 저널 『새교육』에 「박인기의 말에게 말 걸기」라는 칼럼으로 기고했던 글 가운데 선정하여, 이 책의 기획 의도에 맞게 다시 다듬은 글이다. 그동안 글쓰기의 자리를 베풀어준 『새교육』에 큰 감사를 드린다. 그리고 내 게으른 글쓰기에 언제나 도반(道伴)이 되어주는 우한용 교수의 우정 어린 격려가 없었다면 이 책은 세상에 나오기 어려웠을 것이다. 또 나의 글쓰기 서재를 늘 청신하게 하며, 내 글쓰기를 사랑으로 북돋우는 아내 고정선에게 감사의 마음을 나타내고 싶다. 글 쓰는 존재로서의 아버지를 신뢰해주는 종윤, 늘 아버지 글의 진지한 독자이었던 나에 딸 혜강에게도 나의 믿음을 보낸다.

2020년 3월
방이동 서재에서, 박인기 쓰다.

차례 ●

연어적 인간 인간적 연어

제3부　언어와 인성 사이

생각 화두 | 사람 냄새가 나는 사람을 찾습니다

언어적 인간 인간적 언어

제1부

말의 힘, 마음의 힘

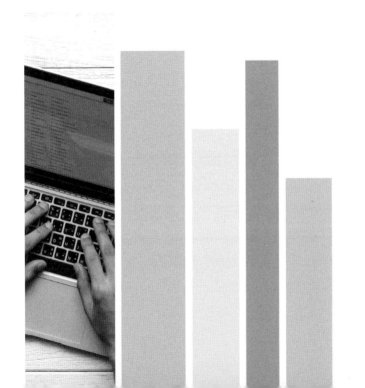

생각 화두 | 진정한 힘은 보이지 않는다.

합리주의에 대한 비판적 성찰을 바탕으로 이상적인 철학을 꿈꾸었던, 18세기 미국의 철학자 에머슨(Ralph Waldo Emerson, 1803~1882)은 우리에게도 잘 알려진 사상가입니다. 그는 '사람의 내면에 깃들어 있는 정신적인 잠재력에 대한 믿음'을 강조했습니다. 그리고 이를 종교적 · 철학적 · 윤리적 운동의 방향으로 삼았습니다. 에머슨의 어록 하나가 눈에 들어옵니다.

"비난이 칭찬보다 안전하다. 하나부터 열까지 나에게 불리한 말을 듣고 있노라면 성공할 것 같은 확신이 든다. 그러나 꿀처럼 달콤한 칭찬의 말을 들으면, 아무런 대책 없이 적 앞에 나선 것처럼 느껴진다. 우리가 비난에 굴복하지 않는 한, 모든 비난은 은인과 같다. 칭찬의 유혹에 저항하는 만큼 우리의 힘은 강해진다."

나를 향한 비난의 말을 은인처럼 여기라고 합니다. 비난의 말, 그 말 자체에 빠지지 말고, 그걸 받아들이는 마음의 태도가 중요하다는 뜻으로 생각합니다. 비난의 말을 했는데, 비난으로 여기지 않는다면, 그 '말'이란 무엇인가요. 말만으로는 언뜻 해법이 안 보입니다. 말 그 자체에 함몰되지 않는 경지란 어떤 경지이겠습니까. 그 말을, 안 보이게 숨어서 통어하는 '마음'을 보지 않고서는, 말의 의미 작용을 제대로 알 수 없음을 헤아리게 됩니다.

어떤 상황에서 말이 상대에게 구체적으로 어떤 힘과 영향을 발휘하는지를, 실용의 차원에서 연구하는 분야를 '화용론(話用論, Pragmatics)'이라고 합니다. 듣는 언어의 작용도 마찬가지입니다. 화용론 연구자들은 대화를 녹취하여 화자의 의도를 분석하고, 그 의도가 대화 상대에게 어떤 의미로 받아들였는지를 분석합니다. '말한 사람의 의도'와 '실제로 입을 통해서 나온 발화의 의미'는 어떻게 다를 수 있는지, 관심 있게 다룹니다. 의도한 대로 의미가 잘 받아들여졌다면, 화자의 말은 힘을 제대로 발휘한 것입니다.

말의 힘이란 무엇일까요? 위력과 위세를 겉으로 드러나게 뚜렷하게 지닌, 그런 말만이 말의 힘을 보여주는 것은 아닙니다. 전쟁터에서 공격 명령을 내리는 장수의 말에서만 말의 힘을 보아서는 아니 될 것입니다. 일상의 모든 사소해 보이는 말에도 그 나름의 힘은 있습니다. 그렇습니다. 일상의 사소한 말에도 힘이 있습니다. 말의 힘은 말에서 나오는 것처럼 보이지만, 그건 피상적인 관찰입니다. 내 마음의 거울을 거쳐서 밖으로 드러난 것이 말 아니겠습니까. 그런데 마음이란, 마음의 작용이란 겉으로 잘 보이지 않습니다. 에머슨의 저 어록을 보십시오. '비난의 말'을 받아내는 것은 마음입니다. 말은 '보이지 않는 마음'의 작용을 받습니다.

위력과 위세를 지닌 말에는 위대한 마음이 작용하고, 사소한 일상의 말에는 빈약한 마음이 작용할까요. 그렇다고 믿는 사람들은 당연히 위세의 말을 찾아 나서겠지요. '마음'은 보지 못하고 '말'에만 사로잡히기 쉽습니다. '말 잘하는 사람'이 되려고 하는 사람들이 이 대목에서 휘둘리기 쉽습니다. '잘 말하는 사람'은 '마음'을 보려고 합니다. 사람의 마음이란 정말 간단치 않아서 마음이 말에 끼치는 그 복잡한 정신의 프로세스를 헤아리기 힘듭니다.

내가 세상을 향해서 보낸 말과 글은 무수히 많은 소통의 네트워크를 통해 공유되고, 그 공유는 다방면으로 확장되어갑니다. 그리고 나의 메시지는 무수히 많은 굴절과 변용의 회로를 통해서 어딘가에서 누군가에게 어떤 힘을 발휘하고 있을까요. 200년 전 저 에머슨의 언어는 지금 나에게 어떤 소통의 프로세스로 다가와, 나의 마음에 의미의 자리를 들이고 있는가요. 말의 힘이든, 마음의 힘이든 그 유장한 과정과 심오한 모습은 눈으로 보이지 않음이 당연합니다.

말의 힘과 마음의 힘은 나란히 작용합니다. 말의 힘 같지만, 마음의 힘이 숨어서 말에 작용합니다. 마음의 힘은 말의 힘과 손잡음으로써 실체화됩니다. 그러므로 언어와 마음 사이에서 빚어지는 의미의 작용은 오묘하고 심원합니다. 공학적 운용(engineering operation)의 '말 기술' 차원으로는 도저히 따라잡을 수 없는, 말과 마음의 경지가 있습니다. 말의 힘이 눈에 보인다면, 그것은 지혜가 소거된 옹색한 말 기술일 수 있습니다. 진정한 힘은 보이지 않습니다.

여기 제1부에서는 말의 힘에 대해서 여러가지 생각을 모았습니다. 사람을 살리는 말의 힘, 사람을 죽이는 말의 힘을 각자의 경험 안에서 꺼내어보십시오. 자아를 바르게 곧추세우는 언어의 힘에 대해서 들여다보았습니다. 기원의 언어가 주는 힘이 있는가 하면, 집단 무의식을 각성하게 하는 신화 언어의 힘도 있습니다. 분노와 대결하는 언어의 힘, 초월의 언어로 직관을 다스리는 힘, 말에 대한 메타 성찰(meta reflection)의 힘, 일상의 불편한 감정을 이성적으로 해부하게 하는 언어의 힘 등을 생각해 봅니다. 그런 생각을 펴는 동안 새로운 지혜를 볼 수 있습니다. 또 내가 감당하여 헤치고 나가는 문제들에 말의 힘과 마음의 힘이 어떻게 작용하는지 생각해 봅시다. 무엇보다도 그 힘이 어떻게 숨어서 나를 변화시키는지 살펴보아 주시기 바랍니다.

단호함에 관하여

1

'단호(斷乎)함'! 사전에서 풀이한 이 말의 뜻은 참 좋다. '꽉 단정하여 흔들림 없이 엄격함', 이렇게 풀이되어 있다. 사전의 말들도 세상에 내려오면 세상 먼지를 다 덮어쓴다. 말이란 항상 어떤 맥락 속에 있다고 할 수 있는데, 사전에 있는 어떤 말이 세상에 내려와 속진(俗塵)을 다 덮어쓴다는 것은, 곧 그 말이 우리 인생살이의 어떤 맥락 속으로 들어와 구체적으로 쓰일 때 말에도 때가 묻는다는 것을 의미한다. 예를 들어보자.

직장에서 언제나 단호하고, 그래서 아랫사람들에게 무섭게 화를 잘 내는 상사들은 어떤 심리 기제를 가진 사람일까. 학술지『심리과학(Psychological Science)』 2009년 11월호는 이 점에 대해서 재미있는 연구 결과를 보여주고 있다. 미국 남가주대학의 패스트 교수와 캘리포니아대학 버클리의 첸 교수의 공동 연구에 따르면, 부하들을 단호한 어조로 못살게 괴롭히는 상사는 자신의 열등감 때문에 그렇게 하는 면이 있다는 것이다. 이렇게 공격적이고 단호하기만 한 상사는 부하들의 아첨에는 금방 부드러워진다. 열등감의 순간적 해소에는 아부를 받는 것보다 나은 약이 없다는 것일까.

실험 결과는 이렇다. 누군가에게 벌을 줄 때, 권력은 있지만 스스로 무능하다고 생각하는 사람은 가장 큰 소리로 벌을 주었다. 반면 권력도 있고 스스로 유능하다고 생각하는 사람은 조용한 소리로 벌을 주었다. 권력도 없고 능력도 없는 사람들도 조용한 소리로 벌을 주었다. 단호함을 가져오게 하는 원천에는 두려움이 있다. 이 경우에는 내가 무능하다는 것에 대한 두려움이다. 단호함은 두려움을 가까스로 피해 가려는 심리 기제의 일종이다. 단호함의 근원을 용기나 용감함이라고 생각하는 것은 피상적 관찰이다. 조금만 주의해서 보면 대부분의 단호함은 두려움에서 온다. 물론 진정한 단호함은 문제적 상황을 온몸으로 감당하겠다는 의연함에서 오는 것이라 할 수 있다. 그러나 이것 역시 두려움을 두려워하지 않으려는 강력한 자기최면의 일종일 수 있다.

단호함은 두려움과 더불어 조급함과도 손을 잡고 있다. 구태여 유보하지 않으려는 의지라고 할 수 있겠는데, 물러서지 않겠다는 의지와 결부하여 조급함을 정당화한다. 그 조급함을 따라가다 보면, 단호함에는 타자를 인정하지 않으려는 무의식이 개재되어 있음도 알 수 있다. 단호함은, 상대에 대한 극단의 거부처럼 보이지만, 사실은 내가 나를 향해서 다그치는 행위로도 볼 수 있다. 그렇게 단순화시켜서 보면 단호함은 내가 나 자신을 걸고넘어지는 것, 즉 나 자신에 대한 반응 그 이상도 그 이하도 아니다.

강력한 단호함일수록 그 주인공은 옆도 뒤도 돌아보지 않고 오로지 단호하기 위해서 앞으로만 나아간다. 내가 나 자신을 걸고넘어지는 정신적 기제가 드러나는 대목이다. 그래서 도에 넘치는 단호함은 일종의 자폐처럼 자기 자신을 가두어놓는다. 단호함은 주변에서 만류를 받을 때 더 의기양양해진다. 반면에 아무도 관심 가져주지 않는 단호함은 사무친 외로움 속에서 스스로 소멸되는 경우가 대부분이다.

2

단호함은 한번 액션을 취하고 나면 그 이후 달리 뾰족한 대책을 가지기가 어렵다. '단호하게' 천명한 그대로 나아가서 옥쇄를 하는 방법밖에는 없다고 해야 할 것이다. 그런 점에서 자주 단호함을 취하는 사람에게서 지혜롭기를 기대하기는 지극히 어렵다. 어떤 다른 대안도 준비하지 않기 때문에 그렇다. 만약 오래 지속할 수 있는 단호함이 있다면, 그 단호함은 가치 있고 품격 있는 단호함이 될 가능성이 많다.

'단호함'이 매력 있어 보인다고 단호함을 억지로 연출하는 사람들도 없지 않은 듯하다. 단호함을 가지고 멋쟁이 스타일리스트를 만드는 기술로 삼겠다는 것이다. 기표(記標)와 외식(外飾)의 디자인으로 사람들 눈길을 사로잡아가는 시대에 살고 있으니 말이다. 이런 단호함의 기술로 매력의 포인트를 연출하려는 캐릭터가 대중 미디어의 드라마에서는 심심찮게 보인다. 아예 주인공 캐릭터를 단호함의 전형(흔히들 'concept'라 말하는)으로 설정해놓고 시작을 한다. 드라마는 드라마일 뿐이라고 무시할 일이 아니다. 실제로 이런 인물들이 매력 있는 인간상인 양 대중들에게 받아들여진다는 점이다. 아니, 그런 단호함을 장식처럼 연출하며 사는 사람들을 괜찮은 매력의 대상으로 바라보고 모방하려는 사람도 많다.

요즘의 단호함은 아무래도 보여주기 위해서 연출되는 경우가 더 많은 것 같다. 단호함이 그런 식으로 연출되다 보면, 단호함에 개입되는 언어들이 마침내 왜곡된다. 단호함을 표명하는 언어 가운데 가장 최상급의 단호함은 아마도 '죽음을 결심하고' 취하는 단호함일 것이다. '결사반대(決死反對)'라는 구호가 바로 그것일진대, 정녕 우리는 얼마나 진정으로 목숨을 걸고 '결사반대'의 단호함을 드러내는가.

길거리 고층건물 공사판을 가다 보면 인근 아파트촌에 내걸린 현수막에서 '일조권 침해하는 고층빌딩 결사반대' 구호를 심심치 않게 발견한다. 구호에서 숨 막히는 결단의 긴장이 정말로 느껴지는가. 단호해 보이려는 노력은 읽을 수 있으나 단호함이 확연하게 와닿지는 않는다. 저렇게라도 해야 건물주 측으로부터 보상금을 받을 수 있다는 설명을 들노라면, 이해타산에 빠듯해지고, 노골노골해진 단호함에 연민이 간다. 단호함은 극한의 심리 상황인데, 협상의 수단쯤으로 추락해버린 것이다. 그래서 일찍이 단호함은 선전선동 전략의 단골 메뉴로 동원되었고, 탄원서나 선언서의 수사학적 용도로 그 지위를 부여받아오기도 했다. '벼랑 끝 전술'의 제스처도 짐짓 단호함으로 나타난다. 이렇듯 단호함의 언어가 상투화되면,

대체로 단호함은 자기 속임의 나락으로 떨어지기 십상이다. 그렇다면 정작 진짜 단호함은 어디에 가서 얼굴을 내밀어야 하는가.

3

단호함의 천적은 무엇일까. 단호함의 킬러(killer)는 누구일까. 나는 그것을 '시간'이라고 생각한다. 모든 단호함은 시간 앞에서 속절없이 방전(放電)되고 만다. 이 세상에 시간을 이기는 단호함은 없다. 굳이 있다고 강변한다면, 아마도 그것은 '죽음'이리라. 사실 단호함은 여기(죽음)에 이르러서야 그 말의 값을 하는 셈이 된다. 그러나 단호함이든 단호함의 말이든 다 살자고 하는 일이다. 세상의 영역에서 '단호함'을 논하는데 이 세상 너머 저세상을 먼저 상정하는 것은 적절치 않다.

어쨌든 단호함은 시간 앞에 무력하다. 시간이 흐르면서 단호함의 에너지는 방전되고 만다. 방전된 단호함을 일으켜 세우려고 또 다른 단호함으로 충전하는 일은 엄청 힘들기도 하거니와 위태롭기도 하다. 그리고 보면 세상 삼라만상 가운데 시간을 대적하여 이기는 자가 누가 있으랴. 그런 중에도 유독 '단호함'은 시간 앞에 약하다. 그런데도 사람들은 단호함을 시간으로 감당하려는 지혜를 발휘하지 못하고, 단호함을 단호함으로 대처하려 한다. 단호함을 단호함으로 대응하는 것은 가장 저급한 방책이라 아니할 수 없다. 그것은 대체로 참극을 불러오기에 꼭 맞다. 그래서 단호함이 가장 잘 어울려 지내는 말은 '용감'도 아니고, '결단'도 아니고, '씩씩함'도 아니다. '단호함'과 가장 잘 어울려 지내는 말은 '보복'이란 말이다.

　이웃 간에 주차 공간을 놓고 말다툼을 하다가 마침내 칼부림까지 하여 살인에 이르는 뉴스를 보면서, 단호함이 얼마나 어리석은 오기인가를 깨닫게 된다. 아마도 그러했으리라. "너 자동차 여기에 대었다간 죽는 줄 알아!" 얼마나 단호했을까. 그 단호함의 언어를 배설하는 순간 얼마나 짜릿했을까. 상대가 차를 다시 대어놓은 것을 발견한 순간, 흉기를 들고 나가면서 이렇게 말했겠지. "나는 같은 말 두 번 하지 않아. 너는 죽음이야." 이렇게 말하는 동안 그의 단호함은 깃발을 펄럭이듯 오연(傲然)하고 심지어는 정의롭다고도 느껴졌겠지. 그렇게 흥분과 충동에 지배되는 단호함은 저급한 말초적 쾌락과 같은 반열에 있다. 그리고 눈 깜짝할 사이에 흉기가 내려쳐지고 살인이 초래되었을 것이다. 그때 시간의 신은 어디로 잠적하고 있었단 말인가. 시간이 곧 지혜임을 왜 그렇게 몰랐단 말인가.

4

　문제는 '단호함' 그 자체를 추구해서는 단호함의 매력을 살릴 수 없다는 것. 삶의 부조리함에 깊이 고뇌하고, 마침내 결연해지는 모습이 어느 한순간 단호함으로 피어나야 한다. 사랑과 의리의 간곡함에 깊이 갈등하고 마침내 혼신의 힘으로 나를 던져버리는 순간의 단호한 언어와 표정, 그것이 빚어내는 행위를 일러 '단호함의 미학'이라 불러야 좋을 것이다. 그러므로 '단호함'의 기술과 연출만을 의식해서는 단호함의 미학에 이를 수 없는 것이다.

단호함이 극명하게 표출되는 가장 자연스러운 모습은 운동선수들이 '기합(氣合)'을 넣는 장면에서 볼 수 있다. 태권도 선수가 집중된 기(氣)와 힘으로 여러 장의 벽돌을 격파할 때의 기합은 단호함의 외적 표상으로 일품이다. 짧은 그 한순간의 단호한 격파를 위해 무수히 긴 시간의 내공이 일순에 응축되었을 것이다.

유도 선수의 기합은 또 어떠한가. 한 찰나로 상대의 무게중심을 간파하여 순간의 힘과 오랜 내공의 감각으로 전광석화와도 같이 업어치기 일격을 가한다. 이럴 때 내지르는 유도 선수의 기합은 '단호함의 예술'이라 일컬어도 좋으리라. 여기까지 생각이 미치면, '단호함의 예술'이란 결국 자기와의 대결로 오래 치달아온 사람만이 터득할 수 있는 것이란 생각이 든다. 어떤 단호함이 풍성한 자기도야(自己陶冶)의 힘에 의해서 자연스럽게 생겨났다면, 참으로 아름다울 수 있을 것이다.

단호함으로도 감동을 빚어내는 소통의 장면을 기대할 수 있을까. 단호함의 미학으로 '대화적 인격'을 어떻게 갖출 것인가. 삶의 숙제 하나를 마음에 더 얹어본다.

'팩트'는 없다

1

'팩트(fact)'라는 말이 부쩍 많이 쓰인다. 나는 이 말이 많이 낯설다. 친해지지 않는다. 이보다 더 단정하고 의미가 분명한 '사실(事實)'이란 우리말을 제쳐두고, 굳이 영어 '팩트'를 쓰는 작태가 마땅치 않다. 그건 그렇다 치고, '팩트'라는 말이 유행어처럼 횡행하는 데는 우리들 사회나 심리의 어떤 성향에 숨어 있는 불편한 진면목이 보이기도 한다.

텔레비전 토론에서 팩트 논쟁이 자주 벌어진다. 정치인들이 패널로 나올 때는 유독 심하다. "지금 말씀하신 것, 팩트 자체가 잘못되었어요!" "팩트는 그게 아닙니다!" "들도 보도 못한 말씀을 하는데, 내가 팩트를 바로잡아줄까요." "팩트를 제대로 알고 말씀하세요!" "지금 내가 말하는 것이 팩트입니다!" 대개 이런 식이다. 어떤 토론은 본격적인 논의는커녕 팩트 여부를 가지고 싸우다가 시간을 보내는, 그야말로 본말이 뒤바뀌는 경우도 있다. 오죽하면 모 TV 매체에서는 '팩트 체크'라는 프로그램을 편성하기까지 했을까.

　　토론에서 이렇게 '팩트' 싸움이 벌어지는 것은 바람직하지 않다. 왜냐하면 패널들이 서로 사실이 아닌 내용, 즉 거짓말을 하고 있다는 것을 뜻하기 때문이다. 딱히 의도적인 거짓말은 아니라 하더라도, 무언가 왜곡된 사실을 믿는(또는 사실을 왜곡하는) 사람들이 토론에 참가하고 있다는 증거이기도 하기 때문이다. 그렇다면 상대가 팩트를 잘못 알고 있다고 말하며, 자기의 말이 팩트라고 하는 사람은 절대적으로 객관적이고 절대적으로 공정하며, 그래서 어떤 진실을 잘 담보하고 있는가. 팩트 논의가 요란한 토론 장면을 지켜본 사람들이라면 누구나 느끼겠지만, 그쪽 역시 딱히 신뢰가 가지 않기는 마찬가지이다.

　　팩트인지 아닌지를 밝힌다고 바로 진실(truth)이 확보되는 것은 아니다. 모순적이게도 팩트(fact)가 진실(truth)의 편이 아닐 수도 있다. 아니 그런 경우가 의외로 많다. 팩트는 '사실 그 자체'일 뿐, 팩트가 그대로 '현상의 진실'이 되는 것은 아니다. 진실은 수많은 팩트 간의 호응으로 드러난다. 사람들은 수많은 팩트 중에서 '내가 선택한 팩트'를 중심으로 그 어떤 '진실'을 구성하려 한다. '내가 선택한 팩트'와 '내가 선택하지 않은 팩트', 그 사이에는 내가 무조건 믿으려고 하는 모종의 이데올로기가 관여하는 것이다. 그래서 겉으로는 상대방의 팩트 착오를 비판하지만, 그 속마음은 '내가 택한 팩트'를 상대가 택하지 않음에 대한 불만을 이야기하는 셈이다.

　　달리 말하면 '내가 선택한 팩트'와 '내가 선택하지 않은 팩트'가 서로 갈라지게 될 때, 그 과정에서 나의 주관(subjectivity)이 형성되는 것이다. 이 과정에서 '나는 왜 다른 팩트들은 선택하지 아니하는가?를 자문해보아야 한다. 이는 일종의 '반성적 사고'이다. 양자를 균형 있게 취함으로써 '사실'에서 '진실'로 나아가는 생각의 통로를 만들 수 있기 때문이다. '회의(懷疑)하는 지성'이라면 마땅히 취해야 할 사고의 방식이라 할 수 있다. 그러는 과정에서 나의 주장과 인식이 편협해지지 않았는지 스스로 비판해야 할 것이다. 말은 쉬워도 실제로는 여간 어려운 일이 아니다.

2

「라쇼몽(羅生門)」은 일본 근대문학의 봉우리인 아쿠타가와 류노스케(芥川龍之介, 1892~1927)의 대표작이다. 일본다운 분위기(locality)를 자아내면서도, 인간 존재의 모순됨을 다룬 이 작품의 주제는 '인간 인식의 한계'라는 보편성(universality)을 잘 담아낸 작품이다. 연극과 영화로 만들어져 널리 소통된 작품이기도 하다. 연출가에 따라 다양한 '인간 탐구'의 진경을 보여준다.

이야기는 이러하다. 한 사무라이 부부가 먼 길을 가다가, 사무라이는 죽고 부인은 겁탈을 당한다. 살인죄로 체포된 산적과 사무라이의 아내가 사건을 증언한다. 죽은 사무라이도 그 혼이 무당의 입을 빌려 사건을 증언한다.

먼저 산적이 증언한다. 그는 사무라이 부인의 미모에 혹하여 사무라이를 나무에 묶은 뒤 부인을 겁탈했다고 말한다. 그리고 부인에게 자신과 살자고 했단다. 부인은 사무라이와 산적이 결투를 벌이면 이긴 사람을 따르겠다고 했단다. 그래서 산적은 사무라이와 정정당당하게 결투를 벌여 그를 죽게 했다고 한다. 살인한 것이 아니라 결투를 했다는 것이다.

부인의 증언은 이러하다. 산적은 자신을 범한 후에 가버렸고, 정조를 잃은 그녀를 바라보는 남편의 눈빛은 그녀를 극도로 모멸하는 것이었다고 했다. 그 순간 그녀가 들고 있던 단검에 남편이 찔려 죽었다는 것이었다.

남편인 사무라이의 혼백은 이렇게 말한다. 산적에게 강간당한 부인은 산적에게 남편을 죽이고 자신을 데려가줄 것을 애원했단다. 산적은 그녀의 말에 화를 내고 오히려 사무라이를 풀어주고 사라졌다는 것이다. 명예를 잃은 치욕감과 부인에게 당한 배신감으로 자기는 그 자리에서 자결했다고 말한다.

숲속에서 이들을 몰래 지켜보았다는 나무꾼은 말은 이렇다. 산적은 우는 여자 앞에서 자기와 같이 살면 무엇이든 해주겠다고 하더라. 그러자 여자는 단도를 들고 남편에게 달려가 결박을 풀어주고 남편과 산적 사이에서 울더라. 산적은 결투를 벌여 여자를 얻으려 했지만, 사무라이는 산적에게 이런 여자를 위해 목숨을 걸 순 없다고 말하더라. 그러면서 아내더러 자결하라고 했다. 산적도 떠나려 했다. 여자는 남편에게 산적을 죽이지 못하면 남편의 자격이 없다고 말한다. 산적에게는 사랑의 열정이 없음을 탓한다. 이에 두 남자는 결투를 하더라. 산적이 사무라이를 죽이는 사이 여자는 도망을 가버렸다. 나무꾼의 말은 대략 이러한데, 그의 말도 믿을 수가 없다. 진주가 박힌 값비싼 여자의 단도를 훔친 도둑이기 때문이다.

(김용길, 「라쇼몽 현상」 참조, http://cafe.daum.net/cp0128/Efqk/51)

사건에 참여했던 네 사람은 각기 팩트를 이야기하지만, 그 팩트는 모두 다르다. 인간의 의식 행위 속에 소위 '팩트'라는 것이 어떻게 자리 잡을 수 있는지를 그 어떤 심리학의 추적보다도 더 예리하게 보여주는 작품이다. 객관적 팩트라고 믿고 있는 것이 얼마나 진실을 훼손할 수 있는지를 생각하게 한다. 인간에게 절대 객관의 기억이 있을 수 있을까. 단지 '해석된 기억', 다시 말해서 '주관화된 기억'만 있는 것 아닌가. 인간은 기억하고 싶은 것만 기억한다. 이런 속성을 두고 '라쇼몽 효과'라는 용어가 생기기도 했다. 새삼 인간의 인식과 그것을 드러내는 말이란 얼마나 불완전하고 부조리한지를 깨닫게 된다. 이는 아마도 신이 유한한 존재인 인간에게 피할 수 없는 '인간의 조건'으로 준 것인지도 모르겠다.

3

팩트는 어디에 있는가. 사건 현장에 객관으로 존재하는가. 내 마음에 주관으로 존재하는가. 양쪽에 다 있는가. 양쪽에 다 존재하는 팩트는 서로 같은 것인가 다른 것인가. 팩트는 객관으로 존재하는 듯해도 주관으로 나타나기 십상이다. 세상에는 진실을 떠받치는 팩트만큼이나 진실을 가리는 팩트도 많다. 그래서 팩트를 무조건 절대시하는 인식은 위태롭다. 인간 자체가 절대의 팩트를 보는 능력이 없기 때문이다. 인간의 욕망이 편견을 낳고, 편견은 팩트(사실)를 왜곡시키고 싶은 충동의 나락으로 인간을 밀어 넣는다. 그래서 인간 사회에서 두루 널리 인정받을 수 있는 팩트는 설 자리가 없다.

'사실'이라는 부사를 습관처럼 말머리에 붙이고 사는 사람들을 볼 수 있다. 이런 식이다. "사실 한국이 멕시코에 패한 건 말도 안 돼요." 그 반대의 진술도 '사실'로 시작한다. "사실 한국이 멕시코에 패한 것도 이해를 해요." 그렇다면 진짜 '객관의 사실'은 무엇인가. 사실이라고 하면서 자신의 주관적 감정이나 편견이나 욕구를 객관의 진실인 양 늘어놓는다. "사실 돈이 중요하지 사랑이 밥 먹여줍니까." "사실 그 사람 믿을 수가 없어요." "사실 나는 잘못이 없어요. 사실 약속 못 지킨 것이 무어 그리 큰 죄입니까." 이렇게 '사실' 중독증에 걸린 사람들은 자기가 진리를 말하고 있는 양 착각을 한다. 실제로 말머리에 '사실'을 상투어처럼 앞세우는 사람들은 대체로 그 화행(話行, speech act)이 공격적이고 목소리도 크다. 그리고 그 심리적 태도는 '나는 오류가 없는 사람이야!'에 가까운 성향을 띤다.

팩트에 대한 믿음을 과도하게 가지면, 사실이 아닌 것도 사실로 보려는 데로 이끌린다. 그것이 움직일 수 없는 엄정한 사실이기를 바라는 욕구 때문에 자신의 말을 절대화한다. 내가 말하면 사실처럼 된다는 묘한 착각에 빠지는 것이다. 이는 결국 자기 말에 자기가 속는, 자기 속임으로 빠지게 한다. 자기 속임의 불행은 자기가 속는다는 사실을 본인이 모른다는 데에 있다. 그러니 평상시에 아예 "팩트는 없다."라는 최면을 걸어두는 것은 어떨까. 진정한 팩트를 향해서 더 신중하고 더 성숙한 통찰을 기르기 위해서 말이다.

띄우기와 죽이기

1

야유회나 회식 자리 같은 비공식적인 자리에서 흔히 우리는 그 누군가를 좋은 쪽으로 부각시키면서, 자신도 모르는 사이에 다른 제삼자를 희생양으로 삼는 버릇이 있다. 그렇게 하는 것이 유머를 구사하는 것인 줄 아는 사람도 많다. 예컨대 머리가 좋은 홍길동 선생을 무대 앞으로 소개하여 불러내며, 사회자는 이렇게 말한다.

"우리 회사 최고의 브레인, 홍길동 대리를 소개합니다. 참고로 말씀드리면, 우리 회사의 이몽룡 씨와 박대한 씨, 이 두 분의 IQ를 합쳐도, 여기 나오신 홍길동 대리의 IQ에 미치지 못합니다."

일순 좌중에는 웃음이 터지고, 졸지에 아둔한 두뇌의 소유자가 된 이몽룡 씨와 박대한 씨는 그냥 아무렇지도 않은 듯 벙벙한 웃음을 따라 웃는다. 무어라고 언짢은 감정을 호소하기에는 망설임이 있다. '대범하지 못하고 좁쌀영감 같다.'는 평판을 들을까 두렵기도 때문이다. 웃자고 한 소리인데, 놀자고 한 소리인데, 하는 한마디에 다 묻혀버린다.

누군가를 좋은 쪽으로 부각시키는 것을 두고, 요즘은 '띄운다'는 말을 쓴다. '띄운다'는 말은, 본래는 어떤 사물을 물 위나 공중에 뜨게 한다는 뜻의 말이다. '연을 띄우다', '배를 띄우다' 등이 바로 그런 용례이다. 그런데 이 '띄운다'는 말이 사람을 상대로 해서도 쓰이게 된 것은 근자의 일이다. 그럴 만한 자질이 있어서 치켜세우는 것도 띄우기이고, 단순히 힘을 실어주고 격려를 해주기 위해 치켜세우는 것도 띄우기이다. 아무개 띄우기는 아무개의 장점을 전제로 하는 것이다.

그렇다면 '띄우기'의 반대는 무엇일까. 순전히 물리적으로만 보면, '가라앉히기'가 '띄우기'의 반대말이 될 수 있다. 그런데 물질계가 아닌, 인간계로 오면 말도 변덕을 부린다. 요즘 사람들은 '띄우기'의 반대어로 '죽이기'를 쓴다. 누군가를 나쁜 쪽으로 부각시켜 사람들로부터 지탄받게 하고, 마침내 여러 사람으로부터 외면당하게 만드는 일은 '죽이기'라고 해야 한다. 예전에는 '매장시키기'라는 말을 많이 썼는데, 그 역시 '죽이기'의 뜻을 지니고 있는 말이다. 유명 정치인들의 이름 뒤에 '죽이기'라는 말이 덧붙여 쓰이는 것을 보면, '죽이기'가 '띄우기'의 반대말이 될 수 있음을 실감할 수 있다.

그런데 '띄우기'와 '죽이기'의 관계가 그리 단순치 않다. 이 둘이 내내 반대의 자리에서 서로 다른 방향으로 가는 감정의 선이라면 만사가 명료해서 좋을 것이다. '띄우기'는 오로지 띄우기만 하고,

'죽이기'는 오로지 죽이기만 하는 구조라면 달리 복잡할 것이 없다.

문제는 '띄우기' 안에 '죽이기'가 나란히 같이 가고 있고, '죽이기' 안에 '띄우기'가 덧씌워져 있다는 점이다. 서두의 사례에서 보듯 브레인 홍길동 대리를 띄우기 위해서 이몽룡 씨와 박대한 씨에 대한 죽이기가 함께 이루어지지 않았던가.

2

이런 띄우기 현상이 어찌 야유회나 회식 자리에서만 나타나겠는가. 선거 유세의 장면에서 띄우기는 오로지 죽이기를 통해서만 가능한 것처럼 보인다. 참으로 극성스럽다. 술자리에서 기고만장하여 내가 나를 띄우는 말을 하다보면 또 얼마나 많은 사람들이 나의 편견 속에서 죽이기를 당하는가. 출판 기념회 따위의 각종 홍보 행사는 띄우기가 공인된 장소이다. 내빈 축사 스피치는 오늘의 주인공 띄우기를 훨씬 지나, 어느새 오늘의 주인공의 라이벌인 그 누군가를 죽이려는 데로 쉽사리 치닫는 경우를 심심찮게 보게 된다.

공식적인 국면에서의 띄우기에도 몇 가지 성찰을 요하는 면들이 없지 않다. 훌륭한 분의 업적을 현양하고 그 의의를 높이 띄워야 하는 경우에도, 이 띄우기가 혹여 예상치 못한 결함을 드러내지는 않을까 심사숙고해야 할 때가 있다. 우리도 이제 개방적 가치 속에서 선진된 의식과 소통의 문화를 건설해나가야 하기 때문에, 결함이 없는 띄우기의 경지를 늘 염두에 두어야 할 것이다. 가령 이런 예는 어떠할까.

1980년대 초반, 제4차 교육과정이 개정되고, 그에 따른 새 교과서가 만들어지던 시기에 있었던 일로 기억된다. 고등학교 국어교과서에 '나라를 사랑하는 마음'이라는 단원명으로 충무공 이순신의 전기문이 실렸다. '공(公)은 명장이라기보다도 성자(聖者)다.'라는 구절로 끝을 맺는 글이다. 임진왜란 당시의 조정 정쟁의 모습과 충무공이 진두지휘한 여러 차례의 해전 상황을 매우 소상하게 설파해나간 글이다. 충무공이 남긴 역사적 족적을 일깨우며, 그분의 호국충정을 감동적인 문체에 잘 담아낸 명문이었다.

그런데 그 교과서를 학교 현장에서 사용하던 첫해 가을, 이 글에 대한 이의신청(異議申請)이 교과서 개발 당국에 들어왔다. 이의신청의 내용은 원균에 관한 것이 사실과 다르다는 것이었다. 주지하다시피 임진왜란은 이순신의 공적과 원균의 과오가 함께 점철되었던 전쟁이지 않았던가.

이의신청을 한 사람들의 생각은 대충 이러했다. 충무공 이순신이 위국충절로 나라의 위기를 구한 훌륭한 분임에 대해서는 조금도 이의가 없다는 것이다. 또 충무공의 애국충절을 널리 후손에 알려 귀감으로 삼는 일 또한 그 중요함을 잘 인식하고 있다는 것이다. 그러나 충무공의 인품과 공적을 빛나게 드러내는 데에 치중하다 보니, 원균의 과오와 그늘이 실제 이상으로 과장되는 것은 다시 생각해보아야 한다는 것이었다. 물론 원균에 대한 사실 오류에 대해서는 역사적 증빙 자료를 첨부하여서 정정을 요구하였다.

굳이 이해를 하자면, 원균이 실제로 범했던 과오보다 훨씬 더 심한 과오를 범하고 있는 것으로 교과서가 표현하는 것은 온당치 않다는 것이다. 교과서이므로 더욱 공정해야 한다는 주장도 빠트리지 않았다. 전체주의적 사고가 강해서 어떤 소수 의견에 대해서도 너그러움이 모자랐던 당시로서는 비교적 참신했던 이의 제기였다고나 할까.

누군가를 칭찬(띄우기)하려는 사람이 그가 칭찬하려는 사람과 대비되는 사람 하나를 '죽이기'로 처음부터 굳이 작정하는 데서 칭찬하기(띄우기)를 시작하지는 않을 것이다. 그러나 칭찬(띄우기)이 평정심을 잃으면 나도 모르는 사이에 '죽이기'의 기제가 침투해 들어오는 것은 아닐까.

3

평정심을 잃는다는 것은 무엇이겠는가. 그것은 띄우는 대상을 잘 이해하지 못한 데서 오는 것이거나, 띄우기 그 자체에 함몰되었을 때 생겨나는 일종의 무조건적 강화 심리 같은 것이라 할 수 있다. 그래서 띄우기의 반대쪽에 '죽이기'가 있는 것으로 알고 있지만, 사실 띄우기 그 안에 죽이기가 공존하고 있는 것이다. 안티 팬이란 것도 그런 현상의 일종이 아닐는지. 내가 열광하는 연예인을 맹목적으로 띄우려는 심리가 다른 라이벌 연예인 '죽이기'로 나타나고, 그것이 극렬한 안티 팬의 현상으로 나타난다.

이렇게 보면 '띄우기'와 '죽이기'의 관계는 '도둑잡기'와 '애매한 도둑잡기'의 관계에 대응된다. 도둑잡기 실적에 거의 무조건적으로 매달리다 보면, 마침내 죄도 없는 애매한 사람을 도둑으로 몰아넣는 과오를 범하게 된다. 도둑잡기 실적이 곧 '띄우기'의 메커니즘이고, 그래서 무고한 사람을 도둑으로 몰아붙이게 된다면 그것은 '죽이기'의 메커니즘인 것이다.

그래서 지혜롭지 못한 사람은 띄우기와 죽이기를 같이 몰고 간다. 띄우기를 할 때는 주변을 넓게 둘러보는 생태학적 안목이 필요하다. 그 점에 대한 가장 구체적인 경구가 여기에 있다. "열 도둑을 놓치더라도 한 사람의 애매한 도둑을 만들지 말라."

'띄우기'는 때로 무조건적인 편들기로 변질될 수 있다. 그런데도 우리는 그걸 '내 친구 아끼기' 정도로 착각하기 쉽다. 법정이나 재판에서 거짓 증인에 의해서 피해를 본 사람은, 피해 자체도 피해려니와, 과오를 억울하게 덮어썼다는 것 때문에 평생 가슴에 상처를 품고 산다. 상대가 가한 위증의 가증스러움 때문에 오래오래 인간에 대한 증오의 그늘을 드리우고 산다. 누구를 무조건 편들겠다(띄우겠다)고 했을 때, 사실 우리는 그것이 또 다른 그 누구를 죽이고 있는 것인지도 모른다는 생각을 꼭 해보아야 한다. 진영 논리의 폐단이 여기에 있다.

'발끈'의 심리학

1

이런 우스갯소리가 나돌았던 적이 있다. 무언가 잘못한 아이를 선생님이 야단치시면서 "너 집에서 이렇게 배웠니? 너 부모님이 이런 짓 하라고 말씀하시더냐?" 하고 나무라면, 그러는 선생님에 대해서 예전의 아이들은 이렇게 발끈했다고 한다.

"선생님, 저를 야단치시는 것은 이해하지만, 저희 부모님을 건드리는 것은 받아들일 수 없습니다. 그냥 저만 야단치십시오."

그런데 요즘 아이들의 발끈하기는 이렇게 달라졌다는 것이다.

"선생님, 제 부모님이 저를 잘못 키우신 건 뭐라 이야기해도 좋지만, 저를 가지고서 야단치는 건 참기 힘들어요."

요즘은 사실 이런 어조로 아이들을 야단치는 자체가 인권 침해쯤으로 인식된다. 어른이고 아이고 발끈하고 싶은 것을 참지 못하는 세태가 된 것 같다.

누구에겐가 발끈해본 적이 있는가. '발끈하기'는 '발끈' 그 자체가 목적일 수도 있다. 타자의 공격으로부터 나를 지키기 위한 심리적 방어기제의 일종이다. 그러나 방어기제 중에서는 그다지 고급의 방책이라고 할 수는 없다. 별 이득이 없기 때문이다. 언제 발끈해보 았던가. 자라면서는 형제 중 나만 불공평하게 대한다는 느낌이 들 때, 부모님께 발끈할 수 있다. 평범한 직장인이라면 주어지는 업무 부담이 나에게만 유독 많아진다고 생각할 때, 상사에게 발끈한다.

발끈한다는 것은 참는 행동과 상관이 있다. 오래 잘 참아오다가 어떤 대목에서 참는 끈을 놓치고 왈칵 성질을 내는 것이 '발끈'이기 때문이다. 언제 어디서나 수시로 습관적으로 성질을 내는 사람에게 는 발끈한다는 표현을 쓰지 않는다. 내가 발끈했을 때, 주변 사람들 이 '정말 참고 참았는데, 오죽하면 저렇게 발끈한단 말인가.' 하고 알아주면 나의 발끈은 유효타가 되는 셈이다. 그런데 공연히 성질 부린다는 인상만 주었다면, 그것은 '실패한 발끈'이다.

생각해보자. 살아오면서 누구에겐가 발끈해본 적이 있는가. 발 끈했던 일이 오래도록 마음에 남았다면, 그 발끈으로 인해서 뒤에 마음 쓸 일이 많았거나 불편해지게 된 점이 있었기 때문이다. 발끈 했던 기억이 나지 않는다면 그 발끈은 잠시 내 손상된 자존심을 회 복해주는 효과를 발휘했을지도 모르겠다.

발끈함으로 해서 얼마나 이익을 보았는지를 계산하기란 쉽지 않 다. 자존심은 지켰지만, 주변의 인간적 신뢰는 잃을 수도 있다. 마 찬가지로 발끈하지 못해서 얼마나 이익을 보았는지를 계산하기도 쉽지 않다. 차별과 모멸에 발끈하지 못해서 그것이 트라우마로 남 을 수 있다.

대부분의 발끈하기는 잠시 후련하고 오래 불편하다. 인내가 무너지는 지점에서 '발끈의 심리'가 솟아나기 때문이다. 지혜롭게 발끈하기란 참으로 어렵다.

2

'발끈'은 성을 내는 모양을 나타내는 말이다. 그냥 성을 내는 것이 아니라, 사소한 일에 왈칵 성을 내는 모양을 나타낼 때, '발끈'이라고 한다. '발끈'에다 '하다'를 붙여서 '발끈하다'라고 하면 동사가 되어서, '사소한 일에 왈칵 성을 내다'의 뜻이 된다. '사소한 일'에 성을 낸다는 것, 갑자기 '왈칵' 성을 낸다는 것, 이것이 문제이다. 사전적 풀이로만 보면 '발끈하기'는 아주 양호한 행동의 자질을 담은 것이라고 할 수는 없다.

그러나 사전적인 뜻이 그렇다는 것이고, 인간 생활의 실제에서, 특히 대인관계나 감정 소통 과정에서 '발끈하기'가 필요할 때가 있는 법이다. 우리가 불완전한 존재이기 때문에, 완벽한 인간이 못 되기 때문에, 발끈할 때가 있는 것이다. 예컨대 나에 대해서 부당하게 공격해 오는 타자를 막아내기 위해서 '발끈하기'라는 방어기제(Defense Mechanism)의 작동이 필요하다. 다만 이 '발끈하기'를 평상시에 상위 인지(上位認知, meta-cognition)하는 훈련이 있어야 하겠다는 생각이 든다. '발끈하기'에도 수준이 있다면, 좀 더 고급의 수준으로 사용해야 하지 않겠는가.

'발끈'은 욕정의 기제와 비슷하다. 통제되지 않은 채로 분출된다는 점에서 둘이 비슷하다. 그리고 분출한 이후에 금방 후회하기 쉽다는 점에서도 이 둘은 유사하다. 수습이 쉽지 않다는 점에서도 유사하다. 후회하게 되고, 수습이 쉽지 않은 것은, '발끈'이 '욕정'처럼 충동적으로, 그리고 우발적으로 발생하는 데서 생기는 결과이다.

사소하고 중요하지 않은 일에 필요 이상의 성을 내는 것도 '발끈'이 가진 약점이다. 공의롭고 대의명분이 반듯한 분노를 두고 발끈했다고 말하지 않는다. 이런 부정적 요소를 조금 제거하면, '발끈'도 면모를 쇄신할 수 있을 것이다. 요컨대 '충동적 발끈'을 '전략적 발끈'으로 진화시킨다면, 또 '우발적 발끈'을 '적시(適時)의 발끈'으로 업그레이드할 수 있다면, 지혜로운 발끈이 될 수 있을 것이다.

그런 점을 고친다 해도 '발끈'에는 숙명적인 난관이 있다. 발끈하는 그 순간에 우리 몸을 해치는 작용이 있는 것이다. 우리 주변에는 '핏대'라는 별명을 가진 사람들이 있다. 핏대는 혈관, 즉 핏줄(a blood vessel, a vein)이라는 뜻이다. '핏대'는 힘주어 세게 말할 때, 목에 드러나는 핏줄을 말한다. 걸핏하면 발끈하여 소리를 높이며 핏대를 세우는 습관이 있어서 얻게 된 별명이다. 혈관이 두드러질 정도로 핏대를 세운다는 데서 이 별명이 지어졌을 것이다. 핏대라는 별명을 가진 사람들이 가장 자주 듣는 충고는 혈압 조심하라는 말이다. 핏대를 세우다가 혈압이 높아져서 목을 잡고 쓰러지는 장면은 텔레비전 드라마에서 쉽사리 본다. 그러니 '발끈'은 신체적·정신적 건강 면에서 여전히 위험하다.

공자님은 나이 60을, 귀가 순해지는 이순(耳順)의 나이라고 했다. 귀가 순해진다니, 무슨 뜻이겠는가. 깊은 뜻이 여러 가닥으로 있겠지만, 여간 불편한 말을 들어도 금방 발끈하지 아니하는 경륜에 이를 만한 나이라는 뜻으로 해석해도 무방하리라.

3

그러나 유감스럽게도 우리가 살아가는 현실의 사회는 어디서부터 병이 들었는지, 우리를 끊임없이 발끈하도록 부추긴다. 발끈하지 못하면 사람 축에도 못 낀다는 인상을 준다. 온갖 댓글이 횡행하는 SNS 공간에서는 이런 느낌이 거역할 수 없는 실감으로 다가온다. 마치 모든 SNS 공간에는 이런 팻말이 붙어 있는 듯하다.

"발끈하지 않는 자, 여기에 들어오지도 마시오."

충동적이고 퇴행적인 감정에 기대어 발끈하는 사람이 SNS 공간에는 지천이다. 날것 그대로, 조금도 숙성되지 않은 감정에 기대어 발끈하며 자기 최면에 빠지는 경우는 얼마나 많은가. 발끈의 감정을 정의감 정도의 미덕으로 오해하는 것은 아닌지 모르겠다. 없는 적개심까지도 기꺼이 만들어내어 열심히 발끈하도록 감염시키는 SNS 공간은 '무한 증오'의 영토를 만들어가는 곳이다.

물론 발끈의 순기능은 있다. 그것은 "지렁이도 밟으면 꿈틀한다."라는 말에서 찾을 수 있다. 그런데 어떻게 된 셈인지, 지렁이를 밟는 쪽에서 더 발끈하는 형국이다. 문제는 발끈해야 할 사람은 좀체 그리 하지 아니하고, 발끈하지 않아야 할 사람은 늘상 발끈하며 지낸다는 데에 있다. 발끈의 순기능과 역기능 사이의 균형은 찾을 수 없게 되었다. 분노가 일상의 감정이 된 사회, 성냄이 남아도는 사회, 저마다 정의의 심판자 역할만 하려는 사회, 소망이 없는 사회이다. 진지하고 비장하여 그럴듯하게 보이는가. 그 뒤에 숨어 있는 위장된 욕망은 없는가.

4

누추하고 더러운 고물을 수집하며, 온갖 모멸을 겪으면서도, 자존감을 잃지 않고 노력하여, 마침내 반듯한 사업가로 성장한 이석수 씨의 자서전 『3평 고물상의 기적』에서 그가 '발끈'을 다루는 방식을 엿볼 수 있었다. 그를 인용함으로써 이 글의 결말을 삼으려 한다.

발끈하고 싶을 때 발끈하지 마라. 발끈하면 그걸로 그냥 끝이다. 기분만 나빠지고 아무것도 얻는 게 없다. 그러느니 호흡을 가다듬고, 모멸감을 준 상대에게 펀치를 날리듯 더 야무지게 일하라. 그래도 자꾸 발끈해지려고 들면, 내가 자주 사용했던 방법을 써보길 권한다. 모멸감이 느껴지는 일을 당할 때마다 나는 생각했었다. '반전을 보여주고 말 거야. 이게 끝이 아니라는 걸 나 스스로 증명해 보일 거야.'(200쪽)

잘못이 내게 없다면, 위기 상황이 지나가길 기다리는 인내심과 지혜가 필요하다. 파도를 맞아봐야 파도를 견딜 수 있듯이, 위기로 인해 나 자신이 더 단련된다고 생각하며, 위기를 즐기라. 그리고 지쳐 나가떨어지지 않도록 자신에게 알맞은, 스트레스 푸는 방법이나 취미를 꼭 한두 개쯤은 갖기를 권한다.(210쪽)

이름값 얼마예요

1

누군가와 언쟁하다가 상대가 하는 공격의 말 중에, 들자마자 숨이 탁 막히는 말이 있다. 하나는 "나잇값이나 하세요!" 하는 것이고, 다른 하나는 "이름값이나 하세요!" 하는 것이다. 이 말은 상대가 아무리 정중하고 부드럽고 경어체로 말해도 듣는 쪽에서는 치명적인 내상(內傷)을 입는다. 내상을 입는다는 점에서 보면 차라리 천한 쌍욕보다도 더 듣기 고약하다. 특히 상대가 나보다 한 살이라도 젊은 경우는 그 모욕감이 오래 남는다. 그리고 오랜 모욕감에 비례하여 두고두고 나를 돌아보게 된다.

부질없는 질문이 될지 모르겠지만, 이 두 개의 욕 가운데 어느 욕이 더 심한 욕일까 하고 묻는다면, 어떤 쪽이라고 답을 하실지 모르겠다. 물론 사람마다 개인차가 있을 수 있어 딱히 정답을 제시할 형편은 아니다. 내 경우라면 나는 '이름값이나 제대로 하라.'는 말이 더 심한 욕으로 느껴진다. 부연하자면 단순히 욕의 표현이 심하다는 문제라기보다, 이 욕으로 인하여 나를 돌아보게 되는 심리 기제가 더 강하게 작동할 것 같다는 생각이 든다는 말이다. 나잇값이나 하라는 말은 어른스럽지 못하다는 경고로 쉽사리 해석되는데, 이름값을 못 한단 말은 또 무엇인가.

'이름값이나 제대로 해라'는 말 속에는 내 본명이 지니는 가치와 의미는 물론이고 내가 달고 다니는 각종 직함들에 대한 불신과 조롱이 들어 있는 것이다. 그런데 직함이야 내가 얻은 것이니 그렇다 치더라도, 내 이름 석 자야말로 함부로 조롱당할 일이 아니다. 그 이름을 지어주신 분들이 내 부모님이라는 것을 생각하면, 부모님 까지도 함께 조롱을 당하게 된 것 같아서, 더욱 괘씸한 마음이 들기 때문이다. 이와 비슷한 경우로, 저잣거리에서 하는 거칠고 질박한 댓거리 욕 가운데, "너 같은 놈을 낳고도 (네 어머니는) 미역국을 먹었 겠지!"라는 욕도 있다. 이름을 잘 보전하는 일이 부모를 욕되게 하 지 않는 일임을 실감하게 한다.

사람의 이름에는 기대가 있다. 정확히 말하면 두 가지의 기대이 다. 하나는 이름의 의미처럼 괜찮은 사람이 되어달라는 기대일 것 이다. 이른바 존재에 대한 기대이다. 다른 하나는 이 이름이 만천 하에 높이 알려지기를 바라는 기대일 것이다. 이른바 소통적 기대 이다. 그리고 보니 사람의 이름만큼 '소통되고 싶은 욕구'가 강하게 숨어 있는 것이 또 달리 있을까 하는 생각이 든다.

누구이든 그 부모가 이름을 지어줄 때는 가치 있는 존재가 되기 를 바라며, 세상에 나아가 그 이름을 크게 떨치기를 기대하는 마 음을 꼭꼭 담는다. 착하고 아름다운 딸이 되기를 기대하며 '선미(善 美)'라고 이름 짓는 부모의 마음을 누가 모르겠는가. 내 이름만 해도 그렇다. 조부께서 내 이름을 '동방 인(寅)'자와 '터 기(基)' 자를 가져와 '인기(寅基)'라고 지으셨을 때는, '동방의 기틀'이 되라는 큰 기대를 하셨다고 한다. 이 나이 되도록 내 마음 하나도 제대로 닦지 못하는 나로서는 조상의 기대를 소중하게도 간직하지만 송구하게 간직할 수밖에 없다. 지금은 고인이 된 '이칭찬' 교수를 처음 접했을 때, 그의 이름 속에서 내가 느꼈던 그 부모님이 품으셨을 사랑과 기대는 자못 감동스러운 것이었다.

2

어렵고 살기 힘들었던 옛날에는 '개똥이'라는 이름도 드물지 않았다. 설사 '개똥이'라고 이름을 붙이더라도 이름 속에 숨어 있는 기원의 의미는 여느 고상한 이름 못지않게 간절하고 각별한 맥락을 끼고 있다. 흙먼지 풀풀 나는 시골 길가에 마른 잡초와 자갈들 틈새에서 한 철 내내 말라 나뒹구는 개똥! 그 개똥에 내재하는 미덕이 있다. 그 질박하면서도 검질기고, 누가 발길로 걷어차도 또르르 굴러가 다시 저쪽 잡초와 돌 틈새로 처박히면서도 결코 부서지지 않고 버티어내는 모습이 개똥의 모습이다.

가난과 질병과 전쟁이 들끓던 세상, 개똥처럼 강인하게 살라는 기대가 이 이름에 들어 있는 것이다. 천덕꾸러기가 되어도, 상처 같은 것은 요만치도 받지 말고 씩씩하고 건강하게 살라는 간절함이 배어 있는 것이다. 더러는 개똥이 민간에서 약으로 쓰이기도 하였다니, 남에게 유익한 바가 있기도 하였다. 이쯤 되면 '개똥이'란 이름이 만만한 이름이 아님을 알 수 있다. '개똥이' 따위의 이름을 지니고, 그 이름에 담긴 소박한 기원을 어딘가에 안고, '개똥'처럼 살아왔던, 1960~1970년대 아이들의 삶이, 오늘의 시점에서 그 나름으로 아름다워 보이는 것은, 이름과 삶의 관계가 크게 왜곡되지 않았기 때문인지도 모른다. 이름 자체는 모두 멋있고 세련되고 참해 보이지만, 주변의 온갖 욕망에 찌들어 좌절과 나약함에 시달리고 작은 상처도 힘겨워 하는 요즘 아이들에게 '개똥이'는 어떻게 인식될지 모르겠다.

이름이 지닌 원래 의미와 기대를 손상시키지 않고, 그 이름에 부합하게 살려는 노력은 그 자체로 훌륭한 도덕이다. 일찍이 공자님도 이름을 바로잡는다는 뜻으로 '정명(正名)' 사상을 강조하였다. 이름[名]과 실체[實] 사이의 관계가 서로 어긋남이 없을 때 윤리가 설수 있음을 말한 것이다.

이름과 실체가 어긋나면 당장 오해가 생기고, 왜곡이 생기고, 혼란이 생긴다. 사물의 이름이 정명(正名)을 얻지 못하면, 즉 이름답게 역할을 하지 못하면 사물 자체가 왜곡된다. '수입 쇠고기'가 '한우 쇠고기'로 뒤바뀌는 경우를 우리는 흔히 있는 일로 받아들인다. 그 정도로 '한우 쇠고기'는 이미 왜곡되어 있는 것이다. 이름의 뒤틀림으로 인한 사물의 왜곡은 또 그렇다 치더라도 사람 이름이 정명(正名)의 경지를 갖지 못하면 그 폐해는 심각하다. 우리가 자기 이름값을 제대로 하지 못하면 서로가 서로에게 '이 사람이 이 사람 맞아?' 라는 의문을 계속 투사하며 살 수밖에 없다. 세상은 깊은 불신의 늪에서 갈등의 골을 깊이 파고 속임과 미움을 악순환시킨다.

3

이름에 걸맞게 살기란 만만치 않은 일이다. 이름을 얻을수록 이름답게 살기가 만만치 않다. '이름 없는 여인'이 되기를 소망했던 시인 노천명은 이름의 무거움을 미리 알고, 이름의 운명으로부터 피해 가고 싶은 예감이 있었을까. 1938년에 발표된 이 시는 시인 노천명이 아직 이름 앞에 자유로울 때였는지도 모른다.

어느 조그만 산골로 들어가
나는 이름 없는 여인이 되고 싶소
초가지붕에 박 넝쿨 올리고
들장미로 울타리를 엮어
마당엔 하늘을 욕심껏 들여놓고
밤이면 실컷 별을 안고

내 좋은 사람과 밤이 늦도록
여우 나는 산골 얘기를 하면
삽살개는 달을 짖고
나는 여왕보다 더 행복하겠소.

― 노천명, 「이름 없는 여인 되어」에서

이름으로부터 자유롭기를 일찍이 바랐던 그녀, 그러나 그녀의 이름은 일제 말 친일의 굴레에서 안타깝게도 훼손된다. 다시 6 · 25 전쟁을 겪으면서 분단 이데올로기의 굴레에서 그녀의 이름은 고초를 겪는다. 시대나 역사의 거울 앞에서 이름을 훼손하지 않고 보전하기가 만만치 않은 일임을 느끼게 된다.

이름에 걸맞게 살기가 만만치 않은 것은, 아직 세상에 이름을 크게 얻지 못한 평범한 사람들에게도 마찬가지이다. 아니 더 하다. 요즘처럼 정보화 사회로 들어오면 더욱 그렇다. 인터넷 소통 공간은 익명성이 지배하는 공간이다. 익명성은 거침없는 표현의 욕구와 자유를 넓혀주기도 하지만, 실명에 대한 책무를 슬쩍 놓아버리게 하는 일면이 있기 때문이다.

익명성은 우리의 숨은 무의식이 아무에게도 들키지 않고 활개를 쳐보고 싶을 때 기대고 싶은 언덕이다. 심리적으로 보면 익명의 공간은 숱한 유혹을 유발하는 공간이다. 범죄를 꿈꾸는 모든 범인은 '내가 누구인지를 모르는 상황'이 영원히 지속한다는 것을 전제로 범행에 착수한다. 자신의 실명이 알려진 고향 마을에서는 예의범절이 반듯하다가도, 대도시 군중 속의 익명 공간으로 들어오면 형편없는 행동거지를 보이는 경우를 굳이 남에게서 찾아야 할까. 그래서 심하면 아예 내 이름을 팽개치고 사는 것이 우리 현대인의 모습이다.

나 원래 그런 놈이에요

1

어른이나 아이나 도무지 사람 될 것 같지 않은 못된 행태를 보이면, 당장 협기를 동원하여 매섭게 나무라야 할 것 같은 생각이 들 때가 있다. 성정(性情)이 거칠고 양심 없는 듯이 행동하는 사람들, 하는 짓이 고약하여 선량한 이웃을 건드리고, 찍찍 욕지거리를 입에 달고서, 늘 문젯거리를 만들고 다니는 사람들, 어디든 그런 족속이 있게 마련이다. 생각 같아서는 불러서 혼구멍을 내주고 싶은데, 세상이 워낙 험하여 무슨 행패를 어떻게 겪을지 몰라서 억지로 참고 있으려면 마침내 분(憤)하고 노(怒)한 마음이 되어버린다.

정도 차이가 있기는 해도 학교에서 학생들을 지도하다 보면, 이런 경우가 심심치 않게 생긴다. 요즘은 초등학생에서부터 대학생에 이르기까지 사람다움(인성)이 문제가 되는 경우가 부쩍 늘어나는 느낌이다. 그래도 학교라는 곳이 사람을 가르치고 기르는 곳이기에, 또 명색이 선생의 자리에 있는 자로서는 그냥 지나칠 수가 없다. 불러서 훈계를 하고 야단을 치면, 불쑥 침 뱉듯이 내뱉는 말이 있다.

"나 원래 그런 놈이에요."

불만과 못마땅함의 표정을 얼굴에 덕지덕지 붙인 채 들이대는 말이다. 훈계를 하는 쪽에서 듣기로는 기가 차는 말이다. 그런데 녀석의 못된 행태는 여기서 끝나지 않는다. '나 원래 그런 놈이오.' 하는 말과 꼭 짝을 이루어서 다니는 말이 잇달아서 나온다.

"상관 마세요."

그러고는 아까 했던 말을 억양을 높여서 한 번 더 반복한다. 이를테면 강조법인 셈이다.

"나 원래 그런 놈이라니까요."

이쯤되면 어찌 더 해볼 수 없다는 생각이 든다. 당장 손이 올라가는 것을 가까스로 진정시키기는 해도 뾰족 묘수가 없다.

"그래 너 같은 녀석을 데리고 말을 하는 내가 바보이지. 아무튼 어디서 무슨 짓을 하든지 간에 그건 네 마음대로일지 모르겠지만, 내 눈앞에서는 절대로 안 돼. 알았어?"

이렇게 처리하고 대충 쫓아버리려고 해도 훈계자의 역할을 제대로 한 것 같지 않다. 그러다 보면 스스로의 자존도 지키지 못한 것 같아서 씁쓸하다.

이쯤에서 내가 아는 어떤 선생님의 경험담 하나가 생각난다. 새 학년이 된 선생님의 반에 그런 돼먹지 않은 아이가 하나 있었더란다. 영철이라는 아이가 첫날부터 제멋대로 못된 행동을 하기에 불러 야단을 쳤다. 그 녀석이 짜증 섞인 톤으로 대꾸를 해왔다.

"선생님, 나 원래 그런 놈이라니까요. 상관 마세요!"

선생님은 녀석과의 장기전을 각오했다. 그리고는 그 녀석을 데리고 둘만이 있을 수 있는 조용한 방으로 갔단다. "영철아! 네가 무얼 잘못한 건지 알겠니?" 하고 물었지만 녀석이 대답을 성의 있게 해 올 리 만무했다. 한참을 아무 말 없이 앉아 있다가, 선생님은 "나도 너에게 보여줄 것이 있다."라고 말했다. 녀석이 눈길을 돌려 선생님을 쳐다보았다.

그 순간 선생님은 그 녀석을 향하여 도저히 선생님 같지 않은 행동을 하기 시작했단다. 말도 교양 없이 하고, 마치 양아치처럼 그 녀석을 툭툭 건드리기도 하고, 행동도 꼭 실성한 사람처럼 하고, 상식 없는 사람처럼 굴기 시작했다. 불량배처럼 굴면서 거칠고 상스런 투로 녀석에게 말도 안 되는 시비를 걸기도 했다. 그리고는 선생님 스스로 자학하는 듯한 투로 말을 해보기도 하다가, 녀석을 거칠게 비난하기도 했다. 그러기를 한참. 녀석이 참고 참다가 버럭 소리를 질러 한마디 했다.

"선생님! 도대체 왜 이러시는 거예요? 선생님답지 않게!"

"박영철! 나 원래 그런 놈이야! 네깟 놈이 상관할 거 없어! 나 원래 이런 놈이라니깐. 근데 너는 오늘 나한테 죽었다. 원래 그런 놈들끼리 한번 붙어보자."

"……."

이렇게 시작한 선생님의 지도법은, 장기전의 기획대로 다양한 교육적 시도를 하면서, 두 달 이상 성의 있게 지속되었고, 영철이에게 입버릇처럼 따라다니던 말, '나 원래 그런 놈이에요.'라는 말은 서서히 사라져갔다.

2

'나 원래 그런 놈이야.'라는 의식의 상대되는 자리에 놓인 의식이 있다면 그게 무엇일까? 그것은 아마도 '나 그런 사람 아니야.'라는 의식일 것이다. 표현 그대로 서로 상대적인 표현이고, 내포하는 의미도 정반대의 뜻을 드러낸다. '나 원래 그런 놈이야.'라는 의식은 내가 나를 존중하겠다는 의지를 포기했을 때 나오는 말이다. 나도 나를 잘 대접하겠다는 의지가 사라진 심리가 반영된 것이다. 흔히 하는 말로 자존감을 가지고 있지 못한 사람들에게서 나타나는 전형적인 언어이다. 자기 자신이 막가파식으로 막 가게 되는 것을 방치하는 심리적 상태이다. 왜? 나도 나를 조금도 존귀하게 보지 않는 지경에 와 있기 때문이다.

반면 '나 그런 사람 아니야.'라는 의식은 무너지고 추락하려는 자기 자신을 어떻게 해서든 위로 끌어 올리려는 의식이 반영된 말이다. 자기 자신을 도저히 그렇게 부끄럽고 형편없는 존재로 둘 수 없다는 의식, 그것은 내 자존심이 도저히 허락하지 않는 것임을 여실히 보여주는 언어가 바로 '나 그런 사람 아니야.'이다. 나라는 사람이 귀한 존재이고, 가치 있는 존재이고, 나 스스로도 그런 나를 소중하게 지키려고 노력하는 사람일 때, '나 그런 사람 아니야.'라는 의식을 가지게 된다.

프로이트는 일찍이 사람의 본성적 무의식 가운데 '자신을 살리려는 방향'과 '자신을 죽이려는 반항'이 함께 있다고 보았다. 신학자들은 전자를 두고 인간에 관여하는 선한 신[善神]의 의지로 설명하기도 하고, 후자를 두고 악한 신[惡神]의 의지로 설명하기도 한다. '나 그런 사람 아니야.'라는 의식은 선신의 의지에 감응하는 인간 정신이고, '나 원래 그런 사람이야.'라는 의식은 악마의 조종에 지배를 받는 인간 정신이라고 할 수 있을 것 같다. 너무 단순한 이분법이라 위험하기는 하지만 한 가지 분명한 것은 있다. 사람은 자존감을 먹고 그가 살아가는 에너지를 충전하는 존재라는 점, 인간은 자존감과 더불어 높고 아름답게 고양되는 정신적 존재라는 점을 확인하게 된다. 그러하니 '나 원래 그런 놈이야.'라는 의식이 인간을 얼마나 파탄시키는 것인지를 알 수 있다.

그런데 그 자존감은 어디서 오는가. 내가 괜찮은 사람이라는 것은 어디서부터 생겨나는 것일까. 그것은 남으로부터 존중을 받아보는 데서 오는 것이다. 존중받아 보지 못한 사람은 남을 존중하는 방법을 모른다. 그것이 얼마나 아름답고 그윽한 삶의 향기를 지니고 있는 것인지를 모르는 것이다. 물론 그 말도 맞다. 그런데 내가 아무것도 갖추지 못하고 있는데 상대가 무조건적인 존중감을 부여하는가. 설령 그렇다고 치더라도 언제까지 상대의 너그러운 동정심에 의탁하여서만 나의 존중됨을 확인할 것인가. 스스로 자존감을 기르는 노력이 있어야 할 것이다.

그런데 그것이 무슨 특단의 조치나 전략을 통해서 강구되는 것이 아니라는 점을 주목해야 할 것이다. 나는 '지식과 앎'이 한 인간의 자존감을 서서히 그러나 굳건하게 형성시켜준다고 생각한다.

사람이 무언가를 알게 된다는 것은, 생각과 판단의 준거를 더 많이 가지게 되었다는 것을 의미한다. 바로 그런 지식 때문에, 바로 그 아는 것 때문에 어떤 행동을 하려다가도 되돌아보게 된다. 배운 사람이 다르다. 몰랐을 때는 용감했었는데 알고 나니까 함부로 못 하겠더라. 벼는 익을수록 머리를 숙이듯이 배운 사람도 마찬가지이다. 이는 모두 지식이 우리 안에서 깊숙이 인격으로 작용하는 모습들이다.

'지식'을 가르치는 것이 교육이라고 하면, 그런 교육은 무조건 문제가 있다는 표정을 띠는 사람들이 있다. 지식교육은 으레 주입식 일방적 전달의 교육이고, 그런 교육은 구태를 벗지 못한 것이라 하여, 용도 폐기된 쓰레기 취급을 한다. 교육을 좀 안다는 사람일수록 그러하다. 알고 보면 이런 인식 역시 상투적이라 아니할 수 없다.

물음을 다시 진지하게 던져보아야 한다. 지식을 왜 가르치는가. 우리는 지식을 어떤 방식으로 가르쳤는가. 지식 교육의 철학을 가지고 있었던가. 당장 써먹기 위해서 가르치는 지식(엄밀히 말하면 정보에 해당하는)은 일회용 반창고처럼 처리되고 또 소모된다. 지식을 그런 모양새로 가르쳤기 때문에 지식과 인격은 아무 상관이 없는 것으로 되어 버렸다. 지식의 발견과 지식의 가치와 지식의 소통과 지식의 생태가 우리의 인간됨에 얼마나 소중한지를 체험하게 하는 교육을 할 수는 없을까. 지식은 인격으로 발효되는 재료이다. 지식은 그 자체로 소중하다. 이런 지식 교육이 중요하다. 이때까지 지식을 어떤 방식으로 가르쳐왔는지를 반성할 일이지, 지식 자체를 타박할 일은 아니다. '나 원래 그런 놈이야.'이었던 사람을 '나 그런 사

람 아니야.'의 상태로 길러주기 위해서 학교는 지식교육의 새 장을
열어야 한다.

3

사춘기 때 사촌 오빠에게 당한 성추행, 그것이 남긴 트라우마로
인해, 매사 냉소적이고 비뚤어진 여자가 있다. 고학력의 전문직 여
성이지만, 그녀는 정신과적 치료가 필요할 정도의 성격적 장애를
가지고 있다. 생 자체에 대한 저주와 혐오를 가진 그녀, 악을 쓰고
극렬한 반항 의식으로 가득 차 있다. 성난 가시처럼 남을 찌르고 상
처 주며, 마치 그것이 생존의 이유인 양 살아가는 그녀이다.

치유를 위한 방편이었을까. 수녀인 이모의 강권으로 그녀는 이
모가 이끄는 봉사 모임에 억지로 이끌려 간다. 안 하겠다고 앙탈하
는 그녀의 손을 틀어 붙잡고 이모는 그녀와 함께 교도소 봉사 활동
을 한다. 거기서 그녀는 우발적 의분으로 살인을 저지른, 본성이 선
한 사형수를 알게 된다. 오랜 시간에 걸쳐 둘은 말문을 어렵게 어렵
게 트면서, 타자를 통해서 자신을 보는 길을 발견한다. 조금씩 조금
씩 인간에 대한 새로운 이해를 경험하며 자신을 변화시킨다. 달라
지는 자신을 부정하면서도 달라지는 자아를 본다. 소설『우리들의
행복한 시간』에 나오는 이야기이다.

이야기는 사형수 남자의 형이 집행되는 날로 끝이 난다. 그 과정
에서 그녀는 참으로 온전하게 평화로운 사람됨을 회복한다. 놀라운
변화이다. 사형수 또한, 그 절절했던 억울함을 넘어선다. 억울함과

분노에서 자아를 자유롭게 해방하는 정신의 경지를 구한 것이 아니었을까. 서로가 서로에게 준 오묘하기 그지없는 인성의 영향이었으리라. 인간 내부에 이런 따뜻한 감화와 치유의 힘이 잠재하고 있다니. 인생의 모순과 부조리를 대하는 숨은 힘이란 도대체 무엇일까.

나는 '나 원래 그런 놈이야.'였던 주인공이 '나 그런 사람 아니야.'로 변해가는 매우 순정하고도 내밀한 과정을 읽을 수 있었다. 무엇보다도 외면으로 '나 원래 그런 놈이야.'를 표방하는 인간들의 내적 상처와 불안과 아픔을 들여다보는 것이, 참으로 아프고 눈물겨웠다. 반대의 경우도 그렇다. 멀쩡하게 '나 그런 사람 아니야.'를 선언하면서도 '나 원래 그런 놈이야.'의 원죄를 지니고 사는 사람들의 모습도 아프기는 마찬가지이다.

다시 말에 대해서 생각이 머문다. 표현 그 자체로는 괜찮았는데, 그 말을 실제로 사용할 때의 맥락이 개입하면 뜻이 변한다. '나 그런 사람 아니야.'라는 말은 우리 내부의 언어로서 있을 때가 가장 진정하다. 그러니 일종의 묵언수행(默言修行)으로 행할 일이다. '나 그런 사람 아니야.'를 밖으로 자주 말하고 다닐 일은 아닌 듯싶다. 과시용 언어가 되거나 자기를 위장하는 언어로 타락할 가능성이 크기 때문이다.

지식이란 것도 그러하지 않을까. 그것을 가르치는 맥락에 따라서 지식이 곧 '자존감'을 기르는 인성의 질료가 되기도 하고, 지식이 곧 물신(物神)의 탐욕을 채우는 수단이 되기도 한다. 그래서 가르치는 이의 철학이 중요하다.

돌아보지 말라

1

우리나라에 널리 분포된 전설 가운데 '장자(長者)
못 전설'이 있다. '장자(長者)'는 큰 부자라는 뜻이다. 흔히 거부(巨富)
를 백만장자(百萬長者)라고 일컫지 않는가. '장자못 전설'은 원래는
큰 부자의 집이 어떠어떠한 연유로 마침내 큰 못으로 변하고 말았다
는 전설이다. 아마도 한국 사람이라면 어린 시절에 할머니에게 한
번쯤은 다 들어보았음 직한 이야기이다. 지역마다 조금씩 다르기는
하지만 전설 이야기의 골자는 대체로 이러하다.

옛날 어느 부잣집에 한 스님이 시주 동냥을 왔다. 인색한 부자
영감은 스님을 막대기로 쫓아버렸다. 마음 착한 며느리가 시아버지
몰래 스님을 불러 쌀 한 됫박을 퍼주었다. 이 스님은 범상한 분이
아니었던지, 착한 며느리에게 놀라운 말을 해준다. 장차 이 집터 자
리에 큰 변고가 있을 것이니, 여기를 떠나라고 한다. 유의할 것은,
여기를 벗어나는 동안 뒤에서 누가 무어라 불러도 절대로 뒤를 돌
아보지 말라는 것이다. 홀연 스님이 사라지자 하늘에서 벽력이 치

고 폭우가 쏟아진다. 며느리는 스님이 일러준 대로 이 집터를 벗어
나는데, 뒤에서 온갖 간절하게 부르는 소리가 들린다. 귀를 막고서
굳건히 참으며 빠져나오는데, 거의 다 지나올 즈음에 문득 애타게
부르는 그 누군가의 큰소리에 며느리는 자기도 모르게 뒤를 돌아보
았다. 순간 하늘이 무너지는 듯한 굉음과 함께, 부잣집 있던 자리는
큰 못이 되고, 며느리는 그 자리에 바위기둥이 되었다.

　돌아보지 말라는데 왜 돌아보았을까. 장자못 전설을 들을 때의
아쉬움은 바로 이 대목에 있다. 철모르는 어린 시절에는 이렇게 생
각했다. 돌아보지 않는다는 것이 그렇게 어렵단 말인가. 목만 돌리
지 않으면 되는데. 어른이 되어서야 돌아본다는 것의 인생론적 의
미를 어렴풋 눈치챌 수 있었다. 살아온 세상의 인연과 삶의 연고들
이 아직 쌓이지 않았기에 어린 시절에는 뒤돌아보지 않는 일이 조
금도 어렵지 않게 생각되었다.

　이렇게 짚어보니 '돌아보지 말라'는 인생살이의 보편적 모티프라
할 수 있다. 그러고 보니 이런 부류의 이야기는 참 많다. 서양의 전
설에도 이렇듯 '돌아보지 말라는 것을 지키지 못해서 마침내 망하
게 되는' 이야기들이 있다. 전설까지 갈 것도 없다. 대중가수 노사
연이 부른 〈만남〉이란 노래도 '돌아보지 말라'를 강조하지 않는가.

　신화나 전설을 그냥 허황한 비현실의 이야기라 치면 문제될 것
도 없다. 신화나 전설이 수백 수천 년 동안 인간들에게 향유되어왔
다는 것은, 단순히 환상적 재미를 지니고 있어서만은 아니다. 그 속
에는 인간이 지닌 의식과 꿈과 행동의 원형이 담겨 있기 때문에 깊
은 의미가 도사리고 있는 것이다. 햄릿은 너무도 많이 너무도 빈번

히 돌아봄으로 해서 마침내 참담한 비극의 주인공이 된다. 돌아보지 않고 앞으로만 나아갈 수 있는 사람이 누가 있을까.

2

그런데 그야말로 뒤를 돌아보지 않고 꿋꿋이 나아간 인물들이 아주 없는 것은 아니다. 그리스 로마 신화에 나오는 프시케(Psyche)가 바로 그러하다. 프시케는 너무 아름다워서 일찍이 미의 여신 아프로디테가 경계하는 대상이 되었다. 아프로디테는 아들 에로스를 시켜서 화근이 되기 전에 프시케를 처치하려고 했다. 그러나 도리어 에로스가 프시케와 사랑에 빠지고, 그 관계가 드러나자, 아프로디테는 에로스에게 아주 혹독한 징벌을 가한다. 징벌은 그녀가 저승의 지하세계(Persephones realm)에 가서 '아름다움의 묘약'을 구해 오는 일이다. 이것은 가히 죽음과 맞바꾸어야 하는 과업이다. 이 과정에서 프시케는 구원을 요청하는 모든 가난하고 불쌍하고 딱한 사정들을 거절하고 외면하며, 돌아보지 않아야 한다. 그런데 그녀는 모든 걸 뿌리치며, 정말 오연히 앞으로만 걸어가며, 이들을 돌아보지 않는다. 그리고 그 어려운 아름다움의 묘약을 구하는 사명을 해낸다(로버트 A. 존슨, 『신화로 읽는 여성성 She』). 독한 일면을 여실히 보여주는 것이다. 프시케는 원래 인간이었으나, 이 사명을 완수함으로써 여신의 지위를 얻게 된다. 만약 프시케가 그 수많은 미션의 수행 과정에서 돌아보는 실수를 하였다면 신의 영지에 들 수 없었을 것이다.

이런 인물이 그리스 신화에만 있으란 법은 없다. 우리 서사무가의 주인공으로 등장하는 바리데기 이야기를 보자. 그녀 또한 병든 부모를 구하려고 저승에 가서 무장승이 지키는 약수를 가져와야 한다. 바리데기의 앞길에는 모진 고난이 기다리고 있다. 갈수록 감당하기 어려운 고생의 과업들이 놓여 있지만 그녀는 한 번도 지나온 쪽을 돌아보려고 생각조차도 하지 않는다. 부모 밑에서 잘 자랐던 여섯 언니들이 모두 못 가겠다는 저승 약수 구하는 길을, 태어나서 버려졌던 자신이 모두 감당하며 떠나면서도 원망이나 불평 한마디 없다.

돌아본다는 것을 어떻게 해석할 것인가. 꼭 누가 뒤에서 불러서만 돌아보는 것은 아니다. 마음에 원망이 가득하고, 억울함이 사라지지 않고, 불안과 두려움이 지배하는 마음 그것이 곧 돌아보는 마음이 되는 것이다. 바리데기는 이 과업을 잘 수행하여 마침내 죽은 부모를 살린다. 그리고 바리데기 자신은 귀신을 불러오는 차원의 존재가 된다. 프시케가 여신이 되는 것과 다르지 않다.

우리가 잘 아는 이야기 속의 인물 중에 '돌아보지 말라'를 잘 실현한 인물로 심청을 들 수 있다. 심청은 아버지의 눈을 뜨게 하기 위해서 선인들에게 팔려 간다. 그녀를 선인들에게 내어주는 날, 아버지 심 봉사의 탄식과 눈물은 차마 못 본 척하기 어렵고, 떨어져 떼어놓기가 어렵다. 그런데도 그녀는 그 불쌍한 아버지를 돌아보지 않고 간다. 물론 아버지를 위해서 가는 길이다. 심청이 굳이 선인들에게 팔려서 인당수에 뛰어드는 운명으로 가지 않을 수 있는 여지가 상당히 있음에도 불구하고, 그녀는 그런 가능성들을 조금도 돌아보지 않고 꿋꿋하게 간다. 이렇게 돌아보지 않음에 성공한 심청은 연약하고 유한한 인간의 지위를 초월하는 존재가 된다. 그는 바다 위 연꽃에 싸여 다시 부활하고, 왕후의 몸으로 이 세상에 돌아온다. 마침내 아버지 심 봉사의 눈을 뜨게 하는 심청은 이미 초인간적 존재가 되어 있다. 프시케와 바리데기가 이룩한 초월의 경지를 심청에게서도 발견할 수 있는 것이다.

3

우리는 '돌아보지 말라'의 격률을 상식적으로 받아들인다. 새로운 목표를 향해서 나아갈 때는 과거에 얽매이지 말고 진취적으로 나아가라. 그런 뜻으로 생각한다. 그저 평범한 교훈으로 생각하며, 용기를 잃지 말라는 격려의 멘트 정도로만 생각한다.

그러나 앞에서도 보았듯이 '돌아보지 말라'를 진정 실현할 수 있는 존재는 초인간적 존재들이다. 달리 말하면 '돌아보지 말라'는 인간이 감당하기에는 버거운 주문이라는 생각이 든다. 그러니까 동서양의 그 수많은 이야기들 속에서 '돌아보지 말라'를 끝까지 잘 지켰다는 이야기보다는 어쩔 수 없이 돌아보게 되어서 실패했다는 이야기가 압도적으로 많다.

옛날에 보았던 영화 가운데 〈레옹〉이란 영화가 있었다. '레옹'은 살인청부업자인 주인공의 이름이자 영화의 제목이기도 하다. 냉정의 극치를 보이며, 반드시 완벽하게 임무를 수행하는 살인청부업자 레옹은 그야말로 뒤를 돌아보지 않는 인물이다. 살인청부라는 비윤리적 소재를 다루면서도 인간적 감동을 주었던 것은 주인공 레옹이 '돌아보지 말라'의 격률을 지키지 못하면서 조금씩 흔들리기 시작하는 데서 생겨난다. 우연히 해맑은 어린 소녀를 알게 되고, 그 어린아이를 연민으로 돌아보게 되는 마음을 가지면서 레옹의 '돌아보지 말라'는 무너지게 된다. 그 여자아이를 구하려는 사랑의 마음으로 뒤돌아보는 동안 참담한 파멸이 피할 수 없이 다가오게 된다. 이 대목에서 우리는 딱하고 불쌍한 인간을 연민한다. 그 인간적 한계가 아름답다고 하면 지나친 감상(感傷)이 될 것인가.

약간은 엽기적 정사 장면으로 장안에 떠들썩한 관심을 모았던 영화 〈색, 계(色, 戒)〉가, 그 야한 장면과 상관없이 주제적 깊이를 가질 수 있었던 것도, '돌아보지 말라'에 실패하는 여주인공의 비극적 운명과 인간적 모순에 대한 공감 때문일 것이다. 나는 이 영화의 끝 장면이 너무도 허망하여 나락으로 떨어지는 느낌이었다. 그러면서도 건져 올려지는 그 무엇이 있었다. 그것은 인간의 모순에 대한 따뜻한 연민과 그것에 대한 옹호의 감정이었다.

돌아보지 않는다는 것은 망설임이 없다는 것을 말한다. 망설임 없이 살 수만 있다면 얼마나 좋을 것인가. 그렇게 생각해놓고도 선뜻 동의하지 못한다. 그게 어디 사람 사는 일이라고 할 수 있겠는가 하는 생각이 들기 때문이다. 망설임이 없는 존재는 두 가지 중의 하나이다. 전지전능한 신이거나 아니면 자동으로 작동하는 기계이다. 우리 모두는 망설이고 주저하는 존재이다.

인생살이에서 우리는 소중한 것들을 어떻게 만나고 관계 맺었던가. 망설임과 주저함으로 점철되던 기억들을 동반하지 않았던가.

무수히 많은 망설임의 변주 속에서 자아를 다스리고 대상을 의미화하지 않았던가. 사람이 산다는 것은 돌아보는 일의 연속인지 모른다. 원래 사람들은 돌아보는 데서 얻는 힘으로 한 걸음 더 앞으로 나아가곤 했었다.

무언가 쫓기듯이 숨 가쁘게 결정을 내리며 살아야 하는 현대인들에게는 머뭇거림이 용납되지 않는다. 돌아본다는 것은 내가 나를 사랑하는 방식의 일종인데, 우리는 그걸 조금씩 잃어버려가고 있다. 그러하니 거기에 더하여 '돌아보지 말라'를 막무가내로 주문할 일은 아닌 것 같다. 그렇게 주문하지 않아도 돌아볼 틈조차 없는 것이 우리 사는 형국이다.

복수는 당신의 것

1

〈복수는 나의 것〉이라는 영화가 있다. 박찬욱 감독이 2002년에 만든 작품이다. 송강호, 배두나, 신하균 등 개성파 배우들이 출연하였던 영화로서, 개봉 당시 상당한 대중적 관심을 끌었다. 흥행에도 성공한 편이었다. 물론 평범한 복수 이야기로서 그런 대중적 인기와 흥행을 유지하지는 못했을 것이다. 관객들 마음이 상당히 불편할 정도로 복수의 내용과 행위가 악마적이고 끔찍했었다. 특히 복수의 끝이라고 생각하는 순간, 끝없이 연장되는 복수의 악연에 질려버릴 것 같다고 할까. 삶의 모진 인과들에 지치게 된다고나 할까. 전해지는 이야기로는 주연 격인 배우 송강호 씨도 시나리오를 받고서 출연을 세 번이나 망설였다고 한다.

〈복수는 나의 것〉이라는 제목을 극장 간판에서 처음 보는 순간, 나는 이게 대단한 복수 이야기이겠구나 하는 생각이 들었다. 그것은 이 영화의 내용에 대한 선행지식(先行知識)이 따로 있어서가 아니라, 순전히 영화 제목에서 느껴지는 언어적 직관 같은 것이었다. 우선 명사구 형태의 이 영화 제목이 주는 독특한 인상에서 복수 의지의 단호함이 느껴졌기 때문이다. 예를 들어서 '복수는 내가 한다'라고 한다든지, 또는 '그 복수를 나에게 맡겨라'라고 문장투로 표현하는 것보다, 훨씬 더 독하고 강한 복수 결의가 묻어나는 것이다.

그런데 '복수는 나의 것'이라는 이 말이 자꾸만 내 기억의 뇌수를 건드리는 것이다. 이전에 어딘가 어디선가 한 번 조우했던 말처럼 다가왔다. 희미한 기억의 가닥을 따라가다가 마침내 그걸 찾아내었다. 맞다. 성서의 여러 페이지에서 간간이 맞닥뜨렸던 말이다. 당장 인터넷에 검색해보니 이런 구절이 나온다. "내 사랑하는 자들아 너희가 친히 원수를 갚지 말라. 원수 갚는 것이 내게 있으니 내가 갚으리라." 로마서 12장에 기록된 말이다.

그러고 보니 그냥 가져다 붙인 영화 제목이 아니다. 성서라는 고전의 족보에 코드를 대고 있고, 그 고전 성서의 언급을 다시 살짝 패러디하여 비틀었으니 인문학적 세련미를 더하고 있는 것이다. 성서는 그렇게 말하고 있다. 복수는 신의 영역이다. 인간이 복수의 주체가 되지 말아라. 그런데 인간은 굳이 그에 맞선다. 복수를 신에게 맡기지 못하겠다. 내가 해야만 하겠다. 그런 인간의 모습이 상정된다. 그는 극한의 분노 자리에서 심판의 소명을 자신의 존재 이유로 생각한다.

그래서 '복수는 나의 것'이라고 표명하는 순간 '내가 신이다(I am God)'를 전제하는 모습이 된다. 이 대목이 섬뜩한 대목 아니겠는가. 참으로 의미심장한 심리 동기를 패러디로 확보하는 것이다. 영화 제목도 고전 인문학(성서)의 훈고와 주석을 스스로 내포하고 있으니, 이쯤 되면 경지에 든 것이라 할 수 있다. 영화 제목을 보는 순간 범상치 않다고 여겼던 내 직관이 설득력을 얻는 순간이다.

2

복수도 소통의 일종이다. 말도 안 되는 이야기 같지만 인정할 필요가 있다. 가치중립적으로 설명하면, 복수도 사람과 사람 사이의 상호작용 현상이니 그것 역시 일종의 소통이 될 수 있다고 생각할 수 있다. 나쁜 소통도 소통은 소통이라는 이야기이다. 복수를 소통의 일종으로 생각할 수 있는 것은, 복수의 감정을 지니고서 좋든 싫든 소통하고 있는 실제의 상대를, 평범한 사람들 대부분이 가지고 있기 때문이다.

많은 사람들이 학교나 직장이나 시장이나 정치판에서 복수하고 싶은 대상을 끊임없이 만들어가면서, 또 그 대상을 상대로 소통해 가면서 생활하고 있지 않은가. 복수할 상대를 소멸시키기까지는 어떤 형색으로이든 소통이 놓이는 것이다. 끔찍한 복수가 저질러지는 행위 그 자체를 소통으로 보기는 어렵겠지만, 그것이 일어나기까지의 과정과 경로는 분명 소통에 해당하는 것이다. 이 사실과 논의 층위가 다르기는 하지만 우리가 놓치지 않아야 할 것이 있다. 대부분의 복수는, 특히 끔찍한 복수는 소통의 단절이 빚어낸 결과라는 점이다.

복수가 소통의 일종인 것은 복수의 일상성을 들여다보면 더욱 뚜렷해진다. 우리는 복수라고 하면 일상적인 것으로 여기지 않고,

일상 모두를 버리고 일대 사건을 저지르는 것이라고 생각한다. 영화나 소설에서 다룬 복수들이 주로 그런 복수만 보여주었기 때문에, 복수는 그런 것이어야 한다고 통념화한다. 영화나 소설에 나오는 복수는 목숨을 살라버리는 복수, 평생을 편집광적으로 몰두하여 상대를 파멸시키고 나도 파멸하는 복수를 그린다. 그런데 그것만이 복수는 아니다. 상대에게 나쁜 일이 생기기를 바라며, 그 나쁜 일을 내가 만들어보아야 하겠다고 마음먹으면 그것이 복수이다. 그 나쁜 일이란 것이 얼마나 크냐 작냐는 상관이 없다. 상대의 목숨을 빼앗는 엄청나게 큰 사건이어도 복수이고, 상대의 신발을 감추는 자질구레한 사건이어도 복수는 복수이다.

복수는 그 감정의 작용만 두고 말한다면 일종의 몰입 기제를 가진다. 복수하기 위해 상대를 죽이려는 사람에게서 느껴지는 몰입의 감정이란 대단한 것이다. 오죽하면 '복수일념(復讐一念)'이라는 관용적 표현이 생기기까지 했겠는가. 사소한 복수 사건의 경우도 마찬가지이다. 상대를 해치려고 신발을 숨기는 행위도 반드시 몰입을 수반하면 복수의 의미를 지니는 것이다. 몰입이 없으면 그저 장난의 차원에 머무는 것이라 할 수 있다.

인간이 보여주는 정신적 몰입의 가장 극단에 있는 것 두 가지를 들라고 한다면 무엇을 들 수 있을까. 살펴본 대로 '복수'라는 감정이 몰입의 극한을 가져다준다. 나머지 하나는 무엇일까. 나는 그것이 '사랑'이라고 생각한다. 가장 고상한 것과 가장 어두운 것이 모두 몰입의 영토에 의탁한다는 것이 신기하다. 몰입하는 인간의 모습은, 그것을 바라보는 이에게 몰입을 감염시킨다. 그러니 우리를 감동으로 빠지게 하는 명작들의 단골 모티프가 사랑 아니면 복수인 것은 당연하고도 남는다. '복수'와 '사랑', '사랑'과 '복수', 이들은 인간 심리 작용의 양극단에 있는 감정이다. 양극단은 잘 통하기도 한다. 그래서 사랑이 무너지면 복수의 나락으로 떨어지는 것일까. 복수가 가 닿는 허망의 극단에서 다시 사랑이 피어나기도 하는 걸까. 자식을 죽인 사람을 다시 아들로 삼는 이야기에 사람들은 따뜻한 가슴으로 운다.

3

복수하기로 마음먹는 순간, 인간은 네 가지의 치명적 오류의 골짜기로 자신을 몰아가게 된다. 복수하기로 마음먹는 순간, 모든 일상의 일들이 오로지 '복수'로 환원되며, 복수로 통하게 된다. 무슨 일을 해도 이것이 모두 복수를 위한 과정이나 수단으로 떨어지게 된다. 복수를 꿈꾸는 사람은 그래서 불쌍하다. 삶의 다른 요소들을 제대로 만나지 못하고 제대로 관계 맺지 못한다. 불구적 삶이다. 삶의 총체를 상실하는 오류, 이것이 첫 번째의 오류이다.

복수를 마음먹으면서 내가 해야 할 이 복수는 나의 운명이라고 생각하는 데에 이르면, 되돌아오기 힘든 강을 건너는 셈이 된다. 망상에 가까운 자기 합리화의 오류에 빠지는 것이다. 운명의 울타리에 갇히면 세계를 왜곡되게 해석하고 인간 일반을 불신하게 된다. 소통을 스스로 차단하여 소외를 불러들이는 것이다. 지극히 주관적 감정에 휘말려 있으면서도 자신을 정의의 사자 정도로 객관화한다.

이것이 두 번째의 오류이다.

　복수하기로 마음을 먹었다면, 우선 실천할 수 있는 것은 무엇일까. 아마도 그것은 상대에 대한 증오감을 키우는 것이리라. 복수 의지를 강화하기 위해서 때로는 필요 이상의 증오감을 확대 재생산하기도 한다. 증오감의 강화는 증오 이외의 다른 감정을 죽여나가는 방식으로 이루어진다. 인간이 발휘할 수 있는 기쁨, 사랑, 공감, 즐거움 등의 여러 감정들을 다 죽여놓고 증오감만을 키워가면, 균형 있게 느끼고 판단하는 힘을 서서히 잃어갈 수밖에 없다. 감정의 불구자, 차갑고 어두운 얼굴의 소유자가 된다. 세 번째 오류이다.

　복수하기로 마음먹는 순간, 복수의 마음을 제삼자에게 들켜서는 아니 된다. 복수의 달성을 위해서는 꼭 필요하다. 복수하기로 마음을 정하는 순간부터 이제는 부단히 자기 자신을 거짓되게 드러내어야 한다. 잘 알다시피 누구를 속이는 일을 정당화하다 보면 내가 나를 속이고 있는 상태에 도달하게 되는데, 문제는 내가 나를 속이고 있는 상태라는 것을 내가 모른다는 점이다. 네 번째 오류이다. 그런데 이 점을 남들은 잘도 알아차린다. 바로 이 때문에 복수 사건은 쉽사리 범인이 잡힌다.

4

　아직 구체적 행동으로 나타난 것은 아니지만, 마음 안에서만 일어나는 복수도 주목해야 한다. 이는 좀비와 같은 것이어서 마음 안에서 수시로 꾸준히 준동한다. 교육이 제대로 역할을 못하는 세태임이 틀림없다. 그런데 어떻게 된 세상인지 부모나 선생을 복수하 겠다는 생각을 하는 사람이 더러는 있다고 한다. 참을성 없는 세태 에서 그 경박하고 화끈한 것을 추종하는 감정의 좀비들이 퍼뜨린 나쁜 씨앗인지도 모르겠다. 복수가 마지막으로 망가뜨리는 대상은 나 자신이라는 것을 체험으로 깨닫는 과정이 인생이다. 이걸 어떻 게 한마디로 가르쳐주나.

복수는 나의 것이라고 외치는 사람이 생겨나는 사회는, 무너져 서는 안 되는 많은 것들이 무너진 사회이다. 복수는 칡넝쿨보다도 더 복잡한 계기 구조를 가지면서 확장되어간다. 영화 〈복수는 나의 것〉이 바로 이 점을 가장 잘 보여준다.

모든 복수가 다 성공한다면, 복수만으로도 이 세상은 충분히 망 하고 말았을지도 모른다. 복수는 나의 것이라고 결심하는 순간, 그 누군가가 나를 향하여 더욱 단호하게 복수는 나의 것이라고 마음먹 게 되어 있기 때문이다. 복수의 연결고리란 것이 그러하다. 복수의 생태학이 그러하다. 인간이 하는 복수는 기껏 그 수준이다.

"복수는 나의 것이다." 이 말을 신(神)이 좀 더 분명하고 확실하게 전해주었으면 좋겠다. 땅 위에 있는 모든 사람들이 알아들을 수 있 도록.

눈썰미에 관한 명상

1

신혼 초에 있었던 일이다. 맞선을 보고 4개월 만에, 서른세 살 늦장가를 간 나는 이래저래 정신이 없었다. 그날도 저녁 어둠이 내릴 때쯤 퇴근을 했다. 마침 아파트 문이 열려 있어서 들어섰더니, 아차! 우리 집이 아닌 것 같다. 남의 집을 잘못 들어온 것 같다. 부엌 등불 아래 저녁을 준비하고 있는 여인이 있기는 한데, 아주 낯설다. 내 아내가 아니다. 나는 당혹스러웠다. "미안합니다. 잘못 집을 찾아온 것 같습니다." 하고는 얼른 나왔다.

아무래도 3층인 우리 집을 지나서 한 층 더 올라온 실수를 한 것 같아서 급히 아래층으로 내려갔다. 좀 전 위층에서의 무안함을 털어버리기라도 하듯, 나는 무어라 투덜거리며 당당하게 문을 두드렸다. 그랬더니 아내가 아닌 어떤 중년 아주머니가 문을 열어준다. "무슨 일로 오셨어요?" 내가 당황스럽게 우물쭈물하자 그녀는 경계의 눈초리로 나를 확인하고서는 얼른 문을 닫아버린다. 그제야 그 집 아파트 호수를 확인하니 202호이다. 우리 집은 302호인데. 아니

그럼 아까 들어갔다 나온 위층 집이 우리 집 맞는데 말이야. 분명 다른 여자가 있었는데……. 나는 다시 위층으로 올라가서 문을 두드렸다.

참으로 이상한 일이었다. 이번에는 아내가 문을 열어주는 것이 아닌가. 나는 대뜸 물어보았다. 아니 조금 전 내가 들어왔을 때, 부엌 주방에서 저녁 준비를 하고 있던 여자가 누구냐. 모르는 여자가 있기에 나는 우리 집이 아닌 줄 알고 나갔었지. 아내는 기가 차다는 듯 말한다. 누군 누구예요. 그게 나예요, 나! 아내가 우습다는 표정 반, 섭섭하다는 표정 반으로 말한다.

아내의 말을 듣고 의문이 풀렸다. 아내는 오늘 오랜만에 미장원에 가서 파마 머리를 했다고 한다. 그러고 보니 아내의 모습이 무언가 다르긴 다른 것 같다. 헤어스타일이 달라진 아내를 다른 사람으로 알고서, 남의 집에 들어온 것으로 착각한 것이다. 말이 되지 않는 해프닝인데, 실제로 있었던 일임에는 어찌하랴. 이 일은 결혼 40주년을 바라보는 오늘까지 아내에게 면목 없는 사건으로 부각되는 데에 조금도 모자람이 없다.

2

비슷한 해프닝이 또 하나 있다. 결혼 전 총각 때의 일이다. 한번은 고향에 내려갈 일이 있어서 고속버스 터미널에 갔었다. 마침 점심시간이어서 간단히 요기라도 해야 하겠기에, 표를 끊어놓고, 분식점에 들어갔다. 우동 한 그릇을 시켜놓았는데, 대각선 건너편 식

탁에 앉은 어떤 젊은 여성이 나를 피하지도 못하고 그렇다고 정면으로 다가오지도 못하며 앉아 있었다. 아니 앉자마자 그렇게 눈이 마주친 것이다. 나도 그 얼굴이 알 듯 말 듯했다.

나는 초임지 학교를 약수동에 있는 장충여자중학교에서 근무하였다. 선생으로서의 열정을 가지고 지냈던 시절이다. 아마도 그때의 제자일 거라는 생각이 들었다. 특별히 가깝게 알고 있거나 구체적인 인지를 하지 못할 경우, 이미 오래된 옛날 제자일수록, 특별히 다가와서 아는 체를 하기도 좀 부자연스러울 거라고 생각했다. 그런데 여기는 워낙 좁은 분식가게 안이니, 아주 모른 체 외면하기도 불편한 그런 공간이다. 이전에도 이렇게 어중간하고 서먹하게 옛날 제자를 조우하게 되는 경우들이 더러 있었다. 나는 그런 장면에서도 아주 모른 체하는 것보다는 어설픈 눈인사라도 해주는 제자들이 좋았다.

어쨌든 그렇게 해서 그녀와 나는 엉거주춤한 채 떨어져서 눈인사를 나누었다. 그녀는 어색하고 부끄러운 듯 이마를 조금 숙여 시선은 피하면서 눈인사를 나누었다. 쟤가 누구였더라. 누구였더라. 그러나 생각이 나지 않았다. 내 짐작으로는 그녀가 대학 3, 4학년쯤 되었을 것 같았다. 차 시간이 되어 그녀보다 먼저 분식점을 나오며, 나는 그녀에게 한 마디 덕담을 건네었다. "공부 열심히 해라!"

버스에 올라 서울을 벗어나면서 차창이 훤해지고 나서야 내 기억의 창도 맑아지는 듯했다. 문득 머리 한구석에 어떤 장면 하나가 떠오르면서 나는 말할 수 없는 무안함을 스스로도 어쩌지 못했다. 얼굴이 화끈거렸다. 터미널 분식점에서 조우했던 그녀의 모습이 점차 확연하게 떠올랐다. 석 달 전인가 어머님 친구의 소개로 맞선을 보았던 아가씨! 바로 그녀이었다. 그게 왜 지금 생각난단 말인가. 이런 낭패가 있나. 그녀는 얼마나 불쾌하고 기분이 상했을까. 무어라 욕을 했을까. "별 웃기는 녀석 다 보았네. 원 재수가 없으려니!" 아마 그러고도 남았을 것이다. 내 눈썰미라는 것도 참 어지간히 한심했다.

3

　나와는 반대의 경우도 얼마든지 있다. 작년에 울산에서는 이런 일도 있었단다. 평소 눈썰미 좋기로 소문난 울산 남부경찰서 권 아무개 경찰관이 부산지하철 2호선을 타고 퇴근하다가, 지하철 안에서 한 50대 남자를 보며 '어디서 많이 본 사람' 같다는 느낌을 받았단다. 곰곰이 생각하다 수배 전단지가 생각나 권 순경은 남부서 친구 형사에게 전화를 해 전단지를 모바일로 전송받았는데, 전단지를 본 순간, 남의 돈 10억 원을 몰래 훔쳐 달아난 용의자 A씨임을 확인할 수 있었다는 것이다. 참으로 대단한 눈썰미이다. 실제로 수사관 적성을 테스트하는 데에 눈썰미 요소를 재어보는 항목들이 있다고 한다.

　'눈썰미'를 사전에서 찾아보면, '한두 번 보고도 곧 그것을 해내거나 민감하게 알아차릴 수 있는 재치'로 풀이하고 있다. '눈썰미'에 해당하는 한자어로는, 눈이 공교(工巧)하다는 뜻으로 '목교(目巧)'라는 말이 있지만, 아무래도 말의 맛으로는 '눈썰미'를 따라오지 못한다. 눈썰미는 직관이 뛰어나고 빠른 판단력을 가졌을 때 발휘될 수 있는 오묘한 능력이다. 오묘하다 함은 논리적으로 설명되지 않는 면이 있다는 것이다.

TV 프로그램에 '옥의 티 찾기'라는 것이 있다. 드라마 장면 등에서 여간해서는 드러나지 않는 매우 사소한 촬영상의 실수들을 찾는 내용이다. 출연자들의 눈썰미 능력이 옴짝 없이 부각되는 프로그램이다. '눈썰미'는 인간 보편의 자질인 듯하다. '너 눈썰미 있다.'를 영어로 표현하면, "You have quick eyes for learning things." 또는 "You pick things up quickly by just watching." 등으로 나타난다. 이런 표현이 있는 것을 보면 서양 사람들도 '눈썰미'의 능력을 예찬하는 데는 이견이 없는 듯하다.

그런데 눈썰미 현상을 자세히 들여다보면 대체로 다음 세 가지 속성이 나타난다. 첫째는 말할 것도 없이 대상에 대한 민감성(sensitivity)이다. 둔감한 사람이 눈썰미 있다는 평을 듣기 어렵다. 그런데 이 민감성이 노력으로 되는 것인지 타고나는 것인지 분간이 잘 되지 않는다. 또 민감성이 인지적 범주의 것인지, 정의나 태도의 범주에도 해당될 수 있는지 궁금하다. 요리 솜씨가 뛰어난 사람, 사진을 잘 찍는 사람치고 눈썰미 없는 사람 없다. 이것이 모두 민감성에 근거하는 눈썰미란 이야기이다. 요즘 창의성 교육을 이야기하는 첫 항목에 '민감성'을 갖추도록 요구한다. 그냥 흘려들을 이야기가 아니다.

만약 눈썰미가 사람의 태도와도 관련이 되는 것이라면, 눈썰미의 두 번째 속성을 '사물과 환경을 대하는 적극성'이라고 말하고 싶다. 눈썰미가 '좋은 인성'의 바탕이 될 수 있음을 알 수 있다. 누군가 그런 말을 했다. "효도의 출발은 눈썰미에 있다." 나는 이 말에 전적으로 동의한다. 추운 날 시골의 노부모님 댁을 여러 번 다녀와도 부모님 댁에 보일러 놓아드려야겠다는 생각을 못 하는 자식은 눈썰미 있게 살피지 못하는 자식이다. 평생 시장에서 장사 일을 해온 장사의 달인은 이렇게 말한다. "장사의 반은 목이고, 나머지 반은 눈썰미이다." 가게의 위치가 좋아야 함은 물론이고, 물건과 고객을 대하는 적극성, 즉 눈썰미를 잘 발휘하는 것이 매우 중요하다는 것이다. 마음이 가는 곳에 눈썰미가 간다고 보아야 할 것이다.

눈썰미의 세 번째 속성은 나쁜 속성이다. 눈썰미가 '바깥 사물(外物)에 마음이 잘 흔들리는 경박성'으로 인식되는 경우이다. 이는 마음의 적극성이 진지함을 잃고, 지나치게 이익과 손해에 민감할 때 나타난다. 그냥 눈치만 무지무지 빠른 사람이 여기에 해당한다. 사람들에게서 기피를 사게 되는 것은 당연하다. 이런 인식을 받기보다는 차라리 '눈썰미 없다'는 평을 듣는 것이 나을지도 모르겠다.

4

인터넷에 어떤 학생의 이야기 하나가 올라와 있다. 학교에 어떤 학부모가 오셨는데, 내가 아는 어떤 성악가와 너무 닮아서, 친구들에게 내가 아는 아무개 성악가를 닮았다고 신나서 이야기하고 다녔단다. 그런데 그 성악가를 아는 내 친구 하나가 "야, 그 성악가 닮은 게 아니라, 바로 그 성악가라니깐!" 이러더라는 것이다. 그러고는 자탄을 했다. "나는 눈썰미가 있다고 해야 하나요. 없다고 해야 하나요." 꼭 내 이야기를 하는 것 같다.

나는 앞에서 고백한 대로 눈썰미가 없는 편이다. 학생들을 눈썰미 있게 파악해주지 못해서 낭패를 겪은 일들이 떠오른다. 나이가 많아지면서 더 그렇다. 이름을 틀리게 기억하거나 이전에 물어본 질문을 만날 때마다 반복한다. 학생들이 얼마나 실망할까.

정말 선생님 노릇을 좀 더 잘하려면 정말로 '눈썰미 능력'을 길러야 하겠다. IT 첨단 기술 시대에도 사람의 눈썰미는 여전히 위력을 지닌다. 남다른 눈썰미를 가진 사람은 전체의 3% 정도라고 한다. 이 중에서도 보석감정사, 조리사, 문화재감정 전문가 등과 같은 전문 직업은 아주 탁월한 눈썰미 능력을 필요로 한다.

교육적 눈썰미가 필요하다는 느낌이 들면서, 아트 딜러(Art Dealer)라는 전문 직업을 생각하게 된다. 세계의 화단(畵壇)을 누비는 저명한 인물들, 이를테면, 팝 아트 장르를 개척한 앤디 워홀이나 추상표현주의 대가인 잭슨 폴록과 같은 인물을 일찍이 무명 시절부터 지켜보면서 이들을 마침내 빛나는 진주로 발굴한 아트 딜러들이야말로, 뛰어난 교육적 눈썰미를 가진 사람이라고 할 수 있다. 사람을 기르는 교육자들에게 타산지석(他山之石)의 시사를 던져준다고 하겠다.

말을 안다는 것

1

내가 자란 마을은 산으로 둘러싸여 바깥세상 물정조차도 돌아앉은 산골이었다. 그런지라 세상 말도 더디게 배웠다. 6·25전쟁 후 세상은 궁핍으로 가득 채워진 듯했다. 가난 속에서는 '듣고 배울 말'도 궁핍했다. TV는 아예 존재하지를 않았고, 라디오 방송도 수신 자체가 불가능했으니, 밖으로부터 들을 말이 없었다. 결핍 속에서는 '읽어서 배울 말'도 부족했다. 읽을 책이 없었다. '읽어서 배우는 말'이 산골 아이에게는 다가오지를 않았다. 그저 식구들 언어만 접할 뿐이었다. 사정이 그러하니 이른바 사회화된 말, 또는 문화적으로 진화된 말을 배울 기회가 없었다. 나에게는 그런 게 내 습득의 마당 안으로 들어오지를 못했다.

어른들이 하시는 말씀 중에 대여섯 살짜리 나로서는 아무리 생각해도, 이해가 안 되는 말이 있었다. 예를 들면 이런 말이다. "우리 마을 대식이 아재가 대학에 떨어졌다." 어린 나는 이 말을 도통 이해할 수가 없었다. 대학이 높은 수준의 학교라는 것은 대충 알겠는데, 떨어지다니! 그게 무슨 말인가. 아마도 쉽게 접근하기 어려운 높은 데에 있는 학교일 수 있겠지. 그렇게 높은 곳에 있는 학교라면 경사가 심해서 떨어진 것인가. 아니면 대학의 문 앞에는 큰 낭떠러지가 있어서 그걸 떨어지지 않고 기어 올라가야 대학생으로 받아준다는 말인가. 여섯 살짜리 나의 추리는 그런 수준이었다.

표현된 말과 그것이 진짜로 나타내는 뜻 사이의 틈새를 내 소견 머리로는 메꿀 수가 없었던 것이다. 정말 말로만 들어서는 그게 어떤 사태인지, 어떤 형용인지, 도무지 어림조차 잡히지 않았다. 그렇다고 그 말을 맹탕 모른다고 할 수도 없었다. 아는 듯하면서도 모르는 말이라고나 할까. 그래서 '그 말의 현장'을 꼭 내 눈으로 가서 보고 싶었다. 그래야 그 말이 이해될 성 싶었다.

여섯 살 나는 '떨어지다'라는 말을 확실히 알고 있었다(알고 있다고 믿었다). 나 자신이 마루에서 떨어져보았고, 나무에서 떨어져 다쳐보기도 했기 때문이다. 떨어진다는 말을 나처럼 경험해본 사람도 없을 거라고, 어린 나는 그렇게 생각했다. '떨어지다' 이 말을 내가 알고 있음을 나는 굳게 믿었다. 그런데 서울 가서 대학 시험을 치고 떨어져 마을로 돌아온 대식이 아재를 보는 순간 나는 혼돈에 빠졌다. 대식이 아재는 멀쩡했다. 떨어져서 다친 구석이라고는 찾아볼 수가 없었다. 걷고 뛰는 것도 정상이었다. 내가 아는 '떨어지다'라는 말은 이제 더 나아갈 길을 잃었다. 나는 '떨어지다'가 추상화되거나 비유적으로 쓰이는 걸 알지 못하였던 것이었다. 이 말을 내가 확실히 안다고 나를 믿는 순간, 오로지 내가 아는 뜻으로만 이 말을 이해하려 드는 것이다. 이는 유아적 사고의 전형이라 할 수 있다.

요즈음 우리 사회는 '확증편향(確證 偏向)'의 징후들이 만연해 있다. 자신의 가치관, 신념, 판단 따위와 부합하는 정보에만 주목하고, 그외의 정보는 무시하는 성향이나 사고방식을 일컫는 말이다. 자신의 선입견을 확실히 증명하는 정보만을 선택적으로 취하려는 경향이 늘어난다. 반대로, 자신이 믿는 바에 반하는 정보들에 대해서는 찾으려고 노력하지 않으며, 되려 마주하게 되어도 외면한다('확증 편향', 위키백과). 가치 갈등이나 이념 갈등이 점점 극단화하면서 생겨나는 닫힌 사고의 전형이라 할 수 있다.

내가 아는 것만 정당하고 확실하다고 믿는 것이다. 내가 모를 수도 있다는 점은 애초에 차단된다. 나와 생각이 다른 사람에 대해서는 일말의 용서도 없다. 용서는커녕 마음속으로는 '학살 심리' 비슷한 상태를 견지하는 것이다. 인터넷 안의 시국 이슈에 달린 네티즌들의 댓글들이 이를 웅변으로 입증한다. '대학에 떨어졌다'라는 말을 도저히 이해하지 못했던 대여섯 살 무렵 나의 사고 패턴과 유사하지 않은가. 어떤 말을 이해하거나 사용할 때, 오로지 내가 아는 의미 범주로만 그 말을 이해하려 하고, 그 뜻을 믿으려 하는 태도가 바로 확증 편향 아니겠는가. 확증 편향을 가지고 상대를 무조건 무시하는 사람은 '어른'이 아니다. 즉 성숙한 사람이 아니다. 앎이나 생각이 자라나지 못한 어린아이의 사고와 다를 바 없다. 확증 편향의 사람들을 무시할 수밖에 없다는 주장이 나오는 것도 확증 편향의 일종일까. 그런 딜레마에 우리 사회가 빠져 있다.

2

어린 내가 의문을 품었던 말이 하나 더 있다. 교회에서 자주 쓰는 말이었다. 예배에서 헌금을 드리는 순서가 되면, 목사님은 "하나님께 예물을 드리는 시간입니다."라고 했다. 또 "주님께서 기쁘게 받아주시기"를 기도한다. "이 헌금이 온전히 하늘나라를 위해 쓰이는 것"을 강조하기도 했다. 여섯 살짜리 아이는 이런 말들을 모순 없이 이해하기가 어려웠다. 일차원의 세계에서 이런 말들을 이해하려고 노력했기 때문이다. 초월적이고 초능력적인 하나님의 존재를 어느 정도 이해하고는 있어도, 의미의 자물쇠를 풀고, 스스로 의문 없이 온전한 이해를 하기에는 이런 말들이 신비해서 어려웠다. 아니 어려워서 신비했다.

소년의 궁금증은 주로 이런 것이었다. 헌금을 받아가실 하나님이 교회에 언제 오시는가, 어떤 방법으로 받아가시는지가 참으로 궁금했다. 헌금을 전달하는 분은 목사님인가, 아니면 하나님 스스로 가져가시는 건가, 기쁘게 받아주신다고 하지 않았는가, 그분은 기쁜 마음을 어떻게 표정에 드러내실까, 그리고 헌금한 돈은 이 지상에 있지 않고 정말 하늘나라에 보관하는 것일까, 하늘나라로 헌금을 옮길 때는 비행기로 옮기는 것인가, 구름 타고 옮기는 것인가, 하늘나라 어디에 보관하는 것일까, 하늘나라에서 돈 쓸 일은 어떤 일이 있단 말인가 등등이 나의 관심사였다. 나의 의문과 관심사는 그 누구도 해결해주지 못했다. 왠지 이런 질문은 어른들에게 면박을 받을 것 같다는 생각이 들었다.

헌금과 관련해서 교회가 사용하는 말은, 그 말을 온전하게 받아들이자면, 상당히 오랜 기간 영성의 수련과 학습을 요구하는 것이다. 교회의 관습과 풍속도 알아야 하고, 신을 언어로 섬기는 '제도로서의 언어'도 이해해야 하고, 무엇보다도 성서적 해석의 오랜 전통을 개인의 신앙 체계 속에서 이해하는 과정이 필요한 것이다.

헌금과 관련된 교회의 언어에 대한 궁금증을 어른들에게 물었을 때, '지금 설명해도 아직은 잘 모를 것이다. 차차 너도 자라면서 알게 될 것이다.', '하나님에 대한 믿음이 점점 자라나면 자연스레 이해하게 될 것이다.' 이런 대답을 듣곤 했다. 대답의 공통점은, 말을 이해라는 데는 시간이 상당히 필요하다는 것이었다.

자라는 동안 무신론자가 된 사람은 이 어릴 적 헌금의 언어들이 말 그대로의 사실을 뜻하는 것이 아님을 알게 되었으리라. 어른이 되도록 신앙을 잘 키워온 사람은 그 헌금의 언어를 이해하는 종교적 합리성을 스스로 찾게 되었으리라. 이 모두는 인간의 삶에서 말을 공부하고 이해하는 과정들이다.

어느 쪽이 되었든 그런 앎에 이르기까지는 상당한 시간이 걸리고, 그 시간 안에는 어떤 세계가 있고, 그 세계 안에는 주체의 체험이 빚어내는 의미의 부화가 있었을 것이다. 또 어느 쪽이 되었든, 다른 반대쪽을 확증 편향처럼 무시할 수는 없다. 말은 존재의 집이라고 했던 어느 철인의 말을 굳이 갖다 대지 않는다고 하더라도, 하나의 말을 안다는 것에는 이런 심오한 인식의 내공이 들어 있는 것이다.

3

'하나의 말을 안다는 것'은 쉬운 일이 아니다. 그저 언어 기호(記號)로서의 말을 안다는 것으로 끝나는 것이라면, 말 배우기가 얼마나 만만한 것이겠는가. 어떤 말을 문자 기호로 적을 수 있고, 문자 기호로 된 말을 읽을 수 있고, 그 뜻을 사전에서 찾아서 알 수 있는 것으로, 말 배우기를 다 했다고 하면, 그것이야말로 얼마나 만만한 과업이겠는가.

말을 배우고 이해하는 일은 만만하지 않다. '말을 안다는 것'은 말과 관련된 인간사(人間事) 세상사(世上事)를 안다는 것이다. 인간사 세상사를 한꺼번에 알기가 쉬운 일인가. 한도 끝도 없는 일이다. 죽을 때까지 배워도 다 배울 수 없다는 말이 바로 그 말이다. 내가 '떨어지다'라는 말을 제대로 체득한 것은 내 인생에 몇 번의 낙방(落榜)을 겪고 난 후이다. '너희들이 떨어지는 맛을 알아?' 하는 경지에 들고서야 나는 '떨어지다'를 비로소 알게 된 것이다.

정현종 시인은 말한다. "사람이 온다는 것은 어마어마한 일이다. 그는, 그의 과거와 현재와 그리고 그의 미래와 함께 오기 때문이다. 한 사람의 일생이 오기 때문이다." 나란히 병치시켜본다. "말이 온다는 것은 어마어마한 일이다. 말이 거느린 인간사와 세상사가 함께 오기 때문이다. 사람과 사람 사이의 모든 것이 오기 때문이다."

말 가르치기, 말 수행하기의 중요함을 각성해본다.

제2부

언어가 좋이 자라는 곳, 마음의 밭

생각 화두 | 마음의 밭은 무엇으로 일구는가

심전(心田)! 좋은 말입니다. 풀이하면 '마음의 밭', 또는 '마음 밭'이란 뜻입니다. 달리 더 잘 풀이하려 해도, 이 직설적 풀이를 넘어설 수 없습니다. 우리 '마음'이란 것도 '밭'과 같다는 것입니다. 불교에서 온 말인데요, 마음의 본바탕을 일컫는 말이라고 합니다. 불교의 가르침을 따라가 보면, 이렇게 설명이 되어 있습니다.

본래 분별이 없고 생각을 정하지 못하는 인간의 마음에서, 선과 악이 생겨남이, 마치 저 밭에서 유익을 주는 농작물이 나오기도 하며, 쓸모없는 잡초가 나오는 것과 같다고 보았습니다. 그래서 우리의 마음 바탕을 '심전(心田)'이라 하였습니다. 마음 밭을 잘 가꾸어 복을 얻자는 뜻에서 심전계발(心田啓發)이라는 말도 있습니다. 요컨대 마음도 밭과 같아서, 그 밭에는 지혜와 복덕이 자라난다고 보는 것입니다. 물론 그 밭에서는 어리석음과 불행의 잡초가 자라날 수도 있습니다.

그런데 그 밭을 직접 갈아서 농사를 지어보지 않으면, 마음의 밭을 체득하기 어렵습니다. 밭을 갈아엎어서 이랑을 만들고, 그 이랑에 씨를 뿌리고, 거름을 주고, 김을 매어 잡초를 뽑고, 가물면 물을 대어 작물을 살리고, 큰비가 오면 고랑을 내어 물을 빼주고, 병충해를 막아 보살펴 주고, 잎과 뿌리와 열매가 자라도록 바람과 비와 냉해를 막아주고, 짐승들 못 오게 하고, 그리하여 마침내 수확하고, 그것을 겨울 동안 갈무리하고, 그래서 해가 바뀌면 다시 심고 키울 씨앗과 모종과 묘목을 구하고……

밭을 경작해본 사람은 말합니다. 밭 경작의 어려움과 고단함이 얼마나 힘든지를 말합니다. 애를 써도 소출이 빈약하면, 밭을 제대로 건사하지 못한 자신의 게으름과 무능을 스스로 탓합니다. 심전, 마음의 밭인들 다를 수가 없습니다. 실제의 밭을 경작하는 농부의 노력과 수고를 마음의 밭을 경작할 때에 수고와 노력으로 유추해볼 수 있겠습니까. 과연 나는 내 마음 밭에 참되고 착하고 아름다운 것을 길러내기 위해서 어떤 수고를 다짐할 수 있습니까. 마음 밭에 선이 자라게 하는 것, 악이 자라게 하는 것, 그 모두가 마음 밭을 경작하는 주인에게 달려 있습니다.

이쯤에서 역사학자 아놀드 토인비(Arnold Toynbee)의 말을 주목해봅니다. 그의 역사 발전관이 '도전과 응전'의 역사관임을 우리는 잘 알고 있습니다. 그는 인간 존재는 모두 죽는 날까지 잠시도 멈출 수 없이 도전을 감당하면서 인생의 다음 단계로 올라간다고 말합니다. 만족에 도달하면 즉시 그다음의 도전이 다가오는 것, 이 과정이 곧 우리가 마음의 밭, 심전(心田)을 부단히 경작하는 과정 아닐까요.

인간은 누구든 현실에 안주하려는 속성을 지니고 있다. 어느 정도의 단계에 이르면 거기에 만족하고 그만 멈추려고 한다. 그런데 인간이 처한 운명은 자꾸만 변하기 때문에 그럴 수가 없다. 운명은 인간에게 다음 단계로 올라가라고 도전장을 던진다. 그 단계에 이르면 다른 도전이 와서 또 다음 단계로 올라가게 한다. 그렇게 죽는 순간까지 인간은 도전을 받고 살아간다.

끊임없이 밀려오는 도전에 맞서고 그것을 이겨내는 과정에서 지치고 고단한 마음을 스스로 위로하여 추스르는 일, 새로운 도전을 향해 내 마음의 고삐를 다잡는 일, 이 모두가 마음의 밭을 경작하는 일이라 하겠습니다. 그만 멈추어서 퍼진다면 마음의 밭은 가는 이 없이 잡초와 독초가 자라나 황폐해지겠지요. 독서로 가꾸는 우리들 마음의 밭을 떠올리게 됩니다.

'행복론'으로 유명한 스위스의 철학자 칼 힐티(Carl Hilty)의 말도 경청할 만합니다. 내 마음을 아프게 건드리고 가는 것에 마음을 빼앗기지 말고, 그것으로 인한 괴로움을 떨쳐 버리고, 내 마음을 잘 보전하라고 합니다. 육신의 고통이나 남이 주는 말의 상처가 내 마음을 망가뜨릴 수 없음을 강조합니다.

> 병이 생겼으면 그 병은 육체의 병이지 마음의 병은 아니다. 성한 다리가 절룩거리면 그것은 어디까지나 다리에 생긴 고장이지 내 마음에 생긴 고장은 아니다. 이 한계를 분명히 안다면 언제나 그 마음을 온전히 보전할 수 있다. 남이 나를 욕한다면 그 욕한 사람의 입에 고장이 난 것이지 내 마음에 생긴 고장은 아닌 것이다. 우리는 너무도 내 마음과 관계없는 일에 머리를 쓰고 괴로워한다. 그러한 괴로움은 떨쳐 버려야 한다. 내 마음은 그 무엇에게도 다치지 않고, 내가 잘 보전할 수 있는 것이다.

남이 나를 욕하면 나에게는 상처가 됩니다. 이 상처를 내 마음의 밭이 치유할 수 있습니다. 내 마음의 밭이 너그럽고 넉넉하면, 내가 받아들인 아픔들은 그 밭에서 새로운 생명, 새로운 언어를 피워냅니다. 그렇습니다. 우리의 언어적 노력이 우리의 성정을 맑게 하고, 그것이 마음의 밭을 비옥하게 합니다. 분노와 같은 돌멩이의 언어, 시기와 같은 가시나무의 언어, 독약과 같은 쓴 뿌리의 언어들을 뽑아내면서 마음의 밭이 잘 보전되는 것입니다.

여기 제2부에서는 마음 밭을 비옥하게 하는 언어들, 마음 밭을 척박하게 하는 언어들을 살펴봅니다. 마음과 언어가 따로 갈 수 없는, 상호성 높은 관계임을 우리는 인정하지 않았던가요. 따라서 어떤 마음의 밭에서 독초와 잡초의 언어가 자라는지, 어떤 마음의 밭에서 풍성한 오곡백과의 언어가 생산되는지를 들여다볼 수 있으면 좋겠습니다. 언어가 발음 부호나, 어휘 리스트나, 문법 지식만이 아님을 느끼는 것만으로도 깨달음의 자리로 나아간 것이라 할 수 있습니다. 언어를 통하여 인간의 마음을 볼 수 있다는 것을 느끼기를 바랍니다.

그리고 다음의 화두들을 함께 나눌 수 있기를 바랍니다. 듣기를 성숙하게 하는 마음 밭은 어떤 밭인가, 아름답고 소중한 것은 왜 마음 밭에 숨겨두는가, 고백의 언어는 어떤 마음 밭에서 자라는가, 절제의 언어는 마음 밭을 옥토로 만드는가, 누가 무엇이 마음 밭을 황폐하게 하는가, 나쁜 씨는 나쁜 밭에, 좋은 씨는 좋은 밭에 뿌려지는가, 언어가 무성하면 마음 밭은 풍년인가, 운세를 믿으려는 마음은 어떤 언어를 좋아하는가, 나는 내 마음의 주인인가, 나는 내 언어를 내 마음에 잘 심고 있는가 등등의 화두입니다. 물론 정답이 따로 있는 것은 아닙니다.

세상에 어려운 일, 듣기

1

사람들은 대화하고 소통하며 산다. 소통의 현존(現存)만큼 산다는 것을 생생하게 증명하는 것이 또 무엇이 있겠는가. 그래서 소통이 끊어진 곳에 삶의 좌절이 있고, 소통이 왜곡되는 곳에 배신의 분노가 있고, 소통이 실종되는 곳에 관계의 파탄이 있다. 이렇게 말하면 소통이 거창한 그 무엇인 것 같지만, 실상 소통은 소박한 것이다.

소통이란 것의 반은 내가 누구에겐가 말하는 것이고 나머지 반은 내가 누군가의 말을 듣는 것이다. 모든 소통은 여기에서 시작한다. 이것이 잘 안 되면 소통은 잘 이루어질 수 없다. 그런데 소통은 잘 이루어지지 않으면, 그냥 잘 이루어지지 않는 것으로 끝나는 것이 아니라, 불행과 고통을 가져다준다. 안 되면 말고 하는 식으로 다스릴 일이 아닌 것이다. 그래서 소통의 문제를 보는 지혜의 눈이 필요하다.

사람들은 소통을 주로 말하기의 문제로 본다. 내가 말을 잘못해서 소통이 성공하지 못했다고 생각한다. 듣는 것이 말하는 것과 불가분의 관계에 놓이듯이, 말하는 것은 듣는 것에 의존하지 않으면 성공할 수 없다. 말하기의 실패는 듣기의 실패에 반드시 연동되어 있다. 그래서 듣기의 지혜가 중요하다. 그런데 잘 듣는다는 것이 생각만큼 쉽지 않다. 좋은 마음의 지배를 받아야 한다.

2

소백산맥 자락 시골 마을에 사는 K씨는 50대 후반의 성실한 농사꾼이다. K씨는 지난 5월 어버이날을 맞아 이른바 효도 관광이란 걸 다녀왔다. 자식들이 부모님 노고를 위로한다고 돈을 모아, 경치가 뛰어나다는 중국 장가계 관광을 보내 드렸단다. 생전 처음 해외여행에 나선 K씨 내외는 자식들의 정성이 고마웠다. 그만큼 소중한 여행으로 생각하고, 장가계의 절경들을 감탄하고 또 감탄하며 구경하였다. 그야말로 신선의 영토를 보는 듯했다.

효도 관광을 마치고 돌아온 K씨는 장가계 다녀온 이야기를 하고 싶었다. 곁들여 자식들 효성도 자랑하고 싶었다. 누군들 그렇지 않겠는가. 이렇듯 강한 소통의 욕구가 있기에 자기 존재의 근거가 비로소 확인되는 것 같았다. 이렇듯 소통은 삶을 활기 있게 추동시키는 원천이다. 생각해보면 우리들 모두도 이와 비슷한 유형의 경험을 가지고 있다.

마을회관에서 모임이 있던 날, K씨는 중국 장가계에 다녀온 일을 은근슬쩍 꺼내어 이야기를 시작했다. 별 자랑거리가 아닌 듯한 말투로 시작했다. "애들이 이번 봄에 쓸데없는 신경을 써서 팔자에 없는 구경을 하고 왔다." 이렇게 이야기를 꺼낸다. 장가계에서 현지 가이드가 전해준 이야기들을 보태어가며, 세상에 그런 절경은 없을 것이라고 소감을 펴나갔다. 이웃들이 부러운 듯 경청하자 K씨의 이야기는 소통의 신명을 얻는 듯했다.

들고 있던 사람들 중에 누군가가 나섰다. 농협인가 어딘가에 있다가 작년엔가 퇴직한 L씨가 장가계 이야기를 그냥 죽 듣고 있지 못한다. 할 말이 많다는 표정으로 나섰다.

"장가계 경치, 그 참 일품이지. 내가 3년 전에 다녀왔는데, 한국 사람들 몰라서도 못 갈 때야. 나는 장가계 들러 원가계까지 둘러보고 왔었는데. 하여튼 관광 상품 중에서도 제일로 비싼 걸루 다녀왔지. 내 작년에도 자식들이 하도 다녀오라고 해서 말이야, 중국 황산이라는 데도 갔다 왔는데 말이야, 황산은 장가계하고는 또 다른 맛이야. 그 케이블카로 올라가면서 단풍 보는 맛이 끝내주더라고!"

처음 장가계 이야기를 꺼내었던 K씨의 말은 이미 끝나 있었다. L씨가 무어라 이야기 마당으로 K씨를 다시 끌어들였으나 그는 더 이상 소통 의욕을 잃은 듯했다. 얄미웠을 것이다.

심리학에서 일컫는 용어 중에 'I-knew-it-all-along' 현상이라는 것이 있다. 굳이 우리말로 옮기자면 '나도 그거 다 알고 있어.'쯤의 뜻이 되는 말이다. 남의 이야기를 그 사람의 마음 형편이 되어서 들어주지 못하는 마음 상태를 말한다. 결론부터 말하면 이런 심리적 현상은 일종의 권력 부리기(powering)에 해당한다. 아는 것이 없고,

가진 것이 없고, 힘이 없는 사람에게는 나타날 수 없는 현상이다. 그러니까 'I-knew-it-all-along' 현상은 곧 '나는 권력을 가지고 있다.'는 것을 명시적으로 보여주는 것과 같은 의미라 할 수 있다. 그러니 정치 권력이든 지식 권력이든 부의 권력이든, 권력을 가진 사람이 듣기를 잘 하기가 얼마나 어려운지를 보여주는 대목이기도 하다.

L씨가 그렇게 끼어들 듯이 말하지 않고, K씨 이야기를 끝까지 들어주고 '참으로 좋은 구경했다. 효자 자식 두어서 참 좋겠다.'고 말해주었다면 어떠했을까. 두 사람의 소통은 아름다운 상생의 관계를 만들어내며 꾸준히 발전해갔을 것이다. 시간이 지나면 K씨는 알 것이다. 아니 동네 사람들 모두 알 것이다. L씨는 이미 그 이전에 중국 여행 경험이 많았다는 것을. 그러함에도 전혀 아는 티 내지 않고, K씨의 장가계 이야기를 한없는 공감적 이해의 마음으로 들어준, L씨의 인격을 우러러볼 것이다. 그런데 그날 L씨는 좌중으로부터 얄미움의 대상이 되었다. 그것이 L씨가 가진 듣기 능력의 한계인지도 모른다.

3

인지심리학자들은 보통 듣기의 단계를 세 단계로 나눈다.

처음 단계는 '들리기(Hearing)'의 단계이다. 말소리가 그냥 귀에 들려오는 수준을 말한다. 청각기관에 장애가 없으면 자연스럽게 소리를 들을 수 있는 기본 청각 능력의 수준을 '들리기'의 단계라 한다.

두 번째 단계는 '듣기(Listening)'의 단계이다. 말소리를 식별하고 단어의 소리와 의미를 알아차리며 들을 수 있는 능력의 단계이다. 주의와 집중에 의해서 듣기가 이루어지는 것이다. 그냥 들리는 소리를 듣는 것이 아니라 듣는 사람이 주의를 집중함으로써 단어나 문장의 소리와 더불어 그 의미를 들을 수 있는 능력이다. 따라서 이 '듣기'의 능력을 기르기 위해서는 훈련과 학습이 필요하다.

마지막으로는 '총체적 이해로서의 듣기(Auding)'이다. 이 단계에서 듣는 사람은 자신의 인생 경험과 배경 지식이 모두 동원되어서 말하는 사람의 메시지를 감상하고 평가하여 총체적으로 이해하는 듣기 능력을 발휘한다. 듣는 메시지에만 집중하는 것이 아니라, 그 메시지가 지닌 다양한 맥락을 모두 고려하여 그야말로 총체적인 이해를 하는 것이다.

앞에서 언급한 K씨와 L씨의 사례를 보면, 참으로 '듣기 능력'의 최상은 끝이 없는 듯하다. 그것은 아마도 인지적 측면에서 한껏 높은 수준이라 할 수 있는, 이른바 '총체적 이해로서의 듣기'를 넘어서는 능력임이 틀림없다. 아니 그것은 그냥 능력이라기보다는 도덕적 성숙이 잘 우러난 인격의 경지라고 말하는 것이 더 적절할지도 모르겠다. 그러니 듣기 능력의 최상급자는 '잘 들어주는 사람'이라고 해야 할 것 같다. 더 부연하여 말하면, 들어준다는 표도 내지 않고 잘 들어주는 사람이라 할 수 있다. 상대를 향한 겸손과 존중이 내면의 덕성으로 배어들어서 그것이 듣기의 장면에 자연스럽게 비치는 사람이다. 잘 듣는 능력 속에 이런 도덕적 자질이 숨어 있다니.

그런데 또 한편으로 생각해보면 남의 말을 들어주는 일이야말로 무어 그리 어렵겠는가 하는 생각도 든다. 흔한 말로 돈이 드는 것도 아니고, 힘든 몸의 노역을 해야 하는 것도 아니고, 귀가 닳는 것도 아니다. 그런데 이런 생각은 듣는 일의 쉽고 어려움을 눈에 보이는 육체적인 기준으로만 파악하려는 속 좁은 생각에서 나온 것이다. 듣기의 지혜에 가닿을 수 없다. 마땅히 훌륭한 듣기란 마음의 다스림과 내면의 수양에 연결되어 있다는 것을 깨달아야 할 것이다. 이쯤에서 한 가지 분명한 것은 가장 저급한 듣기의 수준이 무엇인지를 눈치챌 수 있다는 것이다. 그것은 바로 'I-knew-it-all-along'에 빠져 있는 듣기 심리라 할 수 있다.

　나는 가르치는 선생이다. 수업도 소통의 일종이라고 한다. 나는 가르치는 사람으로서 끊임없이 발신자의 자리에 선다. 그리고 많은 말을 한다. 수업 시간에도 주로 내가 말을 하고, 학생들과의 대화 시간에도 주로 내가 말을 하고 있다. 누군가 풋풋한 의견이라도 내려고 하면, 누군가 득의양양한 경험이라도 자랑할라치면, 그걸 열심히 경청하려고 하기보다는, 나는 금방 노련한 경험자인 양 'I-knew-it-all-along'의 심리를 조금의 망설임도 없이 내보인다. 참으로 많이 그러했었다. 미명(未明)의 한복판에서 갇혀 있었다고나 할까. 잘 듣는 능력이란 기능의 영역이기도 하지만, 동시에 덕성과 마음의 영역에 있음을 이렇게 무디게라도 깨달아가는 것은 불행 중 다행이다.

가을엔 편지를 하겠어요

1

몽골에 갔었다. 남(南)고비 사막의 대평원을 가서, 몽골 원주민들의 전통 주거인 게르(Ger)에서 머물렀다. 게르는 중국식 이름으로는 '파오'라고 불린다. 원통형 본채에 원추형 지붕으로 된 몽골 유목민의 전통 가옥이다. 게르에서 지내다 보니 어린 시절 살던 초가집 생각이 난다. 자연 그 자체를 두르고 살았던 점에서 게르와 초가집은 통한다.

몽골 평원의 대자연은 외경스러웠다. 우러러보면 밤하늘에는 살찐 별들이 보석 밭을 이루고 있었다. 별들은 제 광채를 스스로 이기지 못하고 금방이라도 대지에 총총 쏟아져 내릴 듯했다. 다음 날에는 저물 무렵 대평원의 아득한 지평 저쪽으로 거대한 비구름의 기둥이 옮겨가는 모습을 보았다. 땅과 하늘을 수직으로 잇는 거대한 구름 기둥이 서서히 옮아간다. 백 리 밖 비 내리는 모습 전체가 한눈에 들어오는 것이다. 장관이다. 어둠이 내리자 구름 속에서 번개가 쳤다. 그러자 구름 기둥은 이내 장엄한 불기둥이 되었다. 먼 천

둥소리가 나직하게 으르렁거렸다.

나는 소년처럼 감흥이 일었다. 나의 감관이 경험한 대자연이 너무 황홀하였다. 주체하기 어려웠다. 보들레르의 말이었던가. '자연은 하나의 신전(神殿)이다.'라는 말이 실감났다. 게르 안으로 들어와 나는 엽서를 썼다. 젊은 한 시절 같은 직장에서 친했지만 어느새 무심하게 된 친구에게 엽서를 썼다. 자주 대하지만 이미 감동의 대화가 증발된 일상의 친구들에게도 엽서를 썼다. 이럴 때 편지 쓰기는 진실한 마음의 황홀경을 나의 일상 속으로 잡아두는 과정이다. 친구에 대한 사랑으로 '먼 곳에서 편지 쓰기'만 한 것이 또 있을까. 겔의 지붕 위로 어느새 가느단 빗방울 소리가 듣는다.

2

사춘기 어느 해 가을, 가슴 설레며 그 누구에게 편지를 썼다. 사랑의 마음을 어렵사리 한 장의 편지로 담으며, 그런 마음조차도 차마 부끄러워, 내 감정을 직접은 토로하지 못하고, 내 마음을 남의 시에 의탁하여 전하고자, 온갖 시집을 다 뒤져, 정지용 시인의 시 하나를 찾아내었다. 그리고 편지의 말미에 정성스레 이 시를 적어 넣었다.

내 무엇이라 이름하리 그를
내 영혼 안의 고운 불

공손한 이마에 비추는 달

나의 눈보다 값진 사람

바다에서 솟아올라 나래 떠는 샛별

쪽빛 하늘에 흰 꽃을 달은 고산식물(高山植物)

(그대는) 나의 가지에 머물지 않고

(그대는) 나의 나라에서도 멀다.

(그대는) 홀로 어여삐 스스로 한가로워

항상 머언 이

나는 사랑을 모르노라. 오로지 수그릴 뿐.

때 없이 가슴에 두 손이 여며지며

구비 구비 돌아나간 시름의 황혼 길 위

나는 바다 이 편에 남겨진

그의 반임을 고히 지니고 걷노라.

— 정지용, 「그의 반」(1935)

연애편지 쓰기는, 학교가 의도적으로 가르치는 활동은 아니지
만, 그러나 그것과 상관없이 경험의 총체를 교육과정 내용으로 보
려는 경험주의 교육철학자들의 관점에 따르면, 그것은 상당히 의
미 있는 경험이다. 쓰는 동안, 나의 모든 지식이 순종하고, 나의 모
든 열정이 다 무릎 꿇고, 나의 모든 감정이 길들여지는, 그리고 나
의 모든 도덕이 아름답게 자극받는, 그런 총체적 경험의 마당이 곧
연애편지 쓰기의 마당이다. 그러나 대부분은 메아리 없는 편지이기

십상이다. 상대의 무심함에 쓰린 상처를 감내하며, 세상에 대한 면역을 키우던 첫 계절이 연애편지 쓰던 학창시절 아니었던가.

휴대폰이니 채팅이니 하는 것들이 생겨나면서, 속 깊고 은근한 편지들이 세상에서 사라졌다. 그러면서 사람들 가슴의 진정성도 사라져버렸다. 그 진정성 때문에 아름답기까지 하던 사람들의 부끄러움도 사라져버렸다. 요즘의 사귐과 사랑은 그저 무수한 휴대폰의 수다와 부질없는 감정 확인으로, 쉽사리 이합집산(離合集散)한다. 도처에 소통이 과잉이지만, 오히려 진정한 소통은 빈곤해지는, 이 '가벼움의 시대'에 나를 포함한 많은 사람들의 소외(疏外)가 걸려 있다.

말없이 전해 받고 오래도록 따뜻한 온기로 남아 있던 편지글의 여운과 감촉을 추억해보자. 우리들은 안다. 드러내자니 부끄럽고 안으로 감추어두자니 안타깝기 그지없던 '진정한 내 마음'이 마지막 인내하는 그 끝자락에서 우리는 마침내 편지를 쓰지 않았던가. 편지는 그런 웅숭깊은 삶의 맛을 우러나게 한다.

나는 중학생이 되면서 '펜팔(pen pal)'이란 말을 알게 되었다. 얼마나 모던(modern)하고 매력 있게 들리는 말이었던가. 그 당시 유명했던 『학원』 잡지나, 농촌 계몽용 『농원』 잡지, 대중잡지 등에는 펜팔난이 문전성시(門前成市)를 이루었다. 실제로 펜팔을 하는 친구들을 발견할 때면 부럽기도 하고, 가슴이 두근거리기도 했다. 펜팔에는 늘 전설이 따라 다녔다. 내용은 이러하다. 참으로 순정하고 순진하여 오히려 통속성이 드러나는 이야기이다.

어떤 청년이 마음 고운 아가씨와 펜팔을 하였다. 얼굴도 모른 채

103

여러 해를 펜팔로 사귀며 그 고운 마음씨와 성격에 깊은 흠모의 정을 쏟아 장래를 약속하자고까지 했단다.

그런데, 어느 날 상대 아가씨로부터 자기를 이제 그만 잊어달라는 편지가 왔다. 그간 자기에게 사랑과 정을 베풀어준 것에 대해서는 죽어서도 잊지 못할 것이라며, 앞으로도 영원히 사랑한다는 말을 전해왔더란다. 그런데 자기를 잊어달라고 하는 것이다.

그래서 이 청년이 너무 당혹스러워 그 아가씨의 펜팔 주소지를 물어물어 찾아갔다. 그 아가씨의 마을에 가서 알아보니 그 아가씨는 신체마비로 운신이 어려운 몸이었다는데, 얼마 전에 스스로 목숨을 끊었다는 것이었다. 유서에는 한 줄의 글이 적혀 있었다.

"나의 청춘은 행복했었다."

이런 전설 같은 이야기를 들으면 펜팔이란 것이 더 멋있고 고상해 보였다. 생각하면 나이가 든다는 것은 참으로 삭막한 일이다. 전설 같은 이야기 앞에서도 고상한 감동을 얻지 못하고, 오히려 이야기의 상투성을 먼저 알아차리기 때문이다. 그러니 나이가 들수록 황홀한 정서를 담은 편지를 쓰기란 점점 어려운 일인가.

3

편지 쓰기가 가지는 마음의 원형 가운데는 진정성의 원형이 있다. 편지는 전화로 불쑥 하는 말과는 다르다. 격을 갖추는 글이어야 한다는 데서 오랜 생각의 축적과 시간의 준비를 요한다. 그것을 일러 우리는 '심사숙고'의 과정이라 불러도 좋을 것이다. 내가 그 누구를 향하여 심사숙고한다는 것이 주는 진정성, 누군가 나를 향하여 자신의 감정과 정신 전체를 모아 심사숙고해준다는 것, 이것이 편지쓰기에 숨어 있는 메커니즘이다.

누구나 사춘기 시절, 마음에 살아 있는 편지 한 장이 있을 것이다. 심각한 오해의 끝자락에서 친구가 보내오던 편지 한 장, 세상과의 불화를 온통 혼자 걸머진 듯 저항의 표정으로 길을 떠나며 불쑥 던져놓던 편지 한 장, 도스토옙스키의 무거운 독서에 심취하며 온갖 지적 허영과 오만으로 난해한 의식에 스스로를 분열시키던 편지 한 장, 밤이 하얗게 새도록 갈증 속에서 사랑의 마음을 써놓고는 마침내 아침에는 부치지 못하는 편지! 우리는 편지 쓰기의 공간을 통해서 현실에 대한 고뇌를 만지작거린다. 그리고 그 고뇌를 통해서 우리의 생을 성숙시킨다.

그런 편지를 떠올리노라면 지금도 감회가 아득하게 어리어온다. 진정을 다하는 편지의 언어는 늘 미더웠고 관용이 넘쳤다. 눈앞에 보이지 않는 상대를 향하여 마음의 눈으로 끝없는 응시를 함으로써 비로소 얻어내는 한 구절의 메시지! 아, 그것은 '보이지 않는 것의 실상에 대한 믿음'과 통하는 것이었다. 한 세대 전만 해도 그렇게 모던(modern)해 보이던 '펜팔'이란 말이 이제는 구시대의 문화 유물처럼 되어간다.

'일선에 계신 국군 아저씨들에게' 쓰는 그 형식적인 편지 쓰기마저도 이제는 사라졌다. 새로운 의사소통의 습관들이 계속해서 생겨나겠지만, 편지 문화의 한가운데서 우정과 사랑을 쌓았던 사람들에게는 아쉬운 감회가 아니 일어날 수 없다.

　기성 세대라면 누구에게나 가슴 아린 옛 편지의 추억들이 있을 것이다. 그때 못 보낸 편지들을 정갈하게 다시 써봄이 어떠하겠는 가. 아니 세대를 막론하고 보내지 못한 마음의 편지들이 있을 것이 다. 상대가 너무 소중해서, 내 마음의 풍경이 오묘해서, 그 밖에도 내 안의 모순을 감당하지 못해서 보내지 못한 편지들을 이 가을에 어찌할 것인가. 세월이 곰삭을수록 옛정은 더욱 깊어지는 법. "가 을엔 편지를 하겠어요. 누구라도 그대가 되어 받아주세요." 왜 그런 노래도 있지 않던가.

4

　나의 몽골 여행은 4박 5일의 짧은 일정이었으므로, 몽골 대평원 에서 쓴 편지보다 내가 먼저 귀국하였다. 그러함에도 불구하고 나 는 서슴지 않고 몽골에서 그 편지들을 부쳤다. 나의 감회가 황홀하 였고, 그것을 소통하고 싶은 마음이 소중하였으므로, 시간 형편에 상관하지 않고 나는 몽골에서 그 편지들을 부쳤다. 진정한 소통을 위해서는 가끔 시간과 공간에 대한 고정관념을 버릴 필요가 있다. 이를테면 '편지보다 내가 한국에 먼저 돌아갈 텐데. 뭐.' 이 고정관 념이 편지 쓰기를 방해한다. 한국에 먼저 돌아오는 것과 편지를 부 치는 것은 별개의 것이다. 같은 공간에 같이 있어도 황홀경의 소통 은커녕 대화 한마디 없는 것이 우리들 삶의 면모이다. 하기야 진정 성이 촌스러워 보인다는, 잘난 현대인들도 없지 않은 세태이니까.

귀국하여 여러 날이 지났을 때, 나의 수신인들은 편지 받은 즐거움을 내게 반갑게 전해주었다. 그 전언들로 인하여 나는 몽골에서의 편지 쓰기보다 더 황홀한 경험을 누릴 수 있었다.

"이 디지털 시대에 무슨 아날로그 원조(元祖) 같은 육필 엽서를 받다니."

"무슨 과거로부터 받은 편지 같아서 충격이 참신했다네."

얼굴 못 본 지가 족히 2년도 넘은, 후덕하고 마음씨 좋은, 나의 옛날 직장 친구, K여사는 이렇게 말한다.

"몽골서 보낸 엽서 받으니, 뭐랄까, 하여튼 내 일상이 확 깨어나더라. 마치 늘 무덤덤하게 지내던 이웃집 총각에게 느닷없이 프러포즈라도 받는 듯한 분위기라고나 할까. 그 분위기 한 사흘은 가더라. 고맙다. 난 그런 생각도 못 했는데. 우리들 일상이란 것이 참 빤한 것인가 봐."

가을이 깊어간다. 가을엔 편지를 하겠어요. 옛날 노래의 가사가 와닿는다. 순진하여 통속하다는 이야기를 듣는 것도 나쁠 것 없으리라. 영악하다는 평판에 갇히는 것보다야 낫다. 또 통속적이어서 순진성을 회복할 수 있다면 그 또한 나쁘지만은 않으리라. 이 깊어가는 가을에 조용히 스스로에게 권유해보기로 하자. "가을엔 편지를 하겠어요."

소중한 것들은 숨어 있다

1

프로야구 원년부터 활약하여, 프로야구 초창기 아주 잘 나갔던 선수 중에 OB 베어스의 신경식 선수가 있다. 188센티미터의 큰 키에 시원한 장타를 날리고, 학 다리처럼 긴 다리를 벌어, 1루 수비를 멋있게 해내던 그의 모습은 지금도 인상적이다. OB 베어스 팬들에게는 더 말할 나위도 없지만, 야구를 좋아하는 일반 대중들로부터 폭넓은 사랑을 받던 선수였다. 그가 선수로 한창 기량을 발휘하던 무렵, 어느 자리에서인가 이런 고백을 한 적이 있다.

신경식은 어려서부터 야구에 재능을 발휘하여 초 · 중학교 시절부터 야구 선수로 뽑혀 활약을 하였는데, 집안 형편이 어려워 집에서는 제대로 뒷바라지를 해주지 못했다고 한다. 어려운 살림에 이런저런 고생을 하던 그의 어머니는 시골에서 닭을 길러 계란을 모으면, 그걸 장날에는 머리에 이고 가서, 장에 내어 팔아 가계를 꾸렸다. 운동하는 아들을 제대로 먹이지도 못하는 어머니의 마음이 사뭇 안타깝고 아쉬웠을 것이다. 그 살림에 고기를 사 먹이는 것은 엄두도 못 낼 일이었단다. 장에 내다 팔아야 하므로 계란조차도 제대로 마음 놓고 먹일 형편이 아니었다. 또한 형편이 괜찮다고 한들, 이미 검약의 정신이 몸에 배어 있는 어머니로서는 아끼고 절제하는 가르침을 강조하였단다.

신경식 선수가 소년 야구 선수로서 훈련을 마치고 지쳐 돌아올 무렵이면, 어머니는 계란을 담거나 나르다가 실수로 종종 깨뜨리는 일이 있었다. 그럴 때마다 어머니는 "어이쿠, 내가 한눈을 팔다가 이 아까운 것을 또 깨어버렸구나." 하고서는 깨진 계란들을 얼른 수습을 하시고는, 그걸로 계란찜을 하거나, 계란탕을 만들어 아들에게 먹도록 했다. 그러면서 하는 말씀이 꼭 있었단다.

"양계장에 모아놓은 계란은 장에 갖다 팔아야 하는 것이니 절대로 손댈 수 없고, 이건 어차피 내다 팔 수 없게 된 계란이니 이렇게라도 먹을 수 있는 것이다. 계란이 깨진 것은 안된 일이지만, 이렇게 먹을 수 있게 된 것은 그나마 잘된 일이다."

그런데 어른이 된 신경식 선수의 고백은 어머니의 숨은 마음을 헤아리는 데로 이어진다. 어머님은 실수로 계란을 깨뜨린 것이 아니라, 일부러 깨뜨린 것이라는 고백을 한다. 짐짓 실수인 척하시면서 사실은 알고서 깨뜨린 것이다. 처음에는 그저 어머니의 실수인가 보다 했지만, 나이 들어서 그 시절의 정황을 되짚어보고, 어머니의 성품과 사랑을 다시 반추해보니 어머니의 행동과 말씀에 겉으로는 드러나지 않은 깊은 마음이 있다는 것을 알겠더라고 했다.

가난한 살림을 온몸으로 감당하고 있는 어머니는 운동하는 아들을 제대로 먹이고 싶은 마음과 절약의 현실을 아들이 제대로 인식해야 한다는 가르침을 동시에 실현하고자 하는 마음 사이에서 이런 행동과 이런 언어의 모습을 보여준 것이다. 정작 그의 어머니가 아들 신경식에게 전하고 싶은 메시지는 마음속 깊은 곳에 숨어 있었다고 해야 할 것이다. 실수로 깨뜨렸다는 둥, 깨진 것이니까 네가 먹도록 허락해준다는 둥 하는 말들은 어머니가 짐짓 아닌 척하며, 그저 표면으로 내세우는 말들이다. 어려운 살림의 현실 속에서 아들을 사랑하는 어미의 마음은 소중하게 안으로 안으로 숨어서 쉽사리 겉으로 드러나지 않는다. 오히려 겉으로 드러낸 말들은 안으로 숨어 있는 소중한 마음들을 보호하고 간직하기 위한 장치들에 불과한지 모르겠다.

2

어머니의 그런 마음을 마침내 읽어낸 아들의 추억담을 들으면서 우리는 작고 아름다운 감동을 경험한다. 그러하니 말이 주는 감동이란 말 자체에 있지 아니하고, 마음과 말의 조화에서 이루어지는 것이다. 수사적(修辭的) 감동이란 것이 없는 것은 아니지만, 말은 그 화려함이나 당당한 표출만으로 얻어지지 아니하는 경우가 있음을 알게 된다. 오히려 진정한 마음을 꼭꼭 숨기어 보전하는 데서 감동이 긴 여운을 가지고 생겨난다.

사람 사는 일이 남들과 어우러져 사는 것이니, 어우러짐에는 말이 있어야 한다, 어우러짐은 모두 말로써 이루어진다. 말을 해야 서로 뜻을 헤아려 알아들을 것이기 때문이다. 그래서 말은 하라고 있는 것이다. 우는 아이 젖 준다는 말도, '말 안 하면 손해'라는 의식이 담긴 말이다. 그러니 제아무리 뜻이 높아도 말로 드러내지 아니하면 무슨 소용이 있으랴. 목에 핏대 세워 하는 말도 알아듣기 힘든데, 드러내지 않는 말을 무슨 재주로 이해하란 말인가. 얼핏 그렇게도 생각된다.

그러나 말이란 참으로 오묘한 것이다. 말을 이런 정도로 이해하고 말아버린다면, 그 얼마나 삭막한 사람살이가 될까. 드러내는 말, 그것을 넘어서는 또 다른 말의 세계가 얼마나 오묘한지를 모른다면, 그 또한 사람 사는 일의 진면목을 모르고 살아가는 것인지도 모른다.

사람의 뜻과 마음을 전하고 알아차리는 일은 여간 섬세하고 그윽한 것이 아니다. 그것은 종종 드러내는 말보다 훨씬 더 깊은 심층을 소리도 없이 모양도 없이 고여든다. 은은한 향기가 스칠 듯 말 듯 오래 마음에 자취를 남긴다. 그러므로 드러내지 않은 말을 볼 수 있어야 한다. 먼저 그 사람의 마음을 본 연후에 그 사람의 말을 보면, 드러내지 아니하는 말이 보인다. 사람의 마음이란 참으로 오묘하고 신통한 것이어서, 깊고 소중한 뜻일수록 쉽사리 말의 굴레에 갇히지 아니한다. 오히려 드러내는 말로부터 멀찌감치 물러서 있거나 숨으려 드는 것이다. 이런 경지에 이르러서야 비로소 우리는 그 누군가를 진정으로 이해한다는 말을 할 수 있을 것이다.

3

불가에서 일찍이 '관음(觀音)'이란 것이 있었다. 글자 뜻 그대로는 '소리를 본다'는 뜻이니, 소리는 듣는 것인 줄만 알고 있는 보통 사람들에게는 좀 생소한 개념이다. 불가의 관음법문은 즉각적인 깨달음과 영원한 해탈을 보장하는 일종의 명상법이라고 하는데, 현대적 개념으로 말하면 높고 고매한 경지의 의사 전달 행위라 할 수 있을 것이다. 요컨대 관음이란 우리 내면에 존재하는 빛과 소리의 진동을 명상하는 방법이라 한다. 그런데 이 내면의 빛과 소리는 육체의 눈과 귀로는 들을 수 없으며, 언어와 두뇌를 초월한다고 한다. 불가에서는 지혜의 눈을 열게 됨으로써 이 내면의 빛과 소리를 체험할 수 있다고 한다.

'드러내지 않는 말'로 가장 소중한 의사 전달을 부지불식간에 할 수 있는 사람은 어떤 사람일까. 이는 분명 인생의 달고 쓴 맛을 다 본 뒤에 얻을 수 있는 현자의 지혜를 지닌 사람일 것이다. 그런데 그 '지혜'란 것을 위대하고 고상한 철인(哲人)에게서만 찾을 일은 아니라고 생각한다. 나를 정성으로 아끼시던 어머니의 모습에서 찾을 수 있다면, 그것은 찾은 자의 행복이다. 진정한 우정의 친구가 보내주는 마음의 배려 또한 그 대부분은 '드러내지 않았던 말' 속에서 이루어지지 않았던가. 이 또한 그것을 발견한 자의 기쁨이다. 요컨대 상대의 '드러내지 않았던 말'이 지닌 소중한 메시지를 마침내 알아차리고야 마는 우리들 자신의 내적 성숙이 중요한 것이다. 나 같은 세속의 사람들에게 '관음'의 경험이 달리 있겠는가. 상대가 나를 진정으로 위하여 '드러내지 않았던 말', 그 말의 틈새에 숨어 있었던 어떤 간절함을 내가 마침내 발견하여, 떨리는 감동을 느꼈다면, 그것이 곧 '관음의 경지' 아니겠는가.

소중하기 그지없는 말은 밖으로 쉽사리 드러나지 않는 법인지도 모른다. 그것은 말의 본성인 동시에 마음의 본성인지 모른다. 극진한 사랑의 감정 앞에서 아무런 말도 할 수 없었다는 젊은 영혼들의 고백들이 왜 존재하겠는가. 김소월의 시 「초혼(招魂)」에서 우리는 그런 말의 모습과 마음의 모습을 볼 수 있다. 끝내 하지 못하였던 말에 가장 깊은 영혼의 목소리가 거하고 있는 것 아닐까.

산산이 부서진 이름이여,
…(중략)…
부르다가 내가 죽을 이름이여,
심중에 남아 있는 말 한마디는
끝끝내 마저 하지 못하였구나.
사랑하던 그 사람이여,
사랑하던 그 사람이여.

이 구절을 다시 읽으면서, 진정의 말이 존재하는 궁극의 자리는 과연 어디인지를 생각해보게 된다. 드러내지 않은 말, 마음속 깊이 숨어 있는 말, 그것이야말로 우리의 '숨은 신(神)'이 거하는 곳이 아닐는지 모르겠다.

쉬운 고백은 가짜 고백이다

1

1970년대 가수 송창식이 불렀던 〈맨 처음 고백〉이라는 노래가 있다. 유행하던 그때는 잘 몰랐었는데, 지금 다시 웅얼거려보니 다분히 그때 그 무렵의 사회적 분위기가 느껴진다.

"말을 해도 좋을까/좋아하고 있다고//마음 한 번 먹는 데/하루 이틀 사흘//맨 처음 고백은/몹시도 힘이 들어라//땀만 흘리며 우물쭈물/바보 같으니".

무엇을 고백했다는, 고백의 내용을 문제 삼는 노래라기보다는, 고백하기가 너무 힘이 든다는, 고백 그 자체의 어려움을 하소연하는 노래이다. 이런 노래가 널리 소통되었다는 것은 그만큼 일반인들도 고백하기의 어려움을 절실하게 느끼고, 그러한 고백의 심리적 분위기에 동조했다는 것을 말해준다.

이성에게 고백하기이든 아니면 다른 유형의 고백이든 고백은 어렵다. 고백하겠다는 마음을 먹는 것까지 가는 것도 쉽지 않으려니와, 설사 고백하기로 마음을 먹었더라도 실제로 고백의 행위를 실현하는 데 가기까지는 다시 엄청난 갈등과 머뭇거림의 난관이 놓인다. 고백이란 가장 진정한 자리에서 하는 말이다. 진정한 자리에 나를 세우기가 어려운 것이다.

무언가를 진정으로 고백한다는 것이 얼마나 어렵고 힘든 일인가. 뜯어보면 '고백하기'에는 참으로 복합적인 어려움이 엉켜 있다. 고백은 어렵기도 하고, 괴롭기도 하고, 막막하기도 하고, 불안하기도 하다. 고백은 스스로를 믿는 행위인 것 같기도 하고, 오로지 상대만을 믿는 행위인 것 같기도 하다. 아니 나도 남도 못 믿을 때, 최종적으로 나를 겸허하게 벼랑에 내세우는 행위가 바로 '고백하기'인지도 모른다.

고백은 스스로를 바로 세워 높이려는 행위이기도 하고, 동시에 자기비판의 십자가 위에 스스로를 처벌하는 것이기도 하다. 고백은 일상의 상투적 영역에 속하는 것이 아니다. 고백을 밥 먹듯이 하는 사람이 있다면, 그 고백을 어디까지 신뢰해주어야 할 것인가. 오히려 고백은 '특단의 결심'이라 할 수 있다. 요컨대 고백은 고백이기 때문에 어렵다.

모든 고백은 본질적으로 부끄러움을 토양으로 가진다. 또한 모든 고백은 자기응시(自己凝視)의 과정을 수반한다. 자기응시를 통해서 '부끄러운 자아'를 발견해가는 것이다. 숨어 있던 부끄러움은 '고백'을 투과함으로써 비로소 단단한 자기 다스림의 세계로 승화한다. 윤동주 시인은 시 「참회록」에서 말한다. "그때 그 젊은 나이에 왜 그런 부끄런 고백을 했던가."

　이 순정한 내면의 언어를 읽는 순간, 우리는 해맑게 숙연해진다. 그런 점에서 모든 고백은 거룩하다. 아픈 마음으로 부끄러운 자아를 향하여 내 안의 눈을 뜨려고 노력한다는 점에서 모든 고백은 거룩하다.

　고백이 거룩한 것은, 그것이 참회의 심정으로 말해지기 때문이다. 정치적 사회적 신념을 담은 양심의 고백일 때는 더욱 그러하고, 이성에 대한 사랑의 고백이라 하더라도 달라질 것은 없다. 한없이 자기를 낮추는 경지야말로 참회의 본령일진대, 참회에 가까운 사랑 고백이 진짜 사랑 고백인 것이다.

　사랑을 고백한답시고 자기를 낮추기는커녕 돼먹지 않은 자존심을 앞세워, 돈이나 학벌이나 권력을 사랑 고백 속에 담는다면, 그건 고백에 대한 모욕이다. 그런데 세간에는 그런 엉터리 사랑 고백이 승리의 깃발처럼 세를 얻는다는데, 이는 고백의 타락이라 아니할 수 없다. 고백이 타락하면 타락하지 않을 것이 없다. 고백의 타락은 타락의 끝이다.

2

　일찍이 『고백록』을 쓴 루소(Jean Jacques Rousseau)는 첫 페이지에서 이렇게 다짐한다. 자신을 돋보이려고 없었던 일을 한 줄도 보태지 않을 것이며, 부끄러운 것을 숨기려고 있었던 일을 한 줄도 빠뜨리지 않겠다고 말한다. 실제로 그는 『고백록』의 서두에서 부끄러운 참회를 보여준다.

소년 시절, 그가 의지할 데 없어 한 백작의 집에 기거하던 중, 그는 백작이 애지중지하던 물건을 훔치었음을 고백한다. 그뿐인가. 자신에 대한 백작의 신뢰를 교묘하게 이용하여, 평소 자신에게 냉정했다는 이유로, 아무 죄 없는 한 소녀를 범인으로 덮어씌우고 일러바친다. 그 집에 고아처럼 의탁되어 있던 그 소녀는 루소의 무고(誣告)로 백작의 집에서 추방된다. 루소는 이 모두를 고백한다. 소년 루소가 질투하고, 주저하고, 후회하고, 번민했던 인간적 약점의 과정이 진솔하게 참회하고 있다.

루소의『고백록』서두에 나오는 이런 고백을 들으면서, 대부분의 독자는『고백록』에 친화된다. 루소가 전하는 고백의 내용과 맥락에 대해서 한없는 신뢰를 가지게 된다. 비록 어떤 이데올로기적 편견을 가지고 있는 독자라 하더라도,『고백록』이 주는 고백의 진정성에 대해서는 가슴을 열고 받아들이게 된다.

성 어거스틴(San Augsutin)의『고백록』또한 자신의 죄를 적나라하게 토로하는 데서 고백의 떨림이 진솔하게 와닿는다. 루소나 어거스틴이『고백록』을 쓰기로 마음먹었을 때, 그들의 고백은 쉬운 것이었을까. 만만하고 호락호락한 것이었을까. 인간과 세계에 대한 그의 반성적 인식을 그의 삶에서 참회하듯 소명하겠다는 것이 말처럼 그리 쉬웠을까.

주변을 둘러보면, 웬만한 고백은 만만하고 호락호락한 것처럼 보이게 되었다. 그래서 '그까짓 고백쯤이야 나도 해치울 수 있겠다.'는 생각도 들게 되었다. 오늘날 고백하기는 밝은 조명과 잘 치장된

꽃다발과 막강한 미디어 매개에 의하여 찬란한 이벤트로 재탄생한다. 사랑 고백만을 전문으로 해주는 이벤트 회사도 있단다. 최소한의 의지와 충분한 경비만 있으면 고백은 그 어떤 의전보다도 빛나고 당당한 이벤트로 재탄생한다.

고백의 주체인 '나'는 한낱 기표(記標)의 조각으로, 고백하기의 껍질에 노출될 뿐이다. 이벤트로서의 고백은 한 장면의 가장무도회처럼 연출될 뿐이다. 참회의 마음[心田]이 없어도, 고백은 조명으로 빛난다. 아니 빛나는 것처럼 보인다. 진솔한 떨림을 안으로 배태하지 못하여도 무슨 잘못이 있으리오.

선거가 무지개처럼 걸려 있는 정치의 계절이다. 이 시간에도 고백의 자서전이 넘쳐나지만 그 고백 속에 감동이 없다. 자기 자랑으로 일관하는 자서전에는 '고백'이 숨 쉴 공간이 없다. 더러는 전지적 통찰자의 모양으로 과거의 시간을 재단하기도 하고, '이제는 말할 수 있다.'라는 표정을 지으며 숨은 역사의 주인공인 양 당당하게 고백하기도 한다.

그러나 있어야 할 참회의 자리에 노회한 욕망들이 비집고 들어와 있다. 지나간 스캔들을 덧칠하여서 괜찮은 로맨스가 될 수 있다면 얼마나 좋으랴. 욕망을 향해 일로매진할 뿐, 희미한 회의(懷疑)조차도 머물지 않는다. 회의야말로 반성을 싹 틔우는 씨앗이 아니던가. 그래서 손바닥 뒤집기처럼 쉬운 고백들이, 사이비(似而非) 고백들이 천지에 난무한다. 참으로 고백은 어려운 것이다.

넘치게 마시옵기를!

1

부끄러운 고백이지만, 나는 유명 박물관이나 미술관을 다녀와서는 좀 참담한 기분이 들 때가 많다. 세계적으로 알려진 명소의 미술관일 경우는 더욱 그러하다. 그것은 내가 그곳의 작품을 충실하고 진지하게 감상하여, 마침내 의미 있는 미적 즐거움을 맛보았는가 하는 회의가 들기 때문이다. 아마도 배낭여행을 하며 런던 대영박물관이나, 루브르 박물관을 가본 사람은 내 경험을 얼마간은 이해해주시리라.

몇 해 전 이탈리아에서 학술 행사를 마치고, 그 유명하다는 로마의 바티칸 박물관(미술관)을 찾았다. 평상시에 가면 그 성채 같은 교황궁 건물의 긴 벽을 끼고, 줄 서서 두 시간은 족히 기다려야 하는 곳이다. 개장 전 이른 아침에 갔는데도 대기하는 행렬이 엄청나게 길었다. 세계적 미술의 보고(寶庫)를 직접 내 눈으로 본다는 기대감으로 아침 따가운 햇볕 속에서도 한 시간을 기다려, 미술관에 들어갔다. 세계 명작을 향하는 미적 동기가 자못 컸다.

처음에는 미술관 입구의 작품들은 진지하게 느껴보려고 애를 썼다. 또 학창 시절 미술 교과서로만 보았던 눈에 익숙한 그림 앞에서는 반가움에 한참 시선을 주어 무언가를 느껴보려 하였다. 하지만 모든 작품들 앞에서 그러지는 못했다. 내 눈에는 모두 비슷비슷해 보이는 수천 점의 작품들이었다. 끝없이 펼쳐진 작품들을 사열하듯 걸어가며 나는 솔직히 좀 질리는 기분이었다. 미적인 향유를 할 수 있는 정신의 느긋함을 가질 수가 없었다. 그 많은 명작들에 둘러싸여 시선 집중할 곳을 찾지 못하고 막막한 기분이 된다. 언제 다시 이런 기회가 있겠느냐고 스스로를 재촉하며 허둥거리며 보기는 하지만, 형편이 여기에 이르면 건성으로 지나쳐 오기 일쑤이다. 나는 기껏 미켈란젤로의 〈천지창조〉와 고대 조각 〈라오콘〉과 라파엘로의 〈아테네의 학당〉 등을 인상적으로 향유하는 데서 더 나아가지를 못했다. 모두 중·고등학교 다닐 때 교과서에서 익혀 둔 작품들이다.

감당할 수 없을 정도로 명작들이 많은 상황에서는, 명작은 명작으로서의 의미가 살아날 수 없었다. 적어도 그날의 나에게는 그러했다. 즐기든 마시든 먹든 감상하든, 그 대상이 지나치게 많아서 남아돌아 간다는 것이 곧 '과잉'의 상태이다. 미술 명작은 아름다움을 구현하는 것이므로 명작의 과잉은 일종의 '미적 과잉'에 해당하는 것이라 할 수 있다. 나는 '미적 과잉'의 상황에 처해 있었던 것이다. 작품의 절대 수가 많은 것도 많은 것이지만, 그것을 오전 일정 중에 다 보아야 한다는 것이 내가 빠져 있는 '미적 과잉'의 상태를 한층 더 지독하게 만드는 것이었다. 그날 과잉의 사태는 나에게 아름다움에 대한 무기력 증세를 가지게 해주었다. 바티칸 미술관까지 가서 아름다움을 만끽하기는커녕 아름다움에 대한 무기력증이라니 이 무슨 낭패란 말인가.

2

'좋은 말'들이 넘쳐난다. 아침마다 인터넷을 열면 인생에 지혜를 주고 교훈이 되는 말들이 넘쳐난다. 메일이나 카페에 아는 사람들이 올린 것도 있고, 모르는 사람에게서 온 것도 있다. 인터넷상에서 이런저런 뜻 있는 운동을 하는 시민단체나 공공기관에서 정성껏 보내온 것도 있다. 받아보면 하나같이 아름다운 명언명구(名言名句)들이다. 말의 멋이나 수사(修辭)도 뛰어나 그야말로 주옥(珠玉)같은 표현들이다.

주제나 내용도 참으로 다채롭다. 인간관계를 아름답게 만들어가기를 권유하는 말들, 긍정적 자아 의식을 가지고 자신의 삶에서 당당한 주인이 되라는 자존을 격려하는 말들, 삶의 활력을 가지고 꿈과 비전을 가지라는 말들, 창의적 마인드를 가지고 일과 사업을 경영하라는 지혜의 말들, 정신 건강을 지키는 데 유익한 가르침의 말들, 욕심과 화를 다스리면 일상의 행복이 찾아온다고 권유하는 말들, 우정이나 사랑에 대해서 깊은 깨달음을 가지게 하는 생활 철학의 언어들, 아름다운 부부 생활을 위한 대화의 지혜를 일깨우는 말들, 심지어는 병들고 늙어감을 마음으로 다스리는 것들에 이르기까지. 좋은 말을 찾기란 너무도 쉽다. 아니 찾는 노력을 할 필요도 없다. 아침마다 나의 메일로, 나의 인터넷 카페로, 나의 모바일폰으로 마치 무슨 점령군처럼 밀어닥친다.

'좋은 말'은 말 자체만 많아진 것이 아니다. '좋은 말'을 꾸미고 장식하는 기술과 재주까지도 아주 풍부해졌다. 인터넷 공간에서 예쁜 그림이나 아름다운 음악들을 함께 곁들이는 것이 바로 그 예이다. 크게 보면 이런 현상까지도 '좋은 말'이 넘쳐나는 모습 속에 들어간다고 할 수 있다. 그야말로 멀티 디지털 메시지(multi digital message)로 전달되는 이러한 명언명구의 언어들은 표현조차도 얼마나 우아하고 세련되어 있는지 모른다.

이러한 명언명구의 메시지를 인터넷으로 받는 순간 감각적 분위기에 젖는다. 그러다 보면 명언명구의 메시지가 주는 깊이 있는 사고(思考)는 슬며시 그림자처럼 뒤로 빠져나가기 쉽다. 언어는 세련되고 음악은 우아하고 그림과 사진은 환상적이니, 이런 '좋은 말'을 받고 보면, 이성보다는 감성이 먼저 수용의 교두보가 된다. 각종 매체로 전해지는 무수히 많은 '좋은 말'들은 그런 감성의 베일에 싸여 수용된다. 감각적으로 잘 치장되었으니 받아보는 순간 기분이 좋을 수밖에 없다.

그러나 달리 생각해보면, 명언명구의 진정한 의미가, 이성적으로 사색될 수 있는 것을 방해받을 수도 있다는 생각도 든다. 뜻깊은 인생 성찰의 메시지는 증발하고, 언어의 포장 디자인만 그럴듯해 보이는 상태로, 그냥 나를 휘돌아 나가는 것 같다. 그 잘생긴 명언명구의 '좋은 말'들이 마치 하나의 액세서리처럼 아침 스마트폰에 진열되어 나를 감각적으로만 만족시키고 스쳐 지나가는 것은 아닌지 모르겠다.

그러나 이런 생각도 시대에 뒤떨어진 지나친 편견일 수 있다. '좋은 말'을 전할 때 상대가 되도록 기분 좋게 수용하도록 하기 위해, 디지털 기술을 이용하여 시각적 요소와 아름다운 음악을 꾸며주는 것을 굳이 잘못된 것인 양 구박할 것은 아니다. 디지털 미디어 환경이 우리들의 커뮤니케이션 생태를 그런 쪽으로 자연스럽게 만들어 가는 것일 뿐이다.

그런데 정말로 문제가 되는 것은 이렇듯 우아하고 세련된 '좋은 말'들이 너무너무 넘쳐나게 흔하다는 데에 있다. 마치 백화점에 가서 좋은 물건들이 즐비하게 놓여 있으면 좋은 물건의 좋은 물건다움을 절실하게 느낄 수 없듯이, 좋은 말들도 넘치고 넘쳐서 남아돌아 가면, 좋은 말을 좋은 말로 절감하지 못하게 된다. 과잉은 불감증을 불러오는 것이다.

'좋은 말'이 마침내 어떤 한 사람에게 '좋은 말'로서 작용하기 위해서는, 뜻도 소중해야 하고, 그 말의 발견도 소중해야 하고, 소통하는 상황도 정말 의미가 있어야 한다. 그리고 그 말은 나만의 말이 되어야 한다. 낡은 구호나 상투적인 표어처럼 아무 데서나 나돌아다니는 말이 된다면, 소중해서 '좋은 말'이 되기 어렵다. 디지털 기기가 일반화되면서, 사진 또는 사진 찍기는 너무도 흔한 것이 되어 버리지 않았는가. 편해진 대신 사진이 담아내는 사람들 추억과 인정의 질은 옛날 같지 못하다. 사진을 소중하게 보관하는 일은 더더욱 시들해졌다. 그까짓 것 아무 때나 찍으면 되지. 대충 찍어두고 포토샵 하면 되지. 이런 심리가 언제부턴가 생겨났다. 과잉이 가져

넘치게 마시웁기를!

123

다주는 황폐함의 일단이다.

칠판에 백묵, 매직펜으로 글씨나 그림을 써 내려가는 사이에, 어느덧 가르치는 이의 신명이 두드러지게 살아나던 때가 있었다. 선생님은 칠판과 혼연일체가 되어, 아주 역동적으로 몸동작과 손동작을 지어나가면, 칠판 위에는 국어, 수학, 사회, 과학 등 세상만사의 온갖 이치가 피고 지기를 거듭하는, 그런 수업 풍경을 어디서나 볼 수 있었다. 수업 장학지도가 나오고 대표 수업을 맡은 선생님은 간절히 바랐다. 그림 괘도 하나 있어도 좋으련만, 거칠게 빚어놓은 모형 하나만 있어도 좋으련만……. 시간을 따로 내어 스스로 만들어 쓰던 선생님들의 모습이 그리 오래된 것은 아니다. 결핍이 충만했던 시절이었다.

그럴 때 불쑥 하늘에서 떨어진 동영상 교재가 있었다면 얼마나 소중했을까. 아이들은 얼마나 경이롭게 공부의 동기를 얻고 열중하여 수업에 집중했을까. 그런데 지금 그런 세상이 되었다. 디지털 미디어의 기술이 하루가 다르게 발전되면서, 학교 현장의 수업 매체들도 급속히 발전했다.

3

그러나 디지털 매체 기술의 활용이 일상 수업에서 언제나 넘치고 넘쳐나게 되면, 그것인들 영원한 감흥이 될 수는 없다. 환상적이고 변화감 빠른 것을 대하면 대할수록 환멸과 싫증도 함께 오는 법이다. 동영상이니 파워포인트니 하는 것이 수업에서 넘치고, 또 일상에서도 그것들이 넘쳐나면, 그때부터는 수업의 능률과 학습의 효과는 다시 어떤 임계점을 만나게 된다.

버트런드 러셀(Bertrand Russel)이 『행복의 정복(*The Conquest of Happiness*)』에서 말했던가. 행복해지기 위한 첫 번째 조건은 적절한 결핍이라고. 절절히 공감이 가는 말이다. 모든 타락은 과잉에서 생겨난다.

과잉이란 그런 것이다. 가치를 몰락하게 하고, 정신을 나태하게 하고, 몸을 둔하게 한다. 흔해빠져서 소중함을 모르므로 가치는 몰락한다. 넘쳐나니 집중할 수 없어 정신은 나태하게 된다. 남아도는 형편인지라 구태여 부지런할 필요가 없으니 몸은 둔해진다.

과잉 속에서는 특별한 불만족도 없지만, 만족이란 것도 없다. 만족도 없고 불만족도 없는 것, 이것처럼 고약한 모순이 또 있을까. 바로 이 지점에서 과잉은 타락을 잉태한다. 개인만 그런 것이 아니라 사회도 그러하다. 존재가 활력을 서서히 잃는다. '좋은 말'도 그럴 수 있다.

그런데 잘 모르겠다. 이 글이야말로, 넘치고도 남는 '좋은 말 과잉 현상'에 공연히 부질없는 일조(一助)를 하는 것은 아닌지. 바라옵건대, 넘치게 마시옵기를!

가장 치명적인 부메랑

1

한국 논쟁사(論爭史)에 두고두고 뒷이야기를 남긴 것 중에 '사형제도 찬반'에 관한 논쟁이 있다. 1963년 당시 유력한 저널이었던 『동아춘추(東亞春秋)』를 통해서 찬성 반대 주장이 몇 번씩 오가면서, 지식인은 물론이고 세간의 관심을 집중시킨 논쟁이었다. 5 · 16군사혁명 직후의 경직된 분위기에 대한 지성계의 암묵적 반발 정서가 일조를 한 탓일까. 논쟁은 상당한 활기를 띠었다. 이 논쟁 주제는 이후 논술시험의 과제로도 자주 출제되어 오늘의 우리에게는 진부한 것으로 보일지 모르겠지만, 당시로써는 논쟁 주제 자체가 상당히 진보적인 주제로 인식되었다.

흥미로운 것은 사형제도 찬성 주장을 편 사람이 천주교의 사제인 윤형중(尹亨重) 신부이고, 반대 주장을 편 사람이 현직 법관인 권순영(權純永) 판사였다는 점이다. 사회 일반의 통념으로 보면, 종교인인 신부는 사형제도의 존속을 반대할 것 같고, 법을 집행하는 법관은 사형제도의 필요성을 주장할 것 같은데, 이 논쟁에서는 우리들의 통념에 반하여 논쟁이 전개되었다. 그만큼 두 논쟁 당사자들은 소신과 철학이 투철했다는 것을 엿보게도 한다. 논쟁은 윤 신부가 '처형대의 진실'이란 제목으로 흉악범에 대한 사형의 당위성을 『동아춘추』 1962년 12월호에 기고한 것에 대해서 권순영 판사가 반박의 글을 『동아춘추』 1963년 1월호에 게재한다. 이것을 다시 윤 신부가 반박하고, 그것을 다시 권 판사가 대응하는 방식으로 전개되었다.

두 사람 모두 당시 한국 최고의 엘리트 지성을 표상하는 존재였으므로 이 논쟁이 일반인에게 미치는 영향은 만만치 않았다. 이미 대한민국이 주시하는 논쟁이 되고 말았으므로 당사자들도 상대에게 밀려서는 안 되겠다는 생각이 아니 들 수 없었을지도 모르겠다. 논쟁이 치열해지면서 점입가경의 경지가 펼쳐졌다. 반박을 당한 윤 신부가 권 판사를 재반박한다. 그는 매우 실감나는 리얼리티를 살려서 그럴 법한 상황을 상정한다. 이래도 권 판사는 사형 제도를 반대할 수 있겠느냐 하는 물음을 던지는 셈이다. 그런데 그 상황 예시가 예사롭지 않다. 윤 신부가 쓴 글의 그 대목을 줄여서 인용해본다.

> 권 판사의 활동으로 우리나라의 사형이 전폐되었다고 가상하자. 권 판사에게 미안한 일이지만 나는 문제의 본모습이 더 잘 드러나고 실감나게 하기 위하여 다음과 같은 사건을 상상해본다.
> 권 판사의 아버지는 정의파에 속하는 양심적 인물이다. P라는 인물이 있는데, 이자는 불량한 인물이다. P는 남의 큰 재산을 가로채려고 하는데, 이를 위해서는 권 판사 아버지의 협력이 필요하다. 여러 번

청해서 회유를 해보지만 권 판사의 아버지는 끄떡도 않는다. P는 자기의 뜻을 이루려면 권 판사 아버지의 협력이 있든지, 아니면 권 판사 아버지가 없어져주어야 한다고 생각한다.

마침내 P는 권 판사 아버지를 죽여버릴 결심을 하고 기회를 노린다. 독살을 시도해보기도 하고 납치를 계획하기도 했지만 번번이 실패한다. P는 여러 차례 자기의 계획이 수포로 돌아가자, 어느 무더운 여름 밤 일본도를 들고 담을 넘어 권 판사 아버지의 방에 들어섰다. 인기척에 놀라 깨어난 권 판사 아버지를 난자(亂刺)하여 죽여버렸다.

P는 체포되어 무기형을 받아 교도소에 복역 중이다. 무슨 고역을 당하는 것이 아니라 그저 감방 안에 들어앉아 있는 것이다. P는 돈을 많이 예치하여놓고 날마다 먹고 싶은 것을 마음대로 청하여 먹는다. 그렇게 소일한다. P는 자기의 죄과를 뉘우치지도 않는다. 도리어 가끔 소리를 높여 말한다.

"내게 협력해주지 않은 그놈(권 판사 아버지)을 내 손으로 죽여버린 것은 통쾌한 일이었다. 하하하, 나는 내 명대로 살 것이니 이것은 참 통쾌한 일이다. 나라에 경사라도 생기면 감형될 수 있을 것이고, 그러다 보면 언젠가는 출옥할 수도 있는 것 아닌가."

이런 말이 권 판사 귀에 들어가지 않을 리 없다. 교도소 옆을 지날 때 권 판사의 심정은 과연 어떠할까? (『동아춘추』 1963년 2월호)

윤 신부의 상황 설정이 참으로 묘해서 권 판사의 반론 글이 몹시 궁금하였다. 그런데 권 판사가 『동아춘추』 편집장에게 보낸 글은 의외로 간단하였다. 그러나 그 의미는 참으로 심중하였다. 권 판사가 보낸 글을 그대로 소개해본다.

편집장에게

나는 윤 신부의 사형에 관한 글에 대하여 논평하기를 주저하였습니다.

과거에 우리나라에서의 의견 대립으로서의 논쟁이 본론(초점)을 떠나 인신공격으로 빠지는 예를 보아왔기 때문에 나와 윤 신부와의 논쟁도 또 그 전철을 밟지나 않을까 하고 적이 염려하였던 것입니다. 그러나 나의 예상은 불행하게도 적중되고야 말았습니다. 이것은 공개토론 할 기회가 적었던 우리 민족의 비극입니다.

나는 윤 신부가 나의 소론(所論)을 반박한 글에 대해서 다시 논쟁을 하고 싶지 않습니다. 나의 아버지가 윤 신부의 저주를 받기 전에 이 세상을 떠나신 것을 자식으로서 다행하게 생각합니다.

1963년 2월 27일 권순영

2

위의 논쟁에서 누가 이긴 것으로 보아야 할까. 사람마다 관점에 따라 다르겠지만 나름대로 승자를 판단할 수는 있지 않겠는가. 그래서 칼로 자르듯 '누구의 승리다.'라고 단언할 수는 없겠지만, 그래도 누가 이겼다고 보아야 할까? 상대로 하여금 전의를 상실케 했으므로 윤 신부가 이긴 것으로 보아야 할까. 논쟁의 올바른 차원을 깨우치려 한 권 판사에게 승점을 더 주어야 할까? 그런데 이런 식의 질문이야말로 의미 없는 것인지도 모르겠다. 영어 표현식으로 하면 그야말로 난센스(nonsense)의 장면이기 때문이다.

그러나 두 가지 사실은 명확하다. 하나는, 논쟁의 판이 깨어졌다는 것이다. 더 이상 사형제도 찬반에 대한 합리적 주장을 펼치고 경청할 판이 사라져버렸다는 것이다. 씨름 경기에서 씨름판이 깨어졌는데 승자가 있을 수 있겠는가.

그러므로 두 번째 사실, 즉 아무도 이기지 못했다는 사실이 분명하다. 이기지 못했을뿐더러 두 사람의 마음이 편치 않을 것이라는 점도 분명하다. 권 판사의 불편함은 쉽게 이해가 간다. 자신의 인격과 몸(인신)이 공격을 당했으니까. 그것도 육친의 아버지가 참혹하게 당하는 장면으로 끌려갔으니까. 윤 신부인들 마음이 편할 리 없다. 권 판사가 저렇게 속이 상했는데 희희낙락하는 마음이 될 수 없다. 당연히 불편하고 힘들 수밖에 없다. 이렇게 보면 이 논쟁에서는 이긴 사람이 없다. 논쟁을 지켜본 사람들은 씁쓸할 수밖에 없다.

그런데도 사람들은 굳이 승자를 가리려고 한다. 아니 자신의 관점에 부합되는 사람을 승자로 만들려고 한다. 요즘 같으면 윤 신부의 글에나 권 판사의 글이 악성 댓글이 미친 듯이 달려 나갈 것이다. 논쟁이 게임의 논리로만 이루어진다고 생각하는 곳에 저급한 포퓰리즘이 기승을 부린다. 그 포퓰리즘에 영합하는 인격이 바로 소영웅주의라 할 것이다. 포퓰리즘의 음습한 온상은 바로 우리들 안의 악마적 공격성에서 만들어진다.

포퓰리즘에 휩쓸리기 쉬움을 경계하는 지혜는 일찍부터 있어왔다. 대중은 어리석다는 말도 있었다. 대중이 어리석다는 말을 압도하는 말로 일찍이 민심이 천심이라는 지혜로운 명제가 있음도 잘 알고 있지만, 그 민심이 악플을 통해야만 제대로 드러난다는 말은 듣지 못하였다.

3

부메랑(boomerang)이란 것이 있다. 오스트레일리아 원주민이 사냥이나 전쟁을 할 때 쓰는 굽은 막대 모양의 무기를 일컫는 말이다. 부메랑을 던져서 짐승에게 상처를 입히거나, 나무에 쳐놓은 그물에 새 떼를 몰아넣기 위해 매 대신 부메랑을 이용하기도 한다. 전쟁에서는 살상용 무기로 쓰이기도 하였다. 부메랑은 차차 발전하여 던진 사람에게로 돌아오는 부메랑이 생겨났다. 던지면 다시 돌아오는 부메랑은 가벼우면서 얇고 균형이 잘 잡혀 있으며, 길이는 30~75센티미터, 무게는 약 340그램이다. 그래서 부메랑은 던진 사람에게로 되돌아오는 무기이다.

말의 백태(百態)를 알면 사람의 백태를 아는 것이다. 인신공격은 말의 백태(百態) 중에 가장 저질의 말이다. 인신공격을 하는 동안에는 가장 치열하게 말을 하고 가장 잘 공격한 것 같지만, 그 피해는 자기 자신에게로 돌아온다. 모든 인신공격이 예외 없이 그러하다. 그것을 깨닫는 데도 세 부류의 심급이 있다.

첫째 부류는 그래도 교양과 양심이 있는 사람들이다. 자신이 한 못된 말에 대한 자괴감 때문에 자기혐오에 휩싸인다. 내가 이 정도밖에는 안 되는가 하는 마음에 괴로워한다. 자신이 자신에 대해서 실망하고 상처받는 것이다.

그다음의 부류로서는 인신공격으로 인해 자신이 주변의 사람들에게 신망을 잃고 좋은 평판을 상실했다는 것을 나중에 알게 된다. 자신의 인격에 실망하기보다는 주변의 인기를 잃었다는 데에 실망을 하는 부류들이라고나 할까.

마지막 부류는 인신공격 자체를 특기쯤으로 자랑스럽게 펼치고 다니다가 자기가 공격을 가한 상대로부터 열 배 백 배의 통렬한 복수를 당하고 난 다음에 인신공격의 폐해를 아주 늦게야 깨닫는 사람이다. 물론 평생을 살면서도 인신공격의 악마성을 깨닫지 못하는 사람도 있다.

오스트레일리아 원주민들은 자기가 던진 부메랑이 돌아온다는 것을 알고 있다. 하지만 인신공격을 서슴지 않는 사람들은 자기가 쏜 독한 말의 부메랑이 다시 자기에게로 돌아온다는 것을 모르고 있다. 어리석기는 원주민들이 아니라, 문명 시대 약삭빠른 말의 재주꾼들이다.

국정감사의 장면에서도 인신공격의 말이 난무한다. 민망하기 그지없는 장면들이 속출한다. 저렇게 상처들을 양산해야만 국정이 감사되는가. 무릇 모든 상처들은 원혼처럼 떠다닌다. 그래서 부메랑이 되어 원래의 발신자에게로 돌아간다. 주술처럼 들리는가. 사실 주술의 본질이란 자연의 섭리에 바탕을 두고 있는 것인지도 모른다. 그러므로 가장 치명적인 것은 말의 부메랑이다. 그걸 모르기 때문에 더더욱 치명적이다.

쿨하고 싶습니까?

1

2008년에 나온 한국 영화 가운데 〈좋은 놈, 나쁜 놈, 이상한 놈(*The good, The bad, The weird*)〉이라는 작품이 장안의 관심을 끌었다. 영화 팬들에게는, 줄인 제목 '놈놈놈'으로 더 널리 알려진 작품이기도 하다. 1966년에 만들어진 미국 영화 〈석양의 무법자(*The good, The bad, and The ugly*)〉의 이야기 구조를 번안한 듯한 영화이다.

영화의 내용은 이렇다. 1930년대, 다양한 인종이 뒤엉키고 총칼이 난무하는 무법천지 만주의 축소판 제국 열차에서, 한 장의 보물지도를 놓고, 세 명의 조선인 추적자가 서로 각축하는 줄거리이다. 물론 이긴 놈이 다 가진다. 이 이야기 구조 속에서 세 인물은 각자 다른 방식으로 격동기를 살아가는 조선의 풍운아들이 되어 운명처럼 맞닥뜨린다.

배우 이병헌이 배역을 맡은 '나쁜 놈(The bad)'은 총이나 칼로써 최고가 되고 싶은 마적단 두목인데, 그는 목적을 위해서는 살인을 밥 먹듯 하는 살인청부업자이다. 개성파 배우 송광호가 역을 맡은 이 상한 놈(The weird)은 잡초 같은 생명력으로, 말 대신 오토바이를 타고 만주 벌판을 저돌적으로 누비며 열차털이를 한다. 좋은 놈(The good)은 맹수, 현상 수배범 등, 돈 되는 건 뭐든지 사냥한다고 냉정하게 말하지만, 뒤로 독립군을 돕는다. 배우 정우성이 이 역을 맡았는데 선전 포스터에는 그를 '쿨 가이(cool guy)'라고 말해놓고 있다.

나는 40년 전에 〈석양의 무법자〉도 보았고, 2008년에 나온 〈놈놈놈〉도 보았다. 원래 미국 영화 〈석양의 무법자〉에서의 '추한 놈(The ugly)'이라는 캐릭터가 40년 뒤 우리 영화에서는 '이상한 놈'으로 바뀌어 있는 것이 눈에 뜨인다. 그런데 한국 영화에서든 미국 영화에서든, 도무지 '좋은 놈'의 개념이 명확하게 와 잡히지 않는다. 〈석양의 무법자〉에서 내 나름대로 느낀 것이 있다면, '좋은 놈'이 '나쁜 놈'의 반대 개념이라기보다는, 오히려 '추한 놈'의 상대적 이미지로 '좋은 놈'의 정체가 구축되어갔던 것 같다.

우리 영화 〈놈놈놈〉에서는 굳이 선악을 판별하려 했다기보다는 세 인물의 관계적 총합을 통해서, 식민지 백성이 감당해야 할 만주라는 황야 공간의 상징적 총체를, 다소 오락적으로 보여주려 한 것 같다. 그럼에도 불구하고 '좋은 놈'에 대한 설명으로 '쿨 가이'라는 표현이 따라와 붙는 것을 주목하게 된다. '좋다는 것'과 '쿨하다는 것'이 동격으로 나란히 가는 의미 작용을 보면서, 좋은 것도 변하는가 하는 의문을 가지게 된다.

쿨하다는 말처럼 미국식 감정 처리의 분위기를 물씬 풍기는 말도 드문 것 같다. 어차피 영화 비교를 하자고 시작한 것이 아니므로, '쿨하다'라는 것에 대해서 생각을 좀 해보자.

2

쿨하다는 말이 유행한 지가 꽤 오래되었다. 나는 이 말이 이 땅에서 별 저항도 받지 않고 그럭저럭 쓰이는 것을 보고 두 가지 불편한 느낌을 받는다. 하나는 불유쾌한 느낌이고, 다른 하나는 부자연스러운 느낌이다.

저렇게 생짜배기 영어가 바로 우리말 어휘인 양 들어와서 설치는 것이 유쾌하지 않았다. 얼마든지 우리말로 바꾸어 쓰고도 남을 만한 빤한 말인데, 무슨 전문용어처럼 어려운 말도 아닌데, 굳이 저렇게 영어를 통째로 가져다 쓰는 것이 도무지 이해가 되지 않았다. 말 자체를 탓해서 무엇하겠는가. 그 말을 부리는 우리의 의식이 모자라는 것이 문제일 뿐이다.

다른 하나의 부자연스러운 느낌이란 이 말이 바로 이런 맥락으로 쓰일 때이다.

"오빠는 돈 몇 푼 아끼려고 구차한 선물 사지 않는다. 원래 오빠가 쿨하거든!"

이런 말을 들을라치면 전통 한국인의 마음이 담긴 말 같지 않다. 왠지 서양 사람 감정 스타일을 모방하는 것 같다. 우리네 심정의 상황에 꼭 맞는다는 느낌이 좀체 들지 않는 것이다. '쿨하다'가 즉각 익숙한 감정의 양태로 잡히지 않기 때문이다. 또 잡아서 제대로 파악했다 하더라도 왠지 그것이 편안하고 익은 감정이 되어 내 마음으로 내려앉지 못하는 것이다. 남의 옷을 억지로 걸쳐 입어서 그 풍신이 어딘가 우스꽝스러운 꼴이라고나 할까. 한양에 갓 올라온 산골 촌사람이 억지로 서울 사람처럼 말하려고 애를 쓰는데도, 산골 사람 투가 역력하게 비치어 나오는 것, 그래서 좀 안쓰럽고 민망한 것 같기도 한, 그런 느낌을 지울 수 없다. 그런데도 당사자는 정작 남들이 안쓰러워하고 민망해하는 것을 조금도 눈치채지 못하는 장면이 떠오르는 것이다. 그래서 '쿨하다'에는 기묘한 부자연스러움이 따라붙는다.

이 말을 상황 맥락에 비추어 제대로 쓰는 경우로서는, 감정 처리가 구질구질하지 않고 깔끔한 성격을 일컬을 때가 가장 그럴듯하다. 그렇다고는 해도 이 말은 원래 영어권 사람들이 쓰던 감정어로서의 심리적·문화적 맥락을 지니고 있으므로 명쾌하게 한국식으로 의미 매김을 하기가 쉽지 않다. 부자연스러움이 따른다는 지적은 앞에서도 했거니와, 그래서 더욱 문제인 것은 그 부자연스러움에 더하여 자칫 왜곡된 태도나 심리가 배어들 수 있다는 점이다.

내가 이 말의 실제적 쓰임을 가장 빈번하게 포착하는 것은 청춘 남녀가 사랑을 하다가 헤어지는 장면에서이다. 새로운 애인이 생겼기 때문에 사랑이 식은 남자가 오래 사랑해왔던 여자에게 이별을 선언한다. 사랑과 믿음의 진정이 가득한 여자는 이 급작스런 이별을 인정하지 못한다. 떠나지 말 것을 매달리다시피 울며 호소하는 여자에게 남자는 말한다.

"우리, 쿨하게 헤어지자. 너 이렇게 구질구질 눈물바람 내면, 쿨한 오빠는 네게 실망 크다."

아마도 이런 장면에서 '쿨하다'는 말이 가장 제격으로 쓰이는 것 같다. 야속한 세태가 '쿨하다'는 말을 불러오는 것인지, '쿨하다'는 말이 야속한 세태를 조장하는지 모를 일이다. 어쨌든 이 양자 사이에는 모종의 관계가 있다.

3

불유쾌하고 불편한 가운데도 이 말이 자꾸 쓰이게 되면서, 원하든 원하지 않든, 이 말 나름의 의미 작용이 일어난다. 언어의 자연 양태가 그렇다 하더라도, 비판 의식 없이 이런 현상을 놓아둘 수는 없다. 사랑하는 남녀가 이별을 처리하는 대목에서 이전 사랑의 진정성은 마치 별것 아니라는 듯이, 아무런 남은 감회도 없다는 듯이, 감정도 표정도 없이 떠나는 모양새가 쿨한 것이라면, 그건 다분히 바람둥이 스타일의 감정 연출에나 어울릴 법한 일이다. 그게 더더구나 멋있는 것으로 치부된다면, 쿨은 시원하기는커녕 답답하기만 하다.

'쿨한 것'은 본래 우리의 문화형(文化型)이 아니다. 우리의 감정 처리 방식도 아니다. 민요 〈아리랑〉이나 고려가요 〈가시리〉에 나타나는 사랑과 이별은 정한(情恨)에 겨워서 차마 떨어져 떨치지 못하고 돌아보고 또 돌아보는 감정의 세계이다. 가는 길 돌아서며 보고 또 보고하는 것이 우리식 감정 스타일이다. 근대에 이르러 소월의 〈진달래꽃〉에 와도 매양 마찬가지이다. '죽어도 아니 눈물 흘리겠다.'는 감정은 쿨하기는커녕 집요하기만 하다. 1960년대와 1970년

대를 통하여 한국 영화 최대의 흥행 기록을 올렸던 영화의 제목이
무엇인지를 아는가. 그것은 〈미워도 다시 한번〉이라는 영화이었다.
한국인의 감정 지도에서 '쿨한 감정'은 좀체 설 자리조차도 없었다.

　그런데 '쿨한 이별'을 최고의 멋으로 받들어 모시려는 이 감정의
풍조는 갑자기 어디서 끼어든 것일까. 이는 아마도 서양 영화나 서
양식 문화 서양식 행동에 대한 모방 기제가 강한 데서 따라온 것 같
다. 쿨한 것이 괜찮아 보인다는 의식은 속도 속에 살아야 하는 현대
인의 숙명이라고 하더라도, 그런 것을 그럴듯하게 재현해낸 것은
할리우드 영화들이다. 그리고 그것을 열심히 뒤쫓는 이른바 트렌드
드라마 따위들이 쿨을 부추겼다. 우선 텔레비전 채널에서 뉴요커들
의 소비적 연애 판타지를 오락 중심으로 보여주는 드라마 〈섹스 앤
더 시티〉 같은 데서 온 것 아닐지.

　쿨하다는 것은 자칫하면 겉멋에 맴돌기 쉽다. 겉멋에 이끌려 한
번 흉내를 내어보다가 울며 겨자 먹기 식으로 억지 쿨에 끌려가는
코미디 같은 경험도 많다. 대중문화가 부추기는 대중언어의 모습
에 이른바 쿨 기운이 잔뜩 들어가 있는 것이 요즘 언어의 세태이다.
어찌 물들지 않을 수 있겠는가. 그렇게 보면 '쿨하다'는 말이야말로
모방적 대중 심리와 대중문화의 코드로 연결되어야 비로소 그 의미
가 드러나는 것인지도 모르겠다.

4

　쿨한 것이 진정 멋이 있으려면, 나의 쿨을 받아들이거나 공유해

야 하는 사람에게, 내가 구질구질하지 않게 처신하는 것이 곧 배려와 존중에서 나오는 것임을 전달할 수 있어야 한다. 물론 그것은 상대방에게 잔잔한 감동으로 자리 잡는다.

쿨함이 진정 멋으로 승화하려면 절제(節制)의 미덕이 바탕에 깔려야 한다. 그것은 감정의 과잉을 예방하는 지혜이다. 상대방이 불편하거나 말거나 상대방이 아프거나 말거나, 내 기분 내 감정을 내가 내 마음대로 행사하는 것이 감정의 과잉이다. 그러므로 이것은 일종의 탐욕이고 이기심이다. 물질에만 탐욕이 동하는 것이 아니라 감정에도 탐욕은 동한다.

쿨한 성격이 가장 아름다운 매력으로 나타나는 것은 온갖 원망과 미움을 일거에 훌훌 털고 관용의 마음을 실현할 때이다. 물론 주의할 것이 있다. 이 관용의 마음은 절대로 티를 내지 않는 것이 되어야 한다. 그리고 보니 쿨하다는 것의 핵심 본질이 바로 티 내지 않는다는 것이다. 슬퍼도 슬픈 티 내지 않고, 아파도 아픈 티 내지 않고, 부자이어도 부자 티 내지 않고, 잘생겼어도 잘생긴 티 내지 않고 등등, 그게 바로 쿨한 것이다. 티 내지 않고 살려면 얼마나 많은 수양과 자기 다스림이 필요하던가.

그런데 오늘 우리는 쿨한 티를 내지 못해서 안달이다. 그러니 진짜로 쿨한 사람들은 할 말이 없다.

누가 운세를 지배하는가

1

별다른 생각 없이 가볍게 심심풀이로 시작했다가 심각한 정황으로 빠져드는 일이 몇 가지 있다. 그저 점심내기 정도로 가볍게 시작한 화투놀이가, 점심 같은 것 안 먹어도 좋다는 비장감까지 연출하며, 죽기 살기의 본격 도박 분위기로 흘러와 있는 경우가 대표적인데, 대체로 당사자는 그 심각성을 그 자리에서는 쉽사리 깨닫지 못한다. 보는 제삼자가 더 난감하다.

휴일 오전 가벼운 우스개로 시작한 부부 간의 농담 주고받기가 어디서 어떻게 잘못되었는지, 손쓸 수 없는 깊은 내상(內傷)을 서로에게 입힌 채, 무겁게 하루를 저물게 하는 경우도 후회막급(後悔莫及)이다. 골목에 놀던 아이들 싸움이 어른 싸움으로 변하는 경우도 마찬가지이다. 이게 아닌데 하고 후회를 할 때는 이미 돌아갈 수 없는 지경에 와 있는 것이다.

그런데 이런 난감보다 한 수 더 위에 있는 난감이 있다. 그저 장난삼아 본 운세(運勢) 점인데, 운세의 내용이 장난이 아닌 것으로 나오는 경우이다. 유수 대기업의 CEO를 지낸 친구 C의 경험담이다. 결혼할 나이의 딸이 마침내 한 청년을 데려와, 진실하게 사랑해왔다며, 인사를 시키더란다. 청년이 밉지 않은 인상이라 C도 기분이 좋았단다. 얼마 뒤 여행 모임에서 C는 어떤 사람과 그야말로 우연히 합석하게 되었는데, 그가 사주팔자를 잘 본다고 해서, 자기 딸 이야기라 하지 않고, 운세를 물었단다. 그랬더니 나온 점괘가 "외로운 소나무 서리가 내리고, 독야청청할 운세라."라고 하더란다. C는 여기서부터 깊은 고민에 빠졌다. 결혼을 해도 혼자 살 운세란 말 아닌가. 우선 딸에게 결혼을 단념시키도록 해야 한다는 것부터가 쉬운 일이 아니었다. 단념을 시키지 못하면 그건 더더욱 어렵고 근심스러운 일이었다.

내가 C에게 말했다.

"김 박사처럼 배운 사람이, 게다가 자네는 원래 자연과학도 출신 아닌가. 그깟 점쟁이 말을 무어 그리 신경을 쓰나."

"나도 남들이 그런 걸로 고민하면, 꼭 박 교수처럼 충고를 했어. 그깟 점쟁이 말에 무어 그리 신경을 쓰느냐고. 그렇게 말하기는 쉬워. 그런데 박 교수도 자기 피붙이를 두고서 끔찍한 불운의 운세를 지적 받아보게나. 부모의 마음이 되면 어쩔 수가 없어. 다른 운세꾼에게 물어보았더니, 그게 부부가 사별할 운세라는 거야. 정말 안 들은 것만 못해. 나 원 참."

그러고 보면 운세를 알아보고 싶은 인간의 욕구는 가벼운 심심풀이 정도의 것이 아니라, 가장 원초적 욕구일지도 모르겠다. 고대 그리스 신화 '판도라의 상자' 이야기가 공연히 있는 이야기가 아님을 알 수 있다.

2

옛날 육군보병학교에서 16주 동안 제법 '악!' 소리 나게 훈련받던 때이다. 가장 힘든 훈련이 14일 동안의 유격·특공 훈련이었는데, 보병학교 10개 중대가 중대별로 차례로 유격·특공 훈련 과정을 수행하였다. 다른 중대가 지리산에서 유격 훈련 마치고 복귀해 오면, 유격 훈련을 앞두고 있는 우리 중대에는 소문이 난무했다. 어떤 어려움과 어떤 고통이 기다리고 있는지 미리 캐내어, 자세한 정보들이 어지럽게 나돌았다.

어젯밤 유격에서 귀환한 중대는 하강 레펠 코스에서 동기생 한 명이 목숨을 잃었다고 한다. 공포를 심어줄 만했다. 특공에서의 침투 실패는 혹독한 전술적 고통을 자초한다는 소식에 긴장이 스치기도 했다. 완전 군장 20킬로미터 산악 구보에서는 몇 명이 기진하여 실신했다는 정보도 어김없이 나돌았다. 지난주 출발한 5중대는 무등산 넘어서 옹성산으로 가는 60킬로미터 야간 행군 동안 내내 폭우가 쏟아지는 데도 흔들림 없이 갔단다. 우중에 제대로 취사 조달이 안 되어 허기와 배고픔이 장난 아니었단다.

앞으로 우리 중대가 겪어야 할 일이 걱정되어 누군가 온갖 노력을 기울여 미리 얻어 듣게 된 정보들일 것이다. 그러나 대비와 위안은커녕 불안과 걱정이 어수선했다. 그것은 앞으로 내가 겪어야 할 운세이기도 했다. 운세를 미리 이렇듯 구체적 언어로 접해야 한다는 것은 고통이었다. 나는 앞일을 미리 알아보려고 애를 쓰는 동료들이 안쓰러웠다. 새로 얻어들은 정보 하나에 일희일비(一喜一悲)하고 있는 나 자신도 안쓰럽기는 마찬가지였다.

생각해보면 문제는 단순했다. 문제를 단순하게 정리해보려고만 한다면, 운세의 인질이 된 우리의 마음도 얼마간 평안하리라 생각되었다. 유격 훈련 동안의 운세라는 것을 나라고 예측할 수 없는 것은 아니라는 것이다. 뻔하다. 첫째, 몹시 힘들 것이다. 둘째, 부주의하면 다치거나 죽을 수도 있다. 셋째, 체력과 정신력과 인내가 최대한 필요하다. 넷째, 거의 대부분의 동료들이 무사 귀환하였다. 그러므로 나도 고생은 되지만 무사히 돌아올 수 있다. 뭐 이 정도의 운세인 것이다. 내가 지금 주워듣고 있는 불길한 운세의 메시지들 하나하나도 일반화하면 결국 나 자신이 내린 운세 예측으로 수렴되는 것들이다.

그런데도 이렇듯 단순한 것을 터득지 못하게 하는 요인은 무엇인가. 나는 그것이 '운세 언어'의 탓이라 생각한다. 우리는 구체적 언어로 전해지는 운세의 구체적 내용들에 얽매어 걱정과 두려움에 휘말린다. 좀 거칠게 표현한다면, 운세의 언어에 정작 운세 자체가 휘둘린다는 생각이 드는 것이다.

딸의 사주 때문에 걱정하는 내 친구의 경우도 크게 벗어나지 않는다. 부부가 결혼해서 한평생 사는 동안에 온갖 고초와 고생이 왜 없겠는가. 또 함께 늙어가다 보면 누군가 먼저 세상을 떠나는 것은 피해갈 수 없는 세상 이치 아니겠는가. 그렇게 생각하면 그 불운이란 것이 어디에나 다 있는 일이라는 생각을 하게 된다. 우리는 운세의 구체적 메시지에 너무 과도하게 붙잡혀 있다.

3

'오늘의 운세'라는 것이 있다. 그날그날의 운세를 열두 가지 동물 띠별로 나누고, 다시 나이별로 나누어서, 신문지상에 올려놓는 코너이다. 젊은 세대가 오락적 관심으로 잘 보는 스포츠 신문 같은 데에는 말할 것도 없고, 이른바 메이저 신문이라 할 수 있는 중앙 유력지들에도 빠짐없이 이런 운세 기사가 제공되고 있다. 다른 기획 기사들은 더러 바뀌기도 하지만, '오늘의 운세'가 바뀐다거나 사라지는 경우를 아직은 보지를 못했다.

'오늘의 운세'를 독자들이 얼마나 많이 보는 걸까? 사람들 모이는 자리에서 몇 번 비공식적으로 알아보았다. 의외로 보는 사람이 많았다. 세대에 따라 직업에 따라 들쑥날쑥하기는 했지만, 열이면 그저 평균 너댓 명 이상은 본다고 한다(가끔씩 보는 사람까지 포함). 흥미로운 것은 연애를 하고 있는 사람들 가운데 열심히 보는 사람들이 많았다. 가족과 떨어져 사는 사람들의 경우도 그러했다. 여행이나 출장 시에 애독을 한다는 사람들도 있었다. 운세에 대한 관심은 존재의 변화에 대한 관심임을 알 수 있다.

'오늘의 운세'가 얼마나 대중적 인기가 있는지를 보여주는 단적인 예가 최근에 있었다. 유력한 중앙 일간지가 '오늘의 운세'에서 다루는 최고령 수준을 80세 정도로 하던 것에서 90세 정도로 높인 것이다. 사람들 평균 수명이 늘어났기 때문이라고는 하겠지만, 아무리 그래도 노인 세대가 '오늘의 운세'에 별 관심이 없다면, 신문사 편집 당국이 그런 조치를 취할 리가 있겠는가. 스포츠 신문 등에는 운세 기사의 수용층을 가능한 한 가장 젊은 층까지 낮추어, 그들 생활 경험 영역에 맞는 운세 정보를 제공한다. 그만큼 세대를 초월하여 본다는 이야기이다. 조금 삐딱하게 말하면, '오늘의 운세'는 범국민적 텍스트로 부상하고 있는 것이다.

4

가보지 아니한 앞날 운세의 실체가 무엇인지는 아무도 확인할 수 없다. 우리의 인식 현상에는 운세란 것도 말로서 존재한다. 운세는 사람들에게 말로서 지각되며, 사람들은 그것을 실존하는 운세처럼 받아들인다. '가보지 아니한 운세의 실체'와 '말로 예측하는 운세'는 서로 같은 것일까. 어쨌든 우리는 운세의 언어에 자신의 운세를 휘둘려가며 사는 것 같다.

운세의 언어는 원래 울림이 큰 언어이다. 생각하기에 따라서는 이렇게 생각해도 되고 저렇게 생각해도 되는 작용을 한다. "여우의 굴을 빠져나와서 다시 호랑이의 꼬리를 밟는다." 전형적인 운세 읽기의 언어이다. 불운과 위험이 겹친다는 식으로 해석해도 좋고, 어려운 난관을 잘 해결해 나간다는 식으로 해석해도 좋고, 더 큰 과업에 도전한다는 식으로 해석해도 좋다. 이처럼 운세의 언어는 쉽사리 확정되지 않는 유동적 의미의 공간을 가진다. 구체적 언어 자체에 너무 얽매이지 않을 일이다.

생각해보자. 우리들 주변에 아침마다 배달되는 '오늘의 운세'를 어떻게 읽을 것인가. 쳐다볼 가치도 없다. 이건 지나친 염결주의일 것 같다. 메시지를 반성적으로 읽고 자신을 겸손하게 되돌아보는 자료로 삼는다. 나쁠 것 없는 태도이지만 지나친 엄숙주의라는 지적을 피할 수 없다. 그냥 슬쩍 보고 지나친다. 그러기에는 좀 아깝다는 생각도 든다. 모범 답안을 정하기는 어렵겠지만, '오늘의 운세'를 통하여 내게 소중한 사람들을 떠올리고, 내 마음을 사랑과 더불어 그에게로 달려가게 하는 계기로 삼으면 어떨까.

그래서 나는 '오늘의 운세'를 굳이 물리치지는 않는다. 나는 이렇게 한다. 말띠 운세 란으로 들어가서 1930년생 운세를 대하며, 나는 시골집에 혼자 지내시는 어머니의 오늘 하루를 생각한다. 1954년생 운세를 대하고서는 5년째 아프리카 탄자니아에 가 있는 아우 생각을 한다. 원숭이띠 1956년생 운세를 읽는 동안에는 아내를 포함한 제수씨들의 모습을 떠올리며 그녀들의 오늘 일상에 복을 빈다. 내가 속한 범띠 운세 텍스트를 보면서는, 내가 속한 학과의 범띠 교수님들(유독 많다)을 떠올리며, 오늘도 공동운명체로 잘 지내기를 다짐해본다.

그뿐인가. 나의 '오늘의 운세' 읽기는 이승과 저승을 넘나든다. 쥐띠 1924년생 운세를 앞에 두고는, 이미 이 운세와는 상관도 없이, 하늘나라에 가 계신 내 아버지의 인자하신 모습을 떠올린다. 그 두어 줄 아래에 있는 1948년생 운세 대목에서는 내가 사랑하는 외우(畏友) W 교수의 구레나룻 얼굴을 떠올린다.

이렇게 읽어서 굳이 안 될 이유는 없을 것이다.

인생 최고의 시절

1

　중학교 동창인 친구 M과 나는 그날 역삼동 근처 생맥줏집에 있었다. 우리 둘 말고도 몇 명 친구들이 더 있었다. 오랫만에 모여 저녁 함께 먹고, 집에 들어가기 전에 가볍게 맥주 한잔 나누자고 들어간 자리이었다. 유수한 시중은행의 최고 간부로 있다가, 나온 지 얼마 되지 않은 M이 맥주 값은 자기가 내겠노라 선언을 한 터이었다.

　고향 친구들이 모이는 자리는 영락없이 시끄럽다. 자기들끼리의 친숙함과 격의 없음을 과시라도 하듯, 화끈한 직설법 농담들이 퍼질러진다. 때로는 형편없이 유치해지기도 해서 막무가내 우기기식의 화법도 등장한다. 이야기 중에 추억담이라도 실리면, 그 사건의 중심에 있었던 녀석들의 목소리는 높아진다. 이런 자리에서는 진지한 화두를 꺼내어 대화의 격조를 살리기는 어렵다. 그래보았자 잘난 척하는 꼴로 오해받거나, 공연히 좌중을 썰렁하게 한 죄로 비난의 대상이 되기 십상이기 때문이다.

그 옛날 가난하고 어렵던 시절의 이야기들이 자연스럽게 흘러나왔다. 밥 굶었던 이야기를 위시하여, 누가 더 꽁보리밥을 많이 먹었다는 둥, 교복을 기워서 입고 다녔다는 둥, 교과서는 으레 헌 책으로 구입했다는 둥, 대학 3학년 때 맥주를 처음 얻어먹고서는 석 달도 넘게 자랑을 하고 다녔다는 둥, 끝이 없었다. 어른 세대가 가난을 훈장처럼 자랑스럽게 이야기하는 데에는, 가난 자체를 예찬한다기보다는 그 가난을 잘 극복하고 성공을 이루었다는 자기성취에 대한 긍정의 정신이 작용하는 것으로 보아야 한다. 옛날에도 가난했고 지금도 여전히 가난한 사람에게는 '가난 추억'이 조금도 신명날 리 없다.

가난 이야기가 한 순배 돌아 나가자, 우리는 그 가난을 딛고 얼마나 '잘 나가는 시절'을 살았는지를 이야기하는 쪽으로 자연스럽게 이동을 하고 있었다. 이를테면 '내 생애 최고의 시절'에 대해서 거리낌 없는 자긍심을 쏟아놓기 시작했다. 종합무역상사의 엘리트 에이전트로서 찬란한 수출 업적의 영광을 누렸던 이야기, 해외 건설의 현장에서 불가능할 것 같은 공사를 마침내 해내었을 때의 감격 넘치던 시절 이야기로 이어졌다. 자기 체험이 모자라면 그 자리에 없는 다른 친구들의 '잘 나가던 시절'까지도 다 불러 모았다. 누구는 돈 많이 벌어서 호기로 기부 사업 하며 돈 잘 썼다는 이야기, 또 누구는 정계로 진출하여 옛날 궁색함을 말끔히 씻었다는 이야기, 또 그 누구는 군대에서 장군이 되었다는 이야기, 또 누군가는 사법고시 합격해서 부잣집 사위 되었다는 이야기도 빠질 수가 없었다.

나는 이런 이야기 분위기가 조금씩 어정쩡해졌다. 내가 할 수 있는 이야기가 궁해지기 시작했기 때문이다. 무언가 나도 한마디 하기는 해야 할 텐데. 요즘 유행하는 '대략 난감'이란 이런 경우를 두고 하는 말일 것 같았다. 내게 '생애 최고의 시절'이란 어떤 때였던가. 공부해서 선생 되고, 논문 쓰고, 책 쓰고……. 뭐 그런 이야기를 자랑처럼 해야 할 분위기 같은데, 그게 무슨 생애 최고의 보람에 들어맞기나 한 것인가. 끙끙대는 내 속을 알아차렸는지 친구들이 내 고충을 시원스레 해결해주었다.

"너는 아직 정년이 여러 해 남았지 않나. 우리 대부분은 이미 은퇴를 한 신세인데. 그것만으로 너는 잘 나가고 있음을 현존(現存)으로 증명한다!"

2

바로 그때, M이 말문을 열었다. 은행의 고위직 간부를 하는 동안은 스케줄이 너무 가파르고 빽빽했단다. 끊임없는 회의와 의사 결정의 연속에서 늘 시간은 부족하여, 신문도 제대로 못 읽어서 부하 직원이 관련 업무 중심으로 스크랩해주는 것을 간신히 차 안에서 살펴보기 바쁠 정도란다. 중요한 사안마다 무거운 책무감으로 거듭 짓눌리는, 그런 스트레스 속에서 지내고, 일과 이후는 수백 개 거래 기관의 각종 경조사를 비롯한 공식 비공식 행사들에 은행을 대표하여 참석하고 귀가하면 밤 10시가 훌쩍 지나는 그런 일과였단다. 가족들과의 대화는 미루어지기 일쑤였단다.

이 대목에서 친구들이 어김없이 말한다.

"그래도 그 자리를 아무나 하는 거냐? 너 부러워했던 사람 줄줄이 줄로 서 있었다. 그게 너 잘 나가던 시절을 입증하는 거야! 이 친구, 뭘 몰라."

M은 긍정도 부정도 하지 않으며 자기 이야기를 계속한다.

"너희들 잘 알잖아. 옛날에 내 아버지의 일 실패로 우리 집이 완전히 파탄 나서 생계는 암담한 데다, 억울하고도 대책 없는 빚에 쫓기고 몰려, 상계동, 남가좌동 서울 변두리 외곽 가난한 달동네에 지하 셋방으로 전전하며, 아버지 어머니, 그리고 세 동생과 함께 여섯 식구가 참 힘들게 살던 시절 있었잖아. 그 어려운 형편이 말이야, 내가 대학 들어가던 무렵부터 시작하여, 군대 3년 갔다 오고, 허겁지겁 바로 직장이라고 잡아서 여러 해를 근무하며 지날 때까지 조금도 나아지지 않더라구. 돈이 워낙 없었으니 나아질 형편이 어디 있겠어!"

우리는 모두 M의 절친한 친구들이었으므로 그 무렵 20대의 M이 겪었던 어려운 고초를 알고 있었다. M은 장남이었다. 서울대 법대를 다녔는데, 갑자기 기울어진 가세 때문에 빨리 취직하여 식구들의 가계와 동생들을 다급하게 돌보아야 하는 형편이었다. 법대생이었음에도 불구하고 그에게는 고시 공부 자체가 일종의 호사였다. 해볼 생각조차도 하지 못하였다.

M의 말이 계속되었다.

"남가좌동 변두리 셋방에 살 때였어. 내가 제대해서 바로 취직하여 직장 다닐 때인데, 내가 우리 가족들 생계, 또 동생들 학비 등등을 대충 감당을 해야 하는 처지였지. 식구들이 나에게 미안함과 고마움을 가득 담고 있었던 것 같아. 한 집에 여러 세대가 세 들어 사는 집이라, 겨울 아침이면 마당 수돗가가 복작거렸어. 세숫대야에 더운물 담아 와서 세수하느라 줄을 섰었지. 동생들이 먼저 일어나 세수 순서를 잡아놓고 있다가, 내가 일어나 나가면 얼른 그 자리를 내게 내어주었어. 그때 통행금지 있었잖아. 고단하기 짝이 없는 일과였지. 회사 일 늦게 끝나고, 버스 종점 정류장 내려서 털레털레 들어가면, 아버지 어머니는 말할 것도 없고 온 식구가 다 대문 앞에 나와서 나를 기다리고 있는 거야. 그 눈빛들을 지금도 잊을 수 없어. 방에 들어오면 누이는 마치 다정한 아내인 양 옷을 받아 챙겨주고, 어머니는 얼마나 다정하게 날 다독거려주는지. 내 목이며 팔이며 안마를 해주었지. 내가 아프기라도 하면 온 식구가 극진으로 염려하고 보살피는 거야."

M의 이야기가 약간은 청승맞아지자, 친구들은 한편으로는 감응도 하면서 한편으로는 좀 따분해진 기분이 되는 것 같았다. 마침내 친구들이 M에게 이야기의 행방을 재촉했다.

"그래서 뭐 어떻게 되었다는 거야? 그거 우리 다 아는 이야기 아냐?"

M이 머쓱하고 한 번 웃더니, 바로 말을 이어 받았다.

"내 말은…… 그 시절이 바로 …… '내 인생 최고의 시절'이었다는 이야기야. 부모님과 형제 가족 모두에게서 사랑과 인정과 감사와 보살핌을 그렇게 오롯하게 받은 적이 있었던가 싶어. 내 인생 최고의 시절은 바로 그 시절이었어."

3

나는 M이 자신의 인생을 그렇게 해석하는 것을 보고 감동을 받았다. 눈물이 핑 돌았다. 자기의 삶을 그렇게 품격 있게 해석하는 그의 윤리가 한 송이 꽃처럼 고상하고 아름다웠다. 내 욕구나 소망은 밀쳐둔 채, 가족 모두의 생계를 걸머지고 허덕거리는 일상이 얼마나 고단했으랴. 힘든 고역의 팔자를 탓하기로 시작했다면, 가족인들 얼마나 성가시고 무거운 짐이었을까. 같은 일을 겪으면서도 그 안에서 무엇을 보는지에 따라 우리는 천국에 다다를 수도 있고 지옥의 나라에서 고통으로 신음할 수도 있다.

언제부터인가. 명절에 대가족이 모여 여러 형제들을 만나고 돌아오면서, 속이 상해서 돌아오는 사람이 많아졌다. 한국인들이 좀 잘살게 되면서부터 생겨난 병통이라고 하는 이도 있다. 속이 상하는 것은 나와 다른 형제들을 이기적 마인드로 비교하는 데서 생기는 불행이다. 누가 더 좋은 물건 들여놓고 잘사는지, 누가 더 명절 준비에 고생을 했는지, 누가 부모에게서 더 보상을 받지 못했는지, 누가 더 출세했는지, 누가 더 잘난 체하는지 등등 이런 것들에 열심히 이끌려 다니다 보면, 우리는 어김없이 내 행복을 내 마음에서 내몰아버린다. 그렇게 진부하게 듣고 다니는 '마음을 비우라'는 말이 그렇게 실천하기 어려울 줄이야.

우리 시대의 석학 이어령 교수가 이화여대 교수직에서 정년퇴임할 때 어떤 신문 인터뷰에서 이런 질문을 받았다.

"교수님께서는 장관으로 작가로 예술가로 교수로서 일생 살아오면서, 많은 일을 하시고 큰 업적들을 쌓으셨는데, 그중에서 어떤 것을 할 때가 가장 행복하고 위대했다고 생각하십니까?"

이어령 교수의 대답은 좀 의외였다.

"오월 봄날 제 연구실 창밖으로 젊은 학생들이 밝은 음성과 웃음으로 대화를 나누며, 간간 그들의 기쁘고 맑은 환성이 들려오는 시간, 바로 그 시간이 내 인생에 가장 행복하고 위대한 시간이었던 것 같습니다."

도대체 '최고'란 무엇이고, '최대'란 무엇인가. 가장 낮은 곳에, 가장 작은 것에, 그리고 눈에 잘 보이지 아니한 곳에, 미처 발견하지 못한 행복이 숨어 있다. 나 또한 낮고 작은 곳에 있었던 나의 인생을 떠올려보아야 하겠다. 내 인생 최고의 순간을 새롭게 발견하기 위해서.

제3부

언어와 인성 사이

생각 화두 | 사람 냄새가 나는 사람을 찾습니다

"인간은 신과 동물의 중간적 존재이다." 많이 들어본 말입니다. 그래서 '인간적'이란 말은 두 가지 뜻으로 쓰입니다. 인간에게는 신의 경지를 지향하는 인간의 모습이 있는가 하면, 짐승의 경지로 추락하는 인간의 모습도 있습니다. 전자는 인간이 초월 의지를 고상하게 실천하는 경우입니다. 후자는 온갖 추악한 본성을 드러내는 이른바 '타락한 천사'의 모습을 보이는 경우입니다. 사람의 본성은 본디 착한 것이다, 아니다, 사람의 본성은 악한 것이다, 라고 하며 본성론이 양립하는 것은 어찌 보면 당연하다 하겠습니다.

인성(人性, character)은 글자 뜻 그대로 하면 '사람의 본성'입니다. 물론 좋은 본성 나쁜 본성, 모두 인성입니다. 그러나 인간의 문화와 교양이 발달함에 따라, 문명사회에서의 인성은 '바람직한 본성'을 의미하게 되었습니다. 주로 도덕적 · 윤리적 차원에서 사람이 지녀야 할 바람직한 성품을 인성이라 합니다. 따라서 이러한 인성은 사람들에게 널리 교육되어, 길러져야 할 보편적 가치를 띠는 것입니다.

흔히 이렇게 말합니다. "사람이 사람다워야지, 사람이라고 다 사람이냐." 그렇습니다. '사람이 사람다워야지'라는 말에 인성의 본질이 다 들어가 있습니다. 그런 사람을 두고 우리는 또 이렇게도 말합니다. "사람

냄새가 나는 사람이다." 이것이 인성의 핵심이라면, 이 '사람 냄새'를 어떻게 설명하면 좋겠습니까. 인성교육 진흥법에 있는 설명을 빌려와 봅니다. '자신의 내면을 바르고 건전하게 가꾸고, 타인·공동체·자연과 더불어 살아가는 데 필요한 인간다운 성품과 역량'을 인성이라 말하고 있습니다.

우리의 전통사회에서는 인성을 판단하는 기준으로, 신언서판(身言書判)이 있었습니다. 글자 뜻대로 하면, 단정한 용모, 말, 글쓰기, 판단력 등으로 인성을 판단했다는 것입니다. 그런데 이 네 가지 기준은 알고 보면 언어능력 발달과 직·간접적으로 연계되어 있습니다. 단정한 용모는 표정, 몸짓, 호흡 등 언어 활동과 맞물려서 나타납니다. 말과 글쓰기는 그 자체가 언어 활동이지요. 판단력은 사고력과 뗄 수 없습니다. 그런데 사고력은 언어의 그림자 같은 역할을 합니다. 내적인 언어의 도움을 받아서 사고하기가 가능하기 때문입니다.

현대 사회에 와서도 한 사람의 인성은 그가 사용하는 언어에 대부분 나타납니다. 더구나 현대 사회에서는 인성을 개인의 차원에서만 보지 않고, 사회 차원에서 봅니다. 이를테면 공감하는 역량, 공동체의 문화를 이해하려는 태도, 열심히 소통하려는 노력 등을 '사회적 인성'이라고 해서 강조하고 있습니다. 그러해야 사람 냄새가 나는 사람이라 할 수 있습니다. 인성을 계발하는 데에 언어의 역량이 매우 중요하게 작용하고 있음을 알 수 있습니다. 도산 안창호 선생의 말씀을 한번 들어보시지요. 인성의 향상을 언어로 실천하고 있음을 볼 수 있습니다.

"우리라는 말이 심히 좋은 말이거니와, 이 말을 책임 전가나 책임 회피에 이용하는 것은 비겁한 일이오. 책임에 대해서는 내 것이라 하고, 영광에 관해서는 우리 것이라 하는 것이 도덕에 맞는 언행이오.
공은 우리에게로 돌리고, 책임은 내게로 돌려야 하오."

언어가 인간의 영성(靈性, 영혼의 맑음과 마음의 경건을 지향하는 인간의
품성이나 성질)에 영향을 미친다는 데에 대해서는 어떻게 생각하십니까.
사찰이나 수도원에서 수도하는 분들의 언어를 떠올려 보기 바랍니다.
법정 스님의 말씀을 따라가 봅니다. 말을 존재의 집이라고 했던 철학자
하이데거의 생각까지 함께 들어옵니다.

말은 생각을 담는 그릇이다. 생각이 맑고 고요하면, 말도 맑고 고요
하게 나온다. 생각이 야비하거나 거칠면, 말 또한 야비하고 거칠게 마
련이다. 그러므로 그가 하는 말로써 그의 인품을 엿볼 수 있다. 그래
서 '말을 존재의 집'이라 한다.

흔히 말과 행동의 다름을 문제 삼습니다. 이는 말이 곧 행동임을 깨
닫지 못하는 데서 오는 혼돈입니다. 행동 또한, 홀로 그 가치를 나타낼
수 없습니다. 좋은 언어에 의하여 행동도 더 숙성할 수 있습니다. 말을
오래 지켜보면, 거기에 행동이 드러납니다. 행동이 수반하는 언어를 주
목하면 행동의 진가를 이해하고 공유할 수 있습니다.

여기 제3부에서는 다음의 화두들을 함께 나눌 수 있기를 바랍니다.
감정과 인성의 관계를 오래 생각해보기 바랍니다. 특히 분노나 모욕이
나 편견에 대처하는 '인성의 언어'를 살펴보기 바랍니다. 좋은 인성은 감
정을 잘 나타내는 데서 발현됩니다. 하지만 감정 다스리기에 실패하면
인성도 함께 추락합니다. 여기에 언어가 관여되지 않을 수 없습니다.

편벽됨을 바로잡아 조화를 기하려는 품성을 자신에게 대입해보는 것도 좋겠습니다. 지나친 집착을 각성하는 노력도 내 인성을 고양해 줍니다. 현대인의 통폐라 할 수 있는 영악스러움에 대한 반성으로, 내 안의 바보를 발견해보기를 권해봅니다.

비분강개의 커뮤니케이션

1

얼마 전에 겪었던 일이다. 어떤 기관에서 학습 부진아 문제의 교육적 대안을 모색하기 위한 전문가 협의회에 참석해 줄 것을 요청해왔다. 미리 회의 자료를 보내주면서 잘 검토를 하고 오라는 당부도 잊지 않았다. 주최 측의 자세가 진지하고 성실하여 나는 이 회의에 호감과 기대를 가지고 참석하기로 했다.

문제는 협의회가 시작되면서 발생했다. 참석한 인사 중의 한 사람이 자신이 가진 특정한 견해를 밝히면서, 학습 부진아 문제의 발생을 당국의 정책 부재 탓으로 나무라기 시작하는 것과 동시에 서서히 비분강개(悲憤慷慨)하기 시작했다. 그의 비분강개는 계속 다른 국면으로 전이되었다. 그는 이 문제와 관련해서 사람들이 기회균등의 교육철학을 제대로 가지지 못했다는 공격적 발언으로 불특정의 여러 학자 전문가들을 격렬하게 비난했다. 비분강개의 와중에도 그는 자신이 이러저러한 힘과 경력의 소유자임을 빠트리지 않고 끼워 넣었다.

"고정하시지요." 하는 말을 꺼내기도 무색할 정도로, 그는 분기탱천하여 주먹을 불끈 쥐고, 언성을 높였다. 다른 참석자들은 마치 문제의식도 없고, 정의감도 없는 부류의 인간들로 순식간에 내몰리는 분위기이었다. 그가 비분강개하는 동안, 어정쩡하기 그지없는 침묵이 흘렀다. 협의회에서 의미 있는 대안들을 생산하려던 개방적 소통의 분위기가 금방 유실되는 듯했다. 속된 말로 김새는 분위기이었다. 이런 성격의 회의에서는 자유로운 소통이 생명이다. 그 사람이 비분강개하는 정도가 하도 심하여 나는 이런 의심도 해보았다. 혹시 저 양반이 다른 무슨 이유로 이미 화가 나 있었던 것은 아닐까.

회의를 주재하는 사회자가 몇 번씩 사과 아닌 사과를 해서 겨우 진정시켰다. 사실 생각해보면 사회자가 그 사람에게 사과를 해야 할 이유는 없다. 나는 심리적으로는 마치 폭력에 휘둘리는 느낌을 받았다. 참으로 가당치 않은 억압의 분위기였다. 나와 비슷한 느낌을 가진 사람들이 많았음을 나중에 확인할 수 있었다. 이어진 회의는 부자연스러웠다. 그 사람과 반대되는 의견을 가진 분들은 극심한 마음의 부자유를 느낄 수밖에 없었다. 아니 그 사람과 반대되는 의견을 가지지 아니한 사람들까지도 모두 부자연스럽고 부자유스러웠다. 그날 회의는 총체적으로 실패한 회의였다. 다음 회의 날짜를 기약했지만, 유쾌하고 의욕적인 약속으로 받아들일 사람이 누가 있을 것인가. 나는 그날 '소통의 적'을 보았다.

그는 아마도 자기가 무엇을 잘못했는지 모를 것이다. 자기가 소통 파괴의 주역이 되고 말았다는 것을 뒤에라도 진정으로 깨닫게 되었을까. 그걸 깨달을 수 있다면 애당초 그런 행동 패턴을 보이지 않았을 것이다. 그는 오히려 자신이 오늘 그 누구도 하지 못하는 의로운 행동을 했다고 생각할지도 모른다. 참석한 사람들에게 큰 깨우침을 불러일으켜준 데 대해서 스스로 만족을 느낄지도 모른다. 그리고 다른 장소에 가서 다른 사람들에게 무용담처럼 이렇게 말할 것이다.

"내가 오늘 회의에서 교육이 뭔지도 모르는 사람들을 정신 번쩍 나게 해주었지."

자기중심의 소통으로 일관하는 자위적(自慰的) 소통의 전형이다. 이처럼 일방성의 극치를 보이는 소통은 형식상 대화를 가장할 뿐, 내용상으로는 폭력의 속성을 그대로 드러낸다. 이는 조직폭력배 사회의 담화 구조를 조금만 들여다보면 금방 알 수 있는 사실이다. 소통의 자질에서 보면 가히 '소통의 적'이라 할 수 있겠고, 정신 건강의 차원에서 보면, 일종의 정서불안에 연결된다. 이렇게 자기 존재를 객관적으로 보지 못하는 사람들과 소통하는 것은 어려운 일이다.

그런데 여기서 주목할 것이 있다. 그것은 자기 존재를 보지 못하게 하는 감정의 안개가 바로 '비분강개'라는 점이다. 비분강개 현상에 대한 의미 부여를 어떻게 할 것인가. 비분강개에 대해서 우리의 잘못된 사회적·문화적 고정관념이 잘못된 소통 패턴을 유발하게 하는 면이 없지 않은 듯하다.

2

　'비분강개(悲憤慷慨)'라는 말을 사전에서 찾으면 '슬프고 분하여 마음이 북받침'으로 설명이 되어 있다. 그러니까 이 말 자체는 슬픔과 분노로 가득 찬 감정의 상태를 나타내는 말이다. 비분강개는 그런 감정 현상 그 이상도 그 이하도 아니다.

　그런데 이 말이 실제로 사용되는 맥락을 살펴보면, 단순히 감정노출 현상을 넘어서서, 더 확장된 가치 부여가 은연중에 작동되는 것을 느낄 수 있다. 즉 비분강개는 그 감정을 표출하는 사람이 지닌 의로운 태도나 의지까지도 포함하는 뜻으로 인식됨을 볼 수 있다. 비겁하고 소심하고 옹졸한 사람이 슬프고 분하여 마음이 북받칠 경우에 '그가 비분강개했다.'라고 쓰면, 왠지 잘 어울리지 않는 말로 받아들여진다. 그런 고정관념이 없지 않다. 모르겠지만, 우리는 '비분강개'를 용기나 정의감에서 슬픔·분노를 토로할 때만 사용해야하는 표현으로 인식한다.

　이해가 전혀 안 되는 것은 아니다. 민족의 근현대사가 일제에 의한 식민지 지배로 점철되고, 다시 전쟁과 궁핍과 민주화의 역정을 거쳐오면서, 슬프고 억울하고 분하고 한탄스러운 일을 우리는 얼마나 많이 경험했던가. 슬프고 억울하고 분하고 한탄스러운 정서를 토로하는 장면 자체가 독립과 자유와 해방과 생존을 갈구하여 저항하는 역사적 장면으로 나타나곤 하였다. 따라서 슬프고 억울하고 분하고 한탄스러운 정서를 사회·문화적으로 가치 있는 정서로 축적하는 사이에 '비분강개'는 긍정적 가치의 감정으로 수용되고 발현될 수 있었으리라 본다.

이런 인식은 비분강개를 연출하는 쪽에서도 마찬가지이다. 여러 사람 앞에서 비분강개의 감정을 거침없이 보여주는 쪽에서도 이 비분강개의 내용이 일종의 정의감과 협기(俠氣)에서 연유되는 것임을 알게 모르게 내비친다. 자신이 얼마나 용감하며 불의를 보면 참지 못하는 사람인 줄 아느냐 하는 마음을 비분강개와 더불어 토해내는 것이다. 우국충정(?)의 울분을 가득 담아내는 선거 유세 등에서 보여주는 정치인들의 비분강개 스타일의 연설도 실은 비분강개의 사회 정서적 전통에 기대는 것으로서, 비분강개는 일종의 언어적 패턴처럼 자리 잡아 정치인들의 스피치 기법으로 자동화되는 양상으로 흘렀다.

3

민주화와 근대화가 조화롭게 이루어졌다는 세계적 평가를 받는 현재에 이르러서는 우리는 개방적 자긍심을 가지는 것이 좋겠다. 민주화와 근대화를 관류하는 핵심어가 무엇일까? 나는 그것을 '소통'이라고 말하고 싶다. 더 자세히 말하면 '개방적 소통'이라고 말하고 싶다. 물론 이때의 소통이란 문화적 가치의 수준에서 일컬어지는 개념이다. 그런 점에서 이제 비분강개라는 말(또는 현상)은 현시점에서 재개념화가 이루어져야 할 것이다. 비분강개는 소통을 방해할 수 있다. 개방적 마인드를 가두어버릴 수 있다. 상투화된 비분강개는 대화를 돕지 못한다. 비분강개는 쌍방 소통의 대화와는 무관한 말이다.

비분강개를 감정의 작용으로 본다면, 비분강개의 감정이 가닿는 대상은 자기 자신이라고 보는 것이 적실하다. 그러니까 비분강개를 통해서 일종의 감정의 카타르시스(淨化)를 경험하는 것이다. 여기에 비분강개의 순기능이 있기도 하다. 만약 일상적 대화에서 비분강개의 구체적 대상이 있다면, 그 비분강개는 잘 다스려지지 않는 적개심의 변종일 가능성이 높다.

어떤 텔레비전 토론회에서 서로 대립되는 관점을 가진 양측이 나와서 토론을 전개하다가, 한쪽 패널이 상대 패널을 향하여 날이 선 목소리로 '부끄러운 줄 아시오!' 하고 일갈하는 장면을 보았다. 고도의 개방된 공적 공간에서의 대화와 소통을 위한 토론 장면에서는, 이를테면 텔레비전 토론 등에서 비분강개는 금물이다, 소통의 양식과 태도를 존중해주는 데서 토론의 참 기능이 살아나는 것이다. 무슨 자격으로 토론 상대를 그렇게 비분강개하여 나무랄 수 있는가.

상대방이 부끄러움을 느껴야 한다는 생각이 든다면, 시청자들로 하여금 '아, 저 사람이 부끄러운 줄을 모르는구나.' 하고 판단하게 하는 데에 이르도록 해주는 것이 개방적 토론 문화에서 패널이 갖추어야 할 소통 자질이다. 내 감정으로 상대를 모두 주관화하여 야단치고 개탄하고 경멸하는 것은 혼자 있을 때 하는 것이다. 국민 대중이 환시하는 텔레비전 토론에서 쌍방의 대화적 소통 형식을 무시하고, '부끄러운 줄 아시오.' 하고 내 감정만으로 상대를 재단하려 한다면, 그 발언의 동기가 아무리 진정하다 하더라도, 마침내는 국

비분강개의 커뮤니케이션

민으로부터 '부끄러운 줄 아세요.'라는 소리를 되돌려 듣기에 꼭 알
맞다.

국권 상실의 비통함을 안으로 깊이 아프게 새기며 「절명시(絶命
詩)」 56자에 그 비분강개의 소회를 묵시록처럼 전하고 스스로 목숨
을 끊은 매천(梅泉) 선생의 비분강개에 새삼 숙연해진다. 속인(俗人)
들의 얄팍하고 요란하고 감정 배설적인 비분강개를 우리도 이제는
비판할 수 있는 수준에 왔다.

욕의 품격

1

인간문화재 판소리 명창으로 유명했던 동초(東超) 김연수(金演洙, 1907~1974) 옹의 일화이다. 그가 만년에 병고와 외로움으로 시달릴 때, 몇몇 제자들이 찾아와 스승의 형편을 어렵사리 보살폈다. 그런데 지난날 김연수 선생의 총애를 크게 입어 출세한 제자 한 사람이 있었는데, 그는 스승의 어려움과 고통을 아는지 모르는지, 찾아오기는커녕 도대체 안부 인사 한번 없었다. 주변에서 그 제자의 그릇됨을 탓하며, 선생에게 그를 불러 한번 호되게 나무랄 것을 재촉하였다고 한다. 그러자 동초 선생이 하셨다는 말씀이 걸작이다.

"내 그 녀석을 불러 욕을 바가지로 해주려다가, (혹시라도 내 욕을 듣고 뉘우쳐서) 그놈 사람 될까 싶어서 그만두었네."

이쯤 되면 욕의 기술과 품격이 경지를 넘어선다. 직접 욕설을 건네지 않았으면서도, 훨씬 더 짜릿한 울림을 전한다. 판소리 명인다운 말의 경륜이 묻어 있다. 말(言語)이 주인을 제대로 만나, 그 장면에 마땅한 의미의 울림을 기막히게 드러내기 때문이다. 김연수 선생의 욕이 짜릿한 설득력과 지적 운치를 획득하고 있는 것은 그가 격한 감정에 사로잡히지 않고, 이미 욕 자체로부터 저만치 벗어나 있다는 점일 것이다. 이런 수준의 욕을 자유자재로 구사하기란 쉽지 않은 일이다. 그러니 인상을 긁어대면서 거세고 할퀴고 질펀하게 내뱉는다고 해서 일품의 욕이 되는 것은 아니다.

욕이야말로 잘해봤자 본전이다. 아니 본전도 못 찾는 것이 욕하기이다. 감정을 다스리지 못하는 욕은, 궁극에는 욕한 자신이 뒤집어쓰기 십상이다. 팔 걷고 거센 욕설로 해붙일 때는, 내 입에서 나온 욕이 일견 상대를 향해서 통렬하게 날아가는 것 같지만, 사실은 그 욕이 고스란히 나에게 부메랑이 되어 돌아온다. 독하고 독한 욕설로 악다구니처럼 몰아붙여 상대를 어안이 벙벙하게 만들었다고 해서 희열에 가득 찬 승리감을 맛보는 것일까. 그렇지는 않다. 격정의 순간이 지나고 나면 내 안에서 나오는 스스로의 쓴소리를 발견하게 된다. 가장 고약한 것은 자식 야단치면서 감정에 휘둘려 욕설을 퍼붓는 경우이다.

"아! 나는 고작 이런 수준밖에 안 되는 사람인가?"

2

욕으로 얼룩지는 싸움에는 절대로 이기는 사람이 없다. 물론 얻는 것도 없다. '상처뿐인 영광'이라도 되기나 했으면 좋으련만, '오욕뿐인 상처'를 면하기 어렵다. 옆에서 구경하는 제삼자의 자리에서 보면 이 점은 더 명료해진다. 백이면 백, 다음과 같은 모욕적 평가를 피해 가지 못한다.

"에이! 그 사람 욕하는 것 보니 못쓰겠더라."

"두 놈 모두 다 똑같다 똑같아!"

그러고 보니 욕이란 망가지는 과정의 시발점을 제공한다. 흉하게 망가지지 않으려는 생각을 한다면, 욕에도 품격이라는 것이 있을 수 있음을 인정해야 한다. 흔히 말하는 욕쟁이 할머니들의 경우 (특색 있고 맛있는 음식으로 식당을 하시며, 손님들에게 질박한 욕을 잘해서 유명해진 할머니들)에도 그 나름의 욕 철학은 있다는데, 아무에게나 하는 것이 아니라, '될성부른 놈들에게만 욕을 한다.'고 한다.

욕은 어디서 생겨나오는 것일까. 전혀 다듬지 않고 길들이지 않은 인간 본성의 언어가 욕일지도 모른다. 그래서 욕은 보기에 따라서는 질박(質朴)함의 매력을 준다. 황석영의 소설『장길산(張吉山)』에 나오는 그 푸짐하고도 조야함 그대로인 욕들은 원초적 자연으로서의 인간 본성을 읽게 해준다. 교육이니 교양이니 이념이니 하는 것으로부터 문화적 가공을 전혀 받지 아니한 삶의 모습을 보여주려는 문학적 의도를 볼 수 있는 것이다.

그러나 이런 관점은 리얼리즘 문학예술의 영역이고, 막상 구체적 교실에서 구체적 학생을 교육시키는 장면에서는 욕이 미화될 수 없다. 욕을 몰아내어야 한다. 욕은 분명 사람의 나쁜 본성과 결부된 것이고, 사람의 나쁜 본성을 변화시키려는 구체적인 노력이 바로 교육이기 때문이다. 욕은 원시적 욕구와 깊은 상관을 가진다. 욕구의 좌절이 욕을 부른다.

나는 만약 '욕의 나라'가 있다면, 그 반대편에 있는 나라는 '교육의 나라'라고 말하고 싶다. 욕의 사용은 문맹률과도 높은 관계를 가지고 있다. 문자(쓰기) 문화가 취약한 곳에 욕설이 기승을 부린다. 또 욕은 부정적인 면에서 가정의 영향을 강하게 받고, 긍정적인 면에서 학교 교육의 영향을 강하게 받는다. 그런 점에서 보면 우리는 교육적으로 상당한 진화를 해온 셈이다.

치유 상담 전문가인 정태기 교수는 말한다. 사람의 모든 내적 상처의 근원과 불행 의식 속에는 언젠가 그 사람을 할퀴고 갔던 누군가의 욕설이 작용한다고 말한다. 그러면서 그는 자신이 자랐던 50년 전 섬마을 가난한 초등학교 시절을 회상하며, 어른이나 아이나 일상의 생활언어 자체가 거의 욕 그 자체이었다고 말한다. 5학년 때, 의식 있는 젊은 선생님이 오셔서 일체의 욕설을 금지하는 강력한 지도를 하셨단다. 늘 생활언어처럼 사용하던 욕을 하지 말라니, 그 욕 안 하기가 얼마나 불편하고 낯설었는지, 이런 생각이 들었다고 한다.

'우리에게 욕을 일체 쓰지 말라는 것은 마치 우리가 주고받는 말을 무조건 영어로 하라는 것처럼 어렵고 힘들고 낯설었습니다.'

나 자신의 경험에 비추어보더라도, 50여 년 전, 우리 농어촌 아이들이 겪는 언어 생활의 평균적 모습이 이것에서 크게 다르지 않았던 것 같다. 지금 아이들의 언어 생활에서도 욕이 아주 없지는 않겠지만 정태기 교수의 어린 시절과는 사뭇 다를 것이다. 그것은 그만큼 교육이 역할을 해주었다는 것을 뜻한다. 우리 교육의 진화를 엿볼 수 있는 대목이다. 또 그만큼 우리 교육의 힘이라 할 수 있을 것이다.

3

그런데 '욕하는 사회'를 조장하는 것 중에 하나가 욕먹는 것을 대수롭지 않게 여기는 풍조이다. '욕이 배 따고 들어오나.' 하는 사회 심리의 풍조가 바로 그것이다. 스트레스 안 받고 살겠다는 전략으로는 어떨지 모르겠지만, 왠지 '자존(自尊)'의 가치를 스스로 팽개치는 것 같아서 소중한 것을 잃어버리는 듯한 느낌이다.

이런 심리에는 '욕먹어도 돈만 많이 벌면 됐지.' 하는 천박한 물질 만능의 유령이 도사리고 있는 듯하다. 까짓 자존심이 밥 먹여주나. 우리 모두 함께 천박해지자는 뻔뻔스러움이 끼어들어 있는 것이다. 철판같이 두꺼운 뻔뻔스러움이라 제법 강할 것 같지만, 의외로 약하다. 돈이 부리는 대로 움직이며 온갖 망가지는 곤욕을 다 겪으면서도 막상 본인만 그것을 모르니 불쌍하기까지 하다.

근자 청소년의 욕 습관에 가장 큰 영향을 주는 것으로 영화를 꼽는 사람들이 있다. 한국 영화에 조직 폭력을 다룬 영화가 약 10여 년 이상 일정한 흐름을 형성했는데, 그중에는 학교와 조폭의 결합을 다룬 것들이 적지 않았다. 영화에서 욕들은 충동적 기제를 극대화한다. 그리고 감정 배설의 도구로 쓰인다. 당연히 청소년들에게 '나쁜 본성'으로서 영향력을 발휘할 것이다. 아이들에게 욕은 모방성이 강하다는 점에서, 또 쉽게 상투적이 된다는 점에서 문제가 있다. 욕은 폭력이기 때문이다. 아니 욕은 폭력 이상이기 때문이다.

길을 막고 물어봐라

1

'길거리 인터뷰'란 것이 있다. 길가나 골목 입구에 카메라를 대기해놓고 지나가는 행인을 카메라 앞으로 데리고 와서 짧고 간략한 반응을 말해보게 하는 식의 인터뷰이다. 제야의 종이 울리는 종각 앞에 몰린 군중을 배경으로 묵은 해를 보내고 새해를 맞는 시민들의 소망을 인터뷰한다든지, 정부 당국에서 중요한 정책적 결단 같은 것이 내려졌을 때, 각계각층 시민들의 반응을 알아본다든지 할 때, 등장하는 인터뷰 방식이다.

일반 시청자들이야 이런 인터뷰 장면을 보면서, 대수롭지 않게 생각할 것이다. 그저 아무나 나와서 자기 생각을 잘들 말하고 가는구나 하고 생각할 것이다. 그런데 이런 인터뷰를 직접 진행해보면 어려운 점이 한두 가지가 아니다. 필자는 30대 초반 잠시 방송국 프로듀서로 근무한 적이 있다. 기생충 박멸 운동과 관련한 프로그램을 제작하는 일을 맡았는데, 시민들의 길거리 인터뷰 장면을 찍어야 했다. 길 가는 사람을 데리고 와서 기생충 박멸에 대한 생각을 물어보는 일을 해야 하는 것이다. 그야말로 길을 막고 물어보아야 하는 것이다.

그런데 이것이 여간 어려운 일이 아니었다. 카메라 앞으로 자진하여 나와서 인터뷰에 응하겠다는 사람이 없다. 인터뷰할 사람 구하기가 하늘의 별 따기처럼 어려운 것이다. 왜 갈 길 바쁜 사람 붙잡고 귀찮게 하느냐 하는 짜증을 보이는 사람이 대부분이다. 천신만고 끝에 인터뷰 의사가 있다는 사람을 찾아서 카메라 앞으로 데리고 오면, 그런 사람들은 물음에는 관심 없고, 오로지 텔레비전에 자기 얼굴 나오는 것에 정신이 빠진다. 그런 사람일수록 엉뚱한 대답을 쏟아놓기 일쑤여서, 이후 편집에서 잘라내는 경우가 많았다.

사정이 이러하니 만약 생방송에서 길거리 인터뷰를 하기로 한다면, 어쩔 수 없이 PD는 미리 인터뷰할 사람을 약속하여 정해놓고 대기시켰다가, 순서대로 출연을 시켜야 할 판이다. 인터뷰의 진정성이 훼손되는 것은 물론이다.

모여든 사람 중에는 속내가 깊고 분별 있는 사람들이 아주 없는 것은 아니지만, 대체로 그들은 망설이거나 참는다. 굳이 이렇게 사람들에 둘러싸여서 무슨 대단한 구경거리의 대상이라도 되는 듯한 분위기에서 말을 하기에는 적절치 않다고 생각을 하는 것이다. 또 방송 화면으로 나가면 온갖 사람들의 입에 오르내릴 것인데, 그것이야말로 번거롭고 요란스러운 작태라고 생각한다. 중대한 메시지도 아니고, 고작 물어보는 사람 구미에 대충 맞게 응해주는 단순 역할이니, 그야말로 방송국 PD 좋으라고 해주는 인터뷰에 불과하다는 생각을 하는 것 같다. 길을 막고 물어보는 일이나, 길을 막고 물어보자는 사람에게 대꾸를 해주는 일이나 만만치가 않음을 알 수 있다.

2

우리에게 아주 익숙한 관용어구 가운데, '길을 막고 물어봐라'라는 말이 있다. 이 말이 실제로 우리 한국 사람들이 많이 쓰는 말이다. 뻔한 이치를 외면하고 말도 안 되는 주장을 늘어놓는 사람에게 해주는 말이 바로 '길을 막고 물어봐라'쯤에 해당할 것이다. 이렇게 상식 수준에서 이 말을 인정하고 나면 아무 문제될 것이 없다. 그러나 '길을 막고 물어본다'는 행위를 구체적으로 상상해보면 좀 우스꽝스러운 모습으로 떠오른다. 생각과 상상이 여기에 이르면, 길을 막고 물어본다는 말의 저변에 깔려 있는 한국 사람들의 말하기 기질이랄까 말하기 문화랄까 하는 것을 생각해보게 된다.

길을 막고 물어보라는 말 속에는 '내가 전적으로 옳고 너는 전적으로 그르다.'라는 절대적 확신이 들어 있다. 그런데 이 절대적 확신은 때때로 주관적일 수 있다. 본인만, 당사자만 그렇게 생각한다는 것이다. 정말 절대적 정당함이 있는 것이라면, 길을 막고 물어보지 않더라도 이미 상대방이 승복하게 되어 있다. 단지 시간이 좀 더 필요할 뿐이다. 왜 군이 길을 막고 지나가는 제삼자들에게 물어본다는 말인가. 그것도 길을 막아가면서까지 말이다. 그때 물음과 판단을 요구받는 길 가던 사람들은 얼마나 타당하게, 얼마나 진지하게 물음에 답할 것인가. 그 제삼자들은 절대로 선하고 절대로 믿을 만한 사람들인가. 절대적 확신이란 자기 최면에 불과할 때가 많다. 대화적 상황에서의 '나'는 상대에 의해서 상대화 되는 것이다. 그 점을 인정해야만 문제를 바로 보게 된다.

길을 막고 물어보라는 마인드 속에는 상대를 100대 0으로 완전히 제압하겠다는 일종의 증오 기제가 있다. 네가 잘못되었다는 것을 만천하에 확인시켜주겠다, 앞으로 낯을 들고 다니지 못하게 하겠다는 심정이 그대로 노출되어 있는 것이다. 나쁜 짓을 하고 죄를 저지르는 사람 가운데는 그 죄를 만천하에 알리고 모멸감을 주어 사회에서 매장을 시킬 사람이 혹시 있을지도 모르겠다. 그러나 우리들 일상의 자질구레한 논쟁거리들은 대부분 그렇지 않다. 논쟁이나 토론도 다 잘 살아가기 위한 방편들인데, 이번 논쟁 한 번 하고 다시는 너와는 상종조차 하지 않겠다는 심정으로 살기로 한다면, 그건 정말 본말(本末)이 뒤바뀐 것이라 아니할 수 없다. 세상 이치라는 것이 그렇다. 내가 상대를 100대 0으로 완전히 제압했다고 생각하는 그 순간, 이제는 내가 허물어지기 시작하는 것이다. 내가 이긴 것도 있고, 상대가 이긴 것도 있고, 그런 모양새로 살아가는 것이 균형을 이룬 사람살이의 모습이다.

길을 막고 물어보라는 마인드 속에는, 여차하면 사람들이 공공의 공간으로 사용하는 길마저도 막겠다는 발상이 들어 있다. 나의 목적을 정당화하기 위해서는 어떤 수단도 불사하겠다는 것이다. 그런데 그 수단으로 길을 막는 조치까지도 서슴지 않겠다는 것이니, 이 지나친 몰입이 두려울 뿐이다.

길이란 무엇인가. 개인 간의 사소한 논쟁 가치와는 비교도 안 될 정도로 중요한 공공의 가치물이다. '길'이 추상적 의미로 승화되면 천명(天命)의 경지에 이르는 것인데, 그까짓 길쯤이야 얼마든지 막을 수 있다는 발상이 들어 있으니, 감정이 문제를 다루는 수단을 어떻게 악화시키는지를 잘 보여준다.

3

길을 막고 물어본다는 발상 속에는 이처럼 다소 간의 억지가 전제되어 있다. 이 말을 즐겨 사용하는 우리로서는 우리의 말하기 기질이 이처럼 잘 드러난 것도 없다는 생각을 들게 한다. 언쟁의 당사자는 자기들의 문제를 자기들 수준에서 해결하지 못하고 동네 사람들 전체의 문제로 끌고 들어온다. 조용히 자기네들끼리 해결하지 못하고, 세상 사람들을 끌어들이는 것이다. 내가 옳으면 그 옳다는 것을(상대가 잘못이면 상대가 잘못이라는 것을) 상대에게 차분하게 이해시키려는 노력을 하기보다는 동네방네에 알려, 어떤 위세의 분위기로 제압하려는 발상이 들어 있는 것이다. 얼핏 사람들의 보증을 받는 형식을 취함으로써 객관성이 보장되는 것처럼 보일지 모르지만, 무책임한 선동의 힘을 믿는 측면이 없다 하지 못할 것이다.

사실 한국 사람들의 언쟁 장면은 예측하기 힘들다. 어디로 튈지 모르는 불안정의 면모를 가지는 것이다. 좋게 시작한 대화가 중간에 무슨 연유인지 거친 싸움으로 비화되는 경우를 흔하게 본다. 부부싸움을 해본 사람들은 다 절감할 것이다. 싸운 뒤 화해를 하기 위해 시작한 대화인데, 도대체 대화를 어떻게 전개하였기에 대화하기 이전보다 더 고약한 싸움의 경지로 되돌아가는 경우를 심심치 않게 본다. 이 모두가 감정이 과잉된 데서 오는 것이라 할 수 있다. 감정 과잉으로는 갈등과 논쟁을 당사자들이 책임 있게 해결하지 못하게 한다. 감정은 신명을 창출하는 데는 뛰어난 효력이 있지만, 감정이 갈등을 만나면 파국을 부른다.

길을 막고 물어보라는 감정의 마인드로는 나도 이기고 너도 이기는, 윈-윈(win-win)의 경지를 추구할 수 없다. 문제를 차분하고 냉정하게 머리로써 생각할 때 '윈-윈'의 지혜에 접근할 수 있는 것이다. 논쟁이 심화될 때는 감정의 불길에 휩싸이지 않는 것만으로도 지혜를 발휘하는 셈이 된다. 논쟁이 거친 싸움의 파국으로 가는 것을 유보할 수 있기 때문이다. 길을 막고 물어보라고 꾸짖는 톤으로 호소하는 모습을 보면서 절대 신뢰의 효과보다는 선동의 분위기를 먼저 느끼게 된다. 이 말이 이미 감정의 상투성이라는 맥락에 강하게 기대어서 작용하기 때문이다.

나는 오늘도 그 어떤 상대를 향하여 '길을 막고 물어봐'를 남발하고 있지는 않은가. 지난가을 김남조 시인이 주신 시집 한 장을 읽으면서 내 말에 대한 부끄러움을 짚어본다.

> "진검을 지닌 이/진검 그것 외엔 가진 거 없는 이는/좀체 칼을 뽑지 않는다."(「진검·1」)

나는 마음속 진검은 고사하고 자주 가짜 검을 뽑아들며, 그때마다 불쌍한 상대를 향하여 '길을 막고 물어봐'를 외쳐대며 살아왔다는 생각이 든다.

악수의 심리학

1

강력한 개혁 리더십으로 중국을 이끌었던 덩샤오핑(鄧小平) 주석의 악수하는 모습은 매우 특이했다. 그가 외국의 국가 원수들과 악수하는 장면을 보면, 팔은 제자리에 두고, 손목만 조금 내밀어, 그것도 아주 조금만 내밀어 악수를 한다. 당연히 상대가 반걸음 더 다가오게 된다. 워낙 단구(短軀)의 체격이라 그렇게 보이기도 하지만, 이런 악수 자세가 하루이틀에 형성된 것이 아니라면, 여기에는 덩샤오핑식의 '악수의 철학'이 작동했을 법하다.

작은 체격이지만 조금도 꿀릴 것 없다는 의식, 모든 상황의 중심에 자신이 서 있다는 심리 등이 그의 악수 스타일 속에 있을 법하다. 또 상대로 하여금 자신을 향하여 다가오게 함으로써 얻을 수 있는 심리적 제압 효과 등이 무의식 중에 작동하는 것은 아니었을까. 덩샤오핑이 정치적 부침(浮沈)의 과정에서 얻었던 별명이 '작은 거인'인데, 그가 악수를 하는 장면을 보노라면, 정말 '작은 거인' 같다는 느낌이 든다.

악수는 본래 서양의 풍습이다. 그러나 이제는 세계화된, '인사의 양식'으로 굳어졌다. 점잖은 신사들이 그럴듯한 자리에서 악수를 주고받는 장면을 보면, 매우 고상한 행동 같지만, 꼭 그렇지만은 않다. 악수의 연원은 싸움과 복수가 일상화되어 있던 야만적 힘의 시대로 거슬러간다. 내 손에 당신을 해칠 아무런 무기도 가지지 않았다는 것을 상대에게 보여주고 확신시켜주는 데서 생겨나 발전해온 것이 악수라고 하니 말이다.

연원이 그러하니 악수는 생겨날 때부터 강한 사회성의 동기를 가지고 있는 셈이다. 사회가 변화 발전하면서 악수는 훨씬 복잡다단한 문화적 코드가 되었다. 오늘날의 악수라는 코드에는 여러 가지 심리적 사회적 의미들이 숨어 있다. 어찌 입으로 소리 내어 말을 하는 것만이 말이겠는가. 악수는 어떤 말보다도 울림이 다양한 언어의 일종이다. 알고 보면 악수처럼 섬세하고 미묘한 언어가 따로 없다.

2

굳고 세게 손 전체를 꽉 잡아서 흔드는 악수는 믿음과 기대를 담아 보내는 악수이다. 만남과 사귐에서 적극성을 띠려는 의도가 강한 사람일수록 손을 잡아 쥐는 힘이 세다. 이런 악수를 하는 사람은 정이 많고 의리가 강한 스타일이지만, 더러는 도가 지나쳐 일방적일 수도 있고, 외골수일 수도 있다. 성격과 상관없이 두 사람 사이에 놓인 과업이 중차대할 때도 악수하는 손에 힘이 가게 마련이다.

이런 악수는 더러 상대에게 기(氣)를 옮기기도 해서, 상대도 덩달아 손을 흔들어대게 한다.

쥐는 듯 마는 듯 약하고 희미하게 잡는 악수는, 악수에 도가 튼 고수들의 악수일 가능성이 많다. 잡혀주는 악수인 셈이다. 아니면 회피하고 싶은 악수일 수도 있다. 물론 부드러운 악수와는 구별된다. 성격이 수줍고 소극적이어서 이런 스타일의 악수를 한다면 고쳐야 한다. 상대로부터 회피하고 싶은 악수로 오해받을 수 있기 때문이다. 실제로 내 쪽에서 매우 적극적인 악수를 내밀었는데 상대가 이런 반응으로 악수에 응하면 김이 샌다.

오래 잡고 흔드는 악수는 그만큼 감회와 인정이 각별하다는 것을 뜻한다. 악수하는 동안 주고받는 말에도 인정이 묻어나면서 이런 악수는 감동을 연출한다. 긴 세월 헤어졌다가 극적으로 만나 사람들 사이의 악수에서 그 전형을 찾을 수 있다. 오른손으로 악수를 하면서 다시 왼손까지 동원하여 상대방의 악수하는 손을 쓰다듬는 데까지 이르면 절정에 이른다. 이런 악수가 문제일 때도 있다. 남성 쪽에서 여성에게 악수를 하면서 오래 손을 붙잡고 쓰다듬고 있으면 보기에 민망스럽다. 악수가 금방 추태의 나락으로 떨어지는 장면이다. 악수는 쌍방이 감정을 조화롭게 공유함으로써 빛나는 것이다.

오른손으로 악수를 하는 동안 왼손으로는 상대의 어깨를 가볍게 두드려주는 것은 아랫사람을 격려하는 윗사람의 악수이다. 권위주의 정권 시절의 권력자들이 보여주던 악수 모델이다. 윗사람의 악수가 꼭 이래야만 하는가는 다시 생각해보아야 한다. 이런 유형의 악수를 아무 데서나 습관적으로 하는 사람이 있기 때문이다. 그렇게 가부장적인 자세를 보이지 않더라도 격려하고 고무하는 방식은 얼마든지 있을 수 있기 때문이다. 꼭 같은 이유에서 머리 조아려가며 두 손으로 하는 악수도 문제가 있는 악수이다. 애당초 악수는 오른손과 오른손의 만남으로 이루어지는 행위이다. 여기에 몸을 지나치게 굽혀 상대의 손을 두 손으로 받아 악수하는 모습은 왠지 비굴해 보인다. 전근대적 모습이다. 적어도 악수 그 자체에는 달리 차별이 없는 것으로 생각해야 할 것이다.

3

악수하면서 상대를 쳐다보지 않는 악수는 결례의 악수이다. 좋은 악수는 손이 만나는 동안 눈도 함께 만나는 악수이어야 한다. 그런 면에서 악수의 본질을 망각한 악수는 '사진 찍기 위한 악수'이다. 정치인들이나 비즈니스하는 사람들이 무슨 회담이나 무슨 회동이 있을 때, 카메라맨을 위하여 악수하는 장면을 연출해주는 것이 사진 찍기 위한 악수이다. 요즘 카메라 폰이 일반화되면서 '사진 찍기 위한 사진'을 찍는 장면을 다시 사진으로 찍어 여기 저기 올리는 것을 보게 된다. 악수의 부자연스러움이 몽땅 모여 있는 것이 바로 사진 찍기 위한 악수이다. 그런데 이 사진 찍기 위한 악수가 흔해지면서 이걸 부자연스럽게 여기는 사람도 없는 세태가 되었다.

악수하는 손바닥에 땀이 배는 경우는 악수가 억압으로 이루어지는 경우이다. 협박을 당하며 강제로 요구되는 악수는 땀이 난다. 조폭 영화에는 이런 장면이 심심치 않게 나온다. 결혼을 한사코 반대하는 상대방 어른들을 대면하러 간 자리에서의 악수는 땀이 난다. 생사가 걸린 담판이나 협상의 장면에서 오가는 악수는 손에 땀을 쥐지 않을 수 없다. 내 손에 땀나는 것을 상대가 알아차릴까, 불안이 가중된다. 그러나 이 고비를 이겨내지 않고서는 무엇 하나를 제대로 이룰 수 있을까. 악수를 움츠리면 세상 밖으로 나아갈 수가 없다.

무안하기 짝이 없는 악수는 거부당하는 악수이다. 내가 내민 손을 매몰차게 무시하고 그냥 지나치는 상대방, 그 상대의 뒷모습을 바라보는 일은 그야말로 뼈아픈 경험으로 남는다. 악수를 거부당한 쪽은 수치심과 원망감이 마음에 사무치고, 거부한 쪽은 지금껏 마음에 품어 왔던 적개심을 한층 매섭게 확인한다. 저들 두 사람은 다시 화평의 악수로써 만날 수 있을까? 악수가 내 손에 너를 해칠 흉기가 없다는 뜻이라는데, 이제 저들은 손 안에 무슨 무기라도 들고 만날 것인가. 악수를 거부하는 순간, 이미 마음의 독기(毒氣)를 무기처럼 상대에게 날려 버린 것이다. 어쩔 수 없는 상처를 상대의 마음에 각인한다. 그것이 훗날 몇 배는 더 강한 독기로 되돌아 와 나를 다치게 하는 상처로 올 것을 왜 모르는가. 웃는 낯에 침 못 뱉는 것이 사람의 상정(常情)이다. 내미는 악수를 웬만하면 거부하지는 말 일이다.

환상 같은 악수의 기억 하나쯤은 누구나 오래 간직하고 살 일이다. 대학 졸업하고 군대 다녀오고, 그러던 무렵, 오래 못 본 동창 녀석의 결혼식장에 가서, 옛날의 그 친숙함이 약간은 낯설어진 듯한 옛 친구들과 애써 우정의 분위기를 띄우며 부산하게 악수를 나누었다. 식이 끝나고 피로연도 끝나고 예식장 모퉁이를 혼자 돌아 나오는 길목에서 홀연 소리도 없이 누군가 내미는 흰 손이 있다. 학창 시절 동아리 후배 여학생이었던 그녀, 의식과 무의식의 경계 어디쯤서 아름다운 잔상으로 남아 있던 얼굴, 그녀가 악수의 손을 내민다. 아까 식장에선 못 보았는데, 이게 몇 년 만인가. 초여름 녹음 아래 그녀는 머리를 가볍게 숙이고 있지만 시선은 살포시 들어 내 눈에 맞추며, 악수의 손을 오래 내밀고 있다. 그래서 악수는 운명이 되기도 한다. 아름답고 소중한 악수의 환상이다.

<h2 style="text-align:center">4</h2>

어른들에게는 있는데, 아이들에게는 없는 신체적 대화 중에 악수와 키스가 있다. 타인을 만나서 상호 교섭하는 행위라는 점에서 악수와 키스는 공통점을 가진다. 악수가 공공연한 과시를 바탕으로 한다면, 키스는 은밀한 숨김을 바탕으로 한다(요즘은 딱히 그렇지도 않지만). 악수가 사회문화적 맥락을 수반하는 행위라면, 키스는 심리적 맥락에 닿아 있다.

아이들은 악수가 필요 없다. 초면일지라도 그냥 얼굴 보며 익히는 것으로 인사가 되고, 평소 알고 지내는 아이들끼리는 만날 때 이름 한 번 부르는 것만으로 반가움이 전달된다. 아이들이라고 악수를 하지 말란 법은 없겠지만, 그래서 굳이 악수를 해본다고 쳐도 아이들의 악수는 어설픈 어른 흉내에 지나지 않는다. 악수란 원래 천진난만함과는 거리가 먼 것인지 모른다. 그러나 그런 아이들도 다음에 어른이 되면 뻔질나게 악수를 할 것이다.

악수는 '사람 만나기 기호'이다. 그런데 이 악수라는 것이 유독 어른들의 전유물이라는 것은 무엇을 의미하는가. 악수란 그만큼 인간의 사회적 교섭과 관련된 행동 양식이란 뜻 아니겠는가. 악수하는 행위 속에는 정치의 코드도 잠복해 있고, 비즈니스의 심리도 숨어 있고, 복잡한 이해관계(利害關係)의 계산법이 묻어 있다.

한국 사회에서 악수는 다분히 남성 문화의 일단으로 비쳐진다. 여성들은 남성만큼 악수를 하지는 않는다. 처음 만난 사이이면 웃음을 띤 가벼운 목례로 인사가 이루어지고, 오랜만에 만나 많이 반가우면, 두 손을 오래 맞잡고 호들갑을 부리는 것으로, 충분한 감정의 소통을 이룬다. 그렇게 보면 남성들의 악수는 '인사하기 위한 인사'라는 측면도 없지 않은 것 같다. 악수가 남성들의 사회적 일상과 더 깊은 연관을 가지고 있다는 것은 그만큼 상투성을 띠고 있다는 뜻도 된다.

파티도, 모임도, 회의도 악수로 시작해서 악수로 끝난다. 여행도, 연애도, 경기(競技)도, 선거 유세(遊說)도 악수로 시작해서 악수로 끝난다. 악수로 점철되는 인생이다. 그럴수록 악수의 진정성에 악수의 인성이 묻어난다. 악수의 인성, 어떻게 살릴 것인가.

우는 남자

1

고속도로 휴게소 남자용 공중화장실 소변기 앞에 가면, 앞 벽면에 이렇게 적혀 있는 것을 볼 수 있다.

"남자가 흘리지 말아야 할 것은 눈물만이 아닙니다."

소변을 볼 때 오줌 방울을 소변기 바깥으로 흘리지 말아달라는 부탁을 코믹하게 나타낸 것이다. 의미가 적절하게 우회적으로 전달되도록 하여, 오줌 방울 다스리기에 만전을 기해달라는 화장실 관리자의 의도를 재미있고도 간곡하게 전해 받을 수 있다.

그런데 이 당부의 문장 속에는 남성 중심의 인식이 기본 전제로 들어 있다. 남자는 함부로 눈물을 흘려서는 아니 된다는 전제가 있어야 이 문장은 의미가 자연스럽게 성립되는 것이다. 의도적으로 조사해보지는 않았지만, 평균적인 한국의 남자들은 이 문구 앞에서 별다른 회의를 품지 않고 이 표현을 당연한 것으로 받아들이는 것 같다. 그런 문화 속에서 자라왔기 때문이다. 남성들은 위대하고, 그렇기 때문에 (여자처럼) 눈물이나 질질 짜대는 존재가 아니라는 남성

우월의 문화적 최면에 익숙해 있기 때문이라 생각한다.

체면이 중시되는 우리에게는 우는 것을 흉으로 인식하려는 태도가 있었다. 특히 남자에게는 이런 인식이 강요되었다. 예전부터 들어온 말 가운데 누구나 잘 아는 말이 있다. 남자는 이 세상에 사는 동안 세 번 운다(세 번만 울어야 한다). 한 번은 처음 이 세상에 태어날 때 아기로서 고고(呱呱)의 성(聲)을 울리는 것이고, 두 번째는 부모님이 돌아가시는 경우이고, 세 번째는 나라가 망하는 경우이다. 이 말은 세 번 우는 경우를 강조하는 말이 아니라, 여간해서는 울지 말라는 것을 강조하는 데에 쓰였다.

전통 사회에서 아이들에게 우스개로 하는 말 가운데, "울다가 웃으면 똥구멍에 솔(털) 난다."라는 말도 있었다. 울던 어린 조카 아이를 달래려고 우스운 말을 해주던 고모나 이모들은 아이가 웃을 분위기로 옮겨 나올 때 막상 이 말을 해주게 되는데, 이 말을 듣고 다시 울음 쪽으로 도망가는 아이도 있는가 하면, 아예 우스워 못 견디겠다는 듯이 까르르 웃는 아이도 있었다. 그런데 이 말이 자라면서 주는 문화적 영향은 무시할 수 없었다. 감정의 급속한 변화는 경솔하여 바람직하지 못하며, 따라서 똥구멍에 솔(털)이 나는 벌을 받을수 있다는 것 아니겠는가. 울음이라는 것을 가벼이 다루어서는 안된다는 세상 문화를 터득하게 된다. 물론 함부로 울어서는 아니 되며, 울 것 아닌 것 가지고 울다가 함부로 해죽거리면 벌을 받는다는 협박도 숨어 있다고 해야 할 것이다.

2

울음이 억압되면 어떻게 되는 것일까. 울음이 억압되면 울음만 억압되는 것으로 끝나지 않는다. 웃음도 억압되고, 기쁨도 억압되고, 연민의 감정도 억압되고 사랑의 감정도 억압된다. 물론 분노도 억압된다. 모든 감정의 억압은 무표정의 얼굴과 몰인정의 인격으로 드러난다. '드러내는 감정의 자아'와 '숨어 있는 감정의 자아'가 분리된다. 그러니 그런 심리 기제로 어찌 밝은 소통을 기대할 수 있겠는가. 쉽게 말하면 감정의 노출과 전달이 자연스럽지 않으니 소통도 부자연스러울 수밖에 없다.

울음에 대한 억압은 유독 남성에게 주어진다. 우는 남자는 못난 남자로 번역되는 문화 속에 우리는 살고 있다. 우는 남자는 옹호받기는 힘들다. 설사 옹호까지는 받는다 하더라도 존경을 받기는 어렵다. 남성에 대한 문화적 인식의 코드가 얼마나 완강한 것인가. 남성의 남성다운 정신적 표상은 '논리와 이성'으로 드러나고, 여성의 여성다운 표상은 '정서와 감성'으로 드러나는 것이라고 우리는 오래도록 인식해왔다. 울음은 극단의 감성 코드에 해당되는 것, 어찌 이성과 논리를 주재하는 남성이 울음이라는 극단의 여성성을 지닌단 말인가. 이렇게 생각하는 문화 속에서 살아온 것이다.

남성 우월주의 가치가 지배하는 사회에서는 여성의 속성은 남성의 속성에 비해서 열등하고 모자란 것으로 치부되었다. 그러니까 예쁘고 부드러운 것은 억세고 강한 것보다 약하고(못하고), 감성과 정서는 논리나 이성에 비해서 뒤떨어지는 것으로 인식했던 것이다.

그러나 여성의 사회적 성(gender)이 점차 평등한 힘을 얻음으로써, 그 여성성에 의하여 남성성이 중심의 자리에서 내려오기도 한다. 남과 여에 대한 인식의 옷을 대중들이 바꿔 입히기 때문이다. 남성과 여성의 이미지는 고정관념의 옷으로 오래 입혀져왔는데, 이제는 꼭 그렇지도 않은 시대가 되어가고 있다. 아니 오히려 그 반대로 되는 성향까지 생겨나고 있다. 얼굴 곱상하고 여성처럼 부드러운 이미지를 지닌 젊은 남성을 '꽃미남'이라고 일컫는 말이 아주 자연스럽게 통용되고 있다. 여성성의 전형적 자질이라 할 수 있는 '예쁘고 부드러운 것'이 남성의 매력 자질로 적용되기에 이른 것이다.

우리가 고정관념으로 가지고 있는 남성성(또는 남성상)에 대한 것들도 빠르게 변해간다. 포스트모던의 대중문화가 매스미디어에 의해서 막강한 힘을 발휘하는 사회에서는 양성평등의 가치가 빠르게 전파되고 공유된다. 그래서 전통적 남성성은 과감히 해체되기도 하고, 그 자리에 이전에 보지 못하던 새로운 남성상이 등장하기도 한다. 그 해체적 양상이란 것이 무엇이겠는가. 남성에게 입혀졌던 고정관념의 옷과 여성에게 오랫동안 입혀져왔던 고정관념의 옷을 이제는 바꿔 입기 시작하는 것, 그것이 곧 해체적 양상이라고 생각된다.

3

여성성이 대한 인식 교정은 빠르게 진화되어간다. 많은 가치 판단에서 이성(理性) 절대주의가 위력을 점차 잃었다. 심지어는 감성을 이성보다 더 중시하는 경향도 생겼다. 부드러움이 강직함보다 더 힘이 있을 수 있다는 점에서 여성의 가능성과 강점을 남성의 그 것에 비해서 더 높이 평가하기도 한다. 이러한 인식이 대중문화의 현장에 두드러지게 발현되는 것이 바로 여성의 매력 요소를 그대로 남성에게도 전이 적용하는 데서 보인다. 근육질의 남성보다 부드럽고 고운 얼굴의 남성, 이른바 꽃미남을 더 가치 있게 인식하는 것이 바로 그 예이다.

그러나 남성성에 대한 인식 교정은 그 자체로 변해간다기보다는 여성성 인식 변화에 대한 후차적 영향을 받아 마지못해 변해간다는 느낌을 가지지 않을 수 없다. 여성성이 남성성에 동화되고 평등해지려는 것에 비해서 남성성이 여성성에 동화됨으로써 평등에 가까워지는 것은 왜 그런지 잘 되지 않는 편이다. 이 또한 그간의 남성 우월주의가 오랫동안 쌓아올린 업보라고 설명해야 하는 것인가. 쉽게 말하면 여성도 남성의 영역에 진출하여 남성과 동등하게 일하고 성취한다는 것은 대체로 승인되는 편인데, 남성이 여성의 전통적 영역에서 무엇인가를 성취한다는 것에 대해서는 아직은 흔쾌한 갈채도 모자라고 문화적 승인이 인색한 것 같다.

일의 세계는 또 그렇다 하더라도, 사람이 감정과 생각을 펴고 전하는 일상의 심리 작용 국면에서는 남성도 여성처럼 감정을 펴는 것에 대해서는 더더욱 이해를 안 해주려는 분위기이다. 적어도 눈물을 흘리며 우는 문제에 한해서는 정말 그러하다. 여자는 쉽사리 눈물을 보여도 지극히 자연스러운 감정의 노출이고, 그것이 때로 무기까지도 되는데, 남자는 함부로 눈물을 흘리면 덜 떨어진 사람

취급을 받는다.

여자가 따로 있는 것이 아니라 그냥 인간이 있을 뿐이라는 평등의 대명제에 입각하면, 울고 싶어도 울지 못하는 남성들은 좀 억울하다. 울고 싶어도 울지 못하게 하는 남성주의 문화에 대해서는 오히려 인간적 피해자가 남성이라는 느낌도 든다. 남성이 잘 울지 않는 것은 차별이 아니라 차이라고 말하고 싶은 사람도 있겠지만, 울음이야말로 인간적 감정의 근본을 나타내는 것인데, 그래서 가슴을 풀고 울고 싶은데, 남자라는 이유로 억지로 꾹꾹 눌러 참는 경우가 있다면 그걸 어떻게 남자답다는 말로만 치켜세워 옹호하는 것만이 능사이겠는가. 이래저래 오늘 이 문화적 과도기의 남자들은 힘들다.

4

울음이란 정신과 감정의 곤경을 해소하게 한다. 그런 점에서 울음은 치료의 역할을 수행하기도 한다. 정신적 긴장과 곤경을 이성의 힘으로 버티고 버티다 더 이상 버티기 힘들 때, 그래서 더 버티려고 하다가는 마침내 몸의 어느 한구석이나 정신의 기제가 허물어내리려 할 때, 그때 몸과 정신을 보호하기 위해서 터져 나오는 것이 울음이다. 그러니 가장 인간다운 것, 가장 꾸밈이 없는 것, 가장 순수한 것이다. 그래 울고 싶으면 실컷 울어라. 이렇게 말하는 장면이야말로 인간적인 이해와 소통이 제대로 이루어지는 장면이라 할 수 있다.

우는 남자는 정말 못난 남자인가. 그렇지만은 않다. 우는 남자는 인간적일 수 있다. 운명적 한계 앞에서 비극적 상실 앞에서 눈물을 흘리는 것이 인간이다. 인간이 인간으로서의 뜨거움을 실존으로 느끼게 해주는 것이 울음이다.

그래서 시인 김현승은 신 앞에서 기도의 형식으로 말하지 않았던가. 자신이 지닌 보석 가운데 가장 나중에 지닌 보석이 눈물이라고. 돌의 미학을 강조하고, 굳센 지조의 철학을 말하던 조지훈도 울고 싶은 날의 감정을 절창의 시구로 남겨놓지 않았는가. 그가 시 「낙화」의 맨 끝 구절에서 길어놓은 구절, "꽃이 지는 아침은 울고 싶어라."는 언제 읽어도 좋다. 우는 남자 조지훈 시인을 누가 통념의 해석으로 못난 남자라 일컬을 것인가. 울음의 욕구 저 밑에 있는 보석 같은 진정성을 왜 남성들에게서 박제(剝製)하려 하는가.

알고 보면 세상에는 우는 남자들이 많다. 숨어서 울기 때문에 잘 보이지 않을 뿐이다. 오늘을 살아가는 대부분의 아버지들은, 차마 가족 앞에서는 울지 못하고 숨어서 운다. 아버지의 울음을 안 보고도 알아주는 집안은 행복을 스스로 지을 수 있는 집이다. 우는 남자가 못난 남자라고 생각하는 동안 남자들은 감정의 감옥에서 탈출할 수 없을 것이다. 우는 남자들이 울음의 진실성을 통해서 위안받도록 해줄 수는 없을까. 어쨌든 더 이상 우는 남자에게 못난 남자라는 굴레를 씌우지는 말자.

우리, 사랑한다, 어쩔래

1

사람들 사는 풍속과 세상 변화가 빠르다 보니, 갑자기 새로 생겨나는 말들이 많다. 신조어 사전을 보면 낯설고 이상한 것들이 많다. 그러나 사전에 항목으로 등장하기까지는 그 말이 이미 상당히 널리 쓰였다는 것을 의미한다. 또 그러자면 그 말이 의미하는 어떤 현상이 세간에 널리 퍼져 있었다는 것을 전제로 해야 한다.

한때 'PDA'라는 말이 그 즈음의 신조어 사전에 올라온 적이 있었다. PDA가 뭐냐고 임의로 물어보았더니, 나이 든 사람들은 모르는 사람이 많아도, 학생들은 쉽사리 개인용 휴대 정보 단말기, 즉, PDA가 'personal digital assistant'의 약칭이라는 것으로 알아듣는다. 그런데 디지털 기기의 발달로 지금은 이마저도 사라졌다. 그런데 'PDA'가 '공공 영역에서의 애정 표현'이라는 것을 아는 사람은 많지 않다. 'Public Displaying of Affection'의 약칭이라는 것이다. 사전에 따라서는 'Displaying Affection in Public'으로 풀이해놓기도 한다.

그러고 보니 젊은이들이 주변의 다른 사람 의식하지 않고 자연스럽게 이성 간 애정 표현을 하는 것이 크게 이상하지 않은 세태가 되었다. 그 '애정 표현'이라는 것이 사랑하는 사람에 대한 존중과 배려와 신뢰를 잔뜩 머금고 있을 때는 아름답고 멋있기까지 하다. 돌아보면 그런 애정 표현 문화에 익숙하지 못한 나 같은 기성세대는 그런 모습이 부럽기까지 하다.

부럽다. 사랑하는 사람을 온 마음과 온몸으로 껴안고, 내 사랑의 당당하고 자랑스러움을 위해서, 내가 너를 사랑하는 일이 이렇듯 가슴 벅차고 아름답다는 것을 마침내 세상과 우주를 향하여 보란 듯이 확인하는 것이다. 그것은 달리 보면 사랑의 실존성을 몸으로 확인하고, 그럼으로써 나와 너의 존재를 서로 가득 채우는 일이 되는 셈이다. 그것도 광장이나 대로에서 세상 모든 사람들이 지켜보는 공공의 공간에서 그렇게 애정을 표현한다. 잠시 영웅의 기분에 빠져들기도 할 것이다. '그래, 우리 사랑한다, 어쩔래.'의 분위기가 완연하다.

2

그런데 모든 PDA가 반드시 아름답기만 한 것은 아니다. 지하철을 타고 다니다 보면 민망한 모습 두 가지를 심심치 않게 겪게 된다. 하나는 나이가 들 만큼 드신 어르신들이 연출하는 민망함이고, 다른 하나는 새파란 젊은이들이 보여주는 민망함이다. 제발 저러지는 말았으면 좋겠는데, 누가 볼까 싶어, 조바심이 나는 것은 물론이고, 함께 있는 제삼자가 부끄러운 마음이 일어서 볼이 화끈거린다. 그런데 이 두 가지가 그냥 보아주기 어려운 꼴불견이라는 점에서는 막상막하이다.

어르신들이 보여주는 민망함이란 지하철 안에서 자리다툼을 하면서 생긴다. 빈자리 하나를 두고 어른이라는 사람들이 체면 돌보지 않고 우르르 달려와 밀치듯이 앉아버리는 경우는 그래도 괜찮다. 약주 한잔 걸친 불쾌한 얼굴로 자리 양보를 하지 않는다고, 앉아 있는 젊은이를 대갈일성 나무라는 대목에 이르면, 그 민망스러움은 극에 달한다. 그 젊은이가 주눅이 들고 볼이 부어 슬며시 일어나 다른 칸으로 가는 장면을 보아도 민망스럽기는 마찬가지이고, 무어라 화난 기색으로 자리를 박차며, 욕이라도 한마디 내뱉으며 사라지면, 내가 그 모욕을 다 뒤집어쓴 듯 마음이 불편해진다. 함께 타고 있는 전동차 안의 승객 모두가 정서적 훼손을 크게 입는다.

새파란 청춘남녀들이 전동차 안에서 연출하는 민망함은, 차 안에 아무도 없다는 듯한, 무아지경 몰입에 가까운 애정 표현을 보여주는 데서 비롯된다. 그래도 그 몰입이 어떤 진정성과 더불어 짙은 감동의 계기를 수반하고 있는 것이라면, 애정 표현이 좀 진한들 흠될 것이 없다. 그런 애정 표현은 이미 보는 사람에게도 무언가 감동적 분위기를 은근하게 전한다. 아! 저들 젊은 남녀가 사랑의 시련을 눈물겹게 이겨나가고 있구나. 이런 분위기를 말 없는 중에 전하는 것이다. 진실한 사랑이란 참으로 놀라운 힘을 머금고 있어서, 아무 말 없는 중에도, 그 애정 표현의 분위기만으로도 어떤 웅변 효과 못지않게 사람들을 감동으로 이끄는 것이다.

문제는 애정 표현이 '심심풀이 땅콩'처럼 권태를 모면해가는 방편인 듯, 성애적(性愛的) 희롱의 수준으로 상투화된 경우이다. 남녀가 시도 때도 없이, 남의 이목 아랑곳하지 않고, 몸을 붙이고 비비고 만지며, 상대의 가슴이나 배를 쿡쿡 찔러가며, 그리고 끊임없이 무어라 부질없는 킥킥거림을 반복해가는 행태를 보노라면, 우리가 소중하게 인식하는 '사랑'이 가당치 않은 방식으로 천박해지고 조롱 받는 것 같아서 나는 속이 상한다. 우리 사랑은 이렇게 눈치 볼 것 없고, 그래서 우리들 감정은 우리 기분대로 분방하다. 우리는 우리들 본능적 감정에 충실할 뿐이다. 그 누가 우리의 자연스러운 사랑의 충동을 방해한단 말인가. '그래 우리 사랑한다, 어쩔래.' 뭐 이런 심적 태도가 읽힌다. 장난기가 없이 스킨십 자체에만 골몰하는 경우는 자칫 변태의 분위기로 치달아서 딱하기는 마찬가지이다.

3

그런데 냉정하게 보면 이런 사랑 행태에는 어떤 불안 의식이 잠재해 있는 것 같다. 상대에 대한 소유에 집착하여, 소유를 안타깝게 확인하려는 면모가 아주 없는 것도 아니기 때문이다. 자기들 사랑의 운명적 모습을 당당하게 선언하며, 자기들 사랑의 관계가 중인환시(衆人環視) 속에 각인된다는 점에서, 이른바 공시적(公示的) 효과를 극대화하는 점에서 만족을 찾는 것 같다. 이렇듯 공공의 자리에서 사랑의 몸짓을 공공연히 펼치는 심리 기제 속에는 '너와 나는 사랑의 이름으로 기꺼이 서로에게 소유된다.'는 심리를 공공의 공간에서 확증 받으려 하는 마음이 있는 것이다.

그러나 그 사랑 메시지의 실질적인 발신자와 수신자는 그들을 껴안은 두 남녀 자신들뿐일 수도 있다. 그들과 아무런 심리적 연대도 없는, 그저 기이한 호기심 정도로만 힐끗거리듯 훑어보는 대중들이 그들 '사랑의 연출'이 전하는 메시지에 대한 진정한 수신자라고 보기는 어려울 것이다. 혹시라도 서로에게 불안하게 죄어오는 믿음이 약한 사랑과 언제나 성에 안 차는 소유의 심리를 해소하려고 했던 것은 아닐지. 그런 마음을 자기최면으로 강화하려는 몸짓은 아닐지. 에리히 프롬이 일찌감치 말하지 않았던가. 사랑을 소유로만 확인하려 들면 그 사랑은 언제까지나 미숙할 수밖에 없다고. 사랑을 소유의 집착에서 자유롭게 해주어야 한다고.

공공의 공간에서 시도되는 과도한 애정 표현은 공공의 공간에 적합한 감동적 모티브를 가지지 못하면 그 자체로도 문제가 된다. 우리들 모두 '사회적 인간'이고, 사회적 인간이 살아가는 공간은 '사회적 공간'이다. '사회적 공간'은 '공공의 공간'이다. 애정의 표현이 사회적 공간에서 자연스럽게 공유되려면, 사회적 공감과 감동을 수반해야 한다. 그러자면 또 어찌 윤리적 정당성이 없는 감동을 생각할 수 있겠는가.

4

1940년에 제작된 흑백 영화 〈애수(哀愁)〉(원제목은 Waterloo Bridge)는 1950년대 말 이후 우리 영화 팬들에게도 큰 감동을 선사한 고전

어의 인 연 수 이

의 품격을 지니는 영화이다. 로버트 테일러의 중후하고도 우수(憂愁) 짙은 연기와 여배우 비비안 리의 진실하고도 애틋한 눈빛이 아련한 잔상으로 오래 남는 영화이다. 두 연인이 절박하고 간절하게 만나서 생사의 기약이 없는 전쟁터로 떠나야 하는, 워털루 다리에서의 이별 장면은 많은 팬들의 심금을 울린 명장면이다. 워털루 다리 위에서 이들 연인은 안타깝고 불안한 운명의 질곡 앞에서 실존의 사랑을 허무하게 확인하는 포옹과 키스의 장면을 연출하는데, 이 장면이 인구에 회자(膾炙)되는 명장면으로 전해 온다. 이른바 '공공 영역에서의 애정 표현'이라 할 수 있다.

　이 영화의 이 대목 애정 표현 장면이 당시 사람들의 사회문화적 기표(記標)로 남을 수 있었던 것은 사랑의 진실을 향하여 모든 것을 희생하는 주인공들이 보여주는 사랑의 윤리가 사회적 감동으로 공유되었기 때문일 것이다. 사회적 존재로써 사회적 갈등의 일대 사건인 전쟁을 감당하는 남자 주인공 로버트 테일러의 캐릭터 또한 사회적 감동을 견지해내며 긴 울림의 의미를 생산한다. 더구나 신이 관장하는 운명의 변주 속에 약한 인간으로 아프게 순응하며, 사랑과 죽음을 동일한 인간적 책무로 감당하는 여주인공의 비극적 삶은 우리를 감동시킨다. 그 감동의 전체적 울림 속에서 워털루 다리에서의 포옹과 입맞춤은 사회적 감동으로 매김 된다. 권태로운 장난의 시시한 '애정 표현'이 어찌 여기에 끼어들기나 할 것인가.

　아, 그러나 여전히 잘 모르겠다. 그렇게 사람들 보는 데서 해방적으로 애정 표현을 하면 마음의 즐거움과 감동은 배가하여 충천하는 것인지. 그리고 그 즐거움과 기쁨은 공공적 노출이 강할수록 오래도록 지속되는지. 세상의 온갖 에너지들이 모두 질량 불변의 법칙에 귀속되는 것이라면, 우리들 사랑의 심적 에너지도 그 총량은 일정하게 제한되어 있는 것은 아닌지. 사랑의 에너지는 제한되어 있는데, 그렇게 화끈하게 다 소진해버리고 나면, 우리는 사랑에 관한 한, 좀 황폐한 마인드로 살아야 하는 것은 아닌지.

문득 우리 민요 〈밀양 아리랑〉이 생각난다. 이런 구절 하나가 익숙하게 귓가에 맴돈다. "정든 임이 오시는데 인사를 못 해. 행주치마 입에 물고 입만 방긋."

마음 가득, 몸 가득 사랑인데, 포옹도 없고 입맞춤도 없고, 달려가 손잡는 일도 없다. 오래 떨어져 있던 애인을 만나는데도 먼발치로만 보고 입도 열지 못한다. 공공 영역에서의 애정 표현(PDA)은커녕 온갖 사랑의 기표들을 애써 감추어 들이는 장면이라 할 수 있다. 그런데도 나는 이 대목이 던져주는 내적인 에로티시즘에 한결 더 이끌린다.

행주치마 입에 물고 입만 방긋한다고? 그런 식의 표현은 화끈하지 못해서 뜨거운 열정으로 고양되지 못한다고 누가 말하는가. 오늘도 전국의 야구 축구 경기장에서 한국인들이 열광하는 단골 응원가로 〈밀양 아리랑〉은 맹위를 떨치고 있다.

논리적인 너무도 논리적인

1

공들여 읽은 책 가운데 도스토옙스키의 『카라마조프가의 형제들』이 있다. 공들여 읽었다는 표현보다는 일종의 '지적 오기(傲氣)' 같은 것을 가지고 읽었던 책이라고 하는 것이 더 적절하겠다. 지적 오기를 가졌다고 해서 무슨 대단한 지적 도전을 했었다는 뜻이 아니라, 너무도 난해하고 지루해서 중간에 포기하고 싶은 생각이 많았지만, 책에게 지기 싫어서, 아니 도스토옙스키의 정신세계에 접근조차도 못했다는, 자신의 내부 검열에 밀려서 읽었던 셈이다. 나는 이 책을 꼼꼼히 읽었다고 말할 수는 없지만, 여러 번 읽었다고는 말할 수 있다. 고전이라 칭해지는 책들은 독자의 나이 변화 따라서 여러 번 보는 것도 의미가 있다고 생각한다.

『카라마조프가의 형제들』은 아버지 표도르와 아들 사형제, 즉 큰아들 드미트리, 둘째 이반, 셋째 알료샤, 넷째 스메르자코프 등이 벌여 나가는 세속적인 삶의 사건들과 그것에 얽힌 정신세계의 모습들이 드러난 이야기이다. 호색적 본능, 치정 관계, 질병, 살인, 지적 광기, 헌신적 사랑 등이 이야기 내용으로 전개된다. 선과 악, 쾌락과 고통, 지성과 감성, 사랑과 헌신, 본능과 초월, 속물성과 거룩함 등의 명제가 인물들의 고유한 자아의식으로 다양하게 부각된다. 소설적 이슈마다 준열한 토론과 논쟁이 소설 안으로 들어와 있다. 인간의 본질적 조건으로서의 로고스와 파토스, 사랑과 지성, 죄와 구원 등의 문제를 여러 각도에서 생각해보게 하는 작품이다.

처음 내가 이 책을 읽었던 것은 대학 1학년 시절이었다. 기숙사 생활하면서 잘난 체 하는 선배들에게서 영향 받은 '지적 허영심'이 극도로 빵빵해지던 때이었다. 내 독서와 내 지식을 아무 데서나 자랑하고 싶던 욕구가 일렁거릴 때이었다. 나는 이 책에서 지성의 화신처럼 보였던 이반의 이지적 강렬함에 매료되었다. 작품에 나오는 그의 어록들을 메모하여 유식하게 인용하기도 하였다. 나중까지도 이 논리적 이성주의자의 몰락이 자기 내부의 모순적 광기라는 데에 나는 동의할 수 없었다.

이후 나는 군대를 제대하던 무렵에 다시 이 책을 읽었다. 이반에 대한 연민을 한쪽으로 간직한 채, 헌신과 사랑의 화신으로 형상화된 알료샤에 나를 동일시하려는 독서를 하였다. 그의 비현실적 사랑과 헌신이 드러내는 모순들은 애써 무시하며 알료샤의 가치를 나도 지향했다. 나는 이 책을 대학 선생이 되어서 세 번째로 읽었다. 마흔이 넘어서였다. 강연을 준비하기 위해서이었다. 나는 비로소 드미트리 안에 있는 모든 속된 것들에 대해서 따뜻한 이해와 연민을 가질 수 있었다. 그것은 내 안에 있는 드미트리적인 것들을 내가 인정했다는 뜻이기도 했다. 내가 그토록 심취했던 이반은 이상하게도 딱한 연민의 대상이 되어 갔다. 자기가 만든 논리와 절대 이성의 감옥에서 고통스럽게 자신을 감금했다고나 할까. 그가 나아갈 수 있는 길은 광기의 분출이었다. 인간 이성에 대한 불온한 그림자를 처음 조우하는 느낌이었다. 이 작품에 길게 자주 등장하는 숱한 토론과 심문의 과정을 보면서 논리와 이성의 기능을 다시 생각하게 되었다. 논리의 승자들은 삶에도 승자이었던가.

2

순전히 공적(公的)인 면으로만 보면, 현대인의 사회생활이란 회의와 토론의 연속이라 할 수 있다. 회의나 토론은 말로써 하는 것이다. 이때의 말이란 '논리'와 동의어이다. 회의나 토론은 논리의 언어로 겨루는 마당이다. 그러므로 당연히 회의나 토론에서 빛이 나는 사람은 논리가 강한 사람이다. 정연한 논리로 치밀한 분석으로 상대방을 꼼짝 못 하게 하는 논리의 강자를 만나면 사람들은 일단은 감탄을 한다.

논리란 객관적 사실을 중시하는 이성의 능력을 바탕으로 형성된다. 논리가 강한 사람은 객관적 안목으로, 감정보다는 이성에 의지하여 사물을 냉정하게 보려 한다. 그런 노력의 결과로 논리가 강한 사람은 어떤 현안이든지 그것이 가진 숱한 문제점을 잘 지적해 낸다. 아무 문제가 없을 것 같은 일도 그의 논리적 안목을 투과하면 허점투성이의 문제투성이의 일에 불과했다는 것이 밝혀진다. 그가 확신에 찬 논리로, 기성의 온당해 보이던 것들을 해체해 버리면, 사람들은 마치 어떤 백일몽에서 깨어난 것 같은 느낌을 가지면서 논리의 위력에 새삼 놀라기도 한다. 동시에 새로운 주술에 걸려든 듯한 혼란감에 빠질 때도 있다.

논리와 이성적 사고가 인간의 미망(迷妄)과 허황된 파토스를 미리 경고하여 예방한 예는 무수히 많다. 논리란 참으로 믿음직한 것이다. 논리에 강한 사람이 있어 그가 꼼꼼한 비판적 논리를 구사하여, 숨어 있는 오류나 간과하기 쉬운 결함을 지적할 때는 좌중을 압도한다. 이때 그가 구사하는 논리는, 누구도 생각하지 못한 것이면, '지적 수월성'으로 인정받는다. 일의 내역과 사실관계를 정확하게 논리로 파악하고 있으면 '업무에 대한 책임감'으로 인정받기도 한다. 그 꼼꼼하고 통렬한 비판이 무언가 부정한 음모를 예언하는 데에 이르면 '정의의 투사'와도 같은 인정을 받는다.

그저 고만고만한 평균적 수준의 상식적 논리를 가지고 사는 우리들 대다수는, 자신도 한번 저런 장면의 주인공 되기를 환상처럼 꿈꾼다. 그가 지닌 논리의 칼이 너무도 훌륭하여, 아니, 논리의 칼을 부리는 그의 솜씨가 너무도 출중하여, 부럽다 못해 존경스럽다. 그의 앞에서 사람들은 찬탄의 말을 늘어놓는다. 회사나 직장에서 일상의 영웅 유형으로 회의나 토론을 주름잡는 '논리적 인간'이 쉽사리 부상되는 것은 조금도 이상할 것이 없다. 열린 사회가 여러 양태로 대중적 영웅을 가지는 것은 자연스러운 현상이다. 그러나 영웅을 기대하는 현상은, 영웅을 의식하는 현상은 이미 논리의 영역이 아니라, 감성과 열정의 영역이다.

논리의 순수성을 중요하게 강조하는 사람들은 논리적이지 아니한 것들에 대해서 참을 수 없는 불편함을 호소한다. 이 불편함을 감당하지 못하면 마침내 논리적이지 아니한 것들과 불화를 빚어낸다. 불화의 대상에는 사람이 제일 많다. 일찍이 카라마조프가의 둘째 아들 이반이 나아갔던 자리가 바로 여기이다. 그들은 다른 것 생각하지 말고 순수하게 논리적으로만 생각해야 함을 강조한다. 그러나 그 논리란 것이 삶의 실제를 소거해버리는 것이라면, 그것은 '죽은 논리'이다. 그런 유토피아적인 논리 공간은 수학의 세계에서나 가능한 것이다. 회의나 토론에서 강한 논리적 능력을 발휘했다고 해서 일상의 매사를 회의하듯 토론하듯 살아가라고 할 수는 없다. 가능하지도 않다. 논리를 위한 논리에 매달리게 하는 논리주의는 곤란하다. 잡된 것 섞이지 않은 순정한 논리가 실제 생활에도 순정하게 작동해야 한다고 믿는 것, 이것이야말로 논리의 비극이라 할 수 있다.

3

알고 보면 사람이야말로 상당히 비논리적인 존재이다. 인간의 비논리적 부분들을 다 논리로 억눌러 놓고, 철저히 논리의 방식으로만 살아가라고 한다면, 그때 생기는 부자연스러움에 대해서 막상 논리는 무어라 자신을 합리화 할 것인가. 논리는 논리의 몫만큼만 사람에게 관여할 수는 없을까. 사람에게 매사를 논리적이기만 바라는 것은, 매사를 감정적이기만을 바라는 것만큼이나 억지스럽다. 사태 분석에서 '사태의 전체성'을 있는 그대로 자연스럽게 보지 못할 수 있다. 우리의 일상 삶이 논리의 방식으로만 재단되지 않는다는 데에 있음을 깨달아야 한다. 이 깨달음도 크게 보면 논리의 영역이다. 나는 이것을 성숙의 일종이라 말하고 싶다. 논리학의 논리대로 삶의 법칙이 구축되지 않는다는 것을 체득하는 경지이기 때문이다. 삶의 논리에는 논리학이 말하는 이렇듯 '협소한 논리' 이외의 것들이 더 중요하게 포진되어 있을 수 있다. 그것은 정서일 수도 있고, 감성일 수도 있다. 동양적 인식론으로는 '기운(氣運)'일 수도 있다.

'협소한 논리'는 회의와 토론의 마당에서 한 발자국만 넘어서도 힘을 펴지 못한다. 사람살이가 모든 것 다 빼고 회의와 토론으로만 이루어진다면야 우리의 삶을 논리의 법칙으로 질서 있게 구축할 수 있겠지만, 그런 삶이란 것이 성립이나 하겠는가.

그러나 논리적인 삶이 최상이라고 믿는 데에는, 논리야말로 유토피아를 담보한다는 논리 절대주의가 들어 있다. 논리는 논리의 방식으로 문제를 해결하기도 하지만, 바로 그 해결로 인하여 또 다른 문제를 만들어놓는다. 오래 끌어온 분쟁을 재판이라는 논리의 방식으로 해결했지만, 재판의 당사자들은 재판 이후로 불구대천(不俱戴天)의 원수가 된다. 문제를 잘 풀기는커녕 더 고약해져버린 셈이 되었다. 로미오와 줄리엣을 보자. 이성과 규범 즉, 논리의 이름으로 사랑하는 남녀 두 주인공을 갈라놓았지만, 두 남녀 주인공들은 죽음으로 항거한다. 갈라놓은 것이 더 큰 논리인지, 죽음으로 항거한 것이 더 큰 논리인지, 이처럼 삶의 논리는 명쾌하지 않다. 깊은 고뇌를 요구하는 것이다.

회의나 토론도 자세히 들여다보면 논리는 수단으로만 작동하는 경우가 많다. 의안의 결정을 둘러싸고 감성과 기분과 정서가 도도한 저류를 이루고, 그 물길 위에 논리의 돛배가 떠다니는 형국이다. 이미 감정이 결정해놓고 논리로써 포장하는 일은 얼마나 많은가. 감정이 결정한 것을 논리가 뒤치다꺼리를 하며 합리적 과정임을 열심히 분장한다. 논리를 강하게 신봉하다 보면 이 대목에서 스스로를 속이기도 한다.

스스로를 들여다보면 알 수 있다. 사람이란 얼마나 논리적 존재가 아닌가. 사람들은 논리에 승복하지 않는다. 정서에 승복하고 논리에 승복한 체하는 것이다. 그러고는 쾌재를 부른다. 이것이 사람 성정에 더 자연스러울 때가 있다. 정서에 승복되지 않으면서, 부득이 논리에 승복해야 되는 상황이면, 벌레 씹은 표정을 짓는다. 이렇게 되면, 허다한 논리적 합의가 있어도 허다한 분쟁과 배반이 생긴다. 논리가 정서를 이기지 못하기 때문이다. 정서에 반하는 논리를 억지로 따르면서 사람들은 집단적으로 증오를 키운다.

명쾌하지 않은 삶의 논리를 표현한 것 가운데 '부조리한 세계'라는 말이 참 적실하다고 생각한다. 논리를 가르치는 언저리 어느 한 구석에 우리는 삶의 실존과 마음의 부조리까지 가르치는 균형을 일깨워야 한다. 우리가 궁극으로 가르치려는 것은 언변도 아니고, 능률도 아니고, 경쟁도 아니고, 수단적 논리는 더더구나 아니다. 오늘날 구호처럼 익숙해진 '논리적 사고' 또는 '비판적 사고'를 가르치면서, 우리는 우리에게 배우는 아이들 시선 끝을 어디에 두게 하려는가. 논리에 두려는가? 비판에 두려는가? 아니면 삶에 두려는가? 사람에 두려는가?

자존심의 등급

1

들자마자 그 말을 정반대로 받아들이면 거의 틀림이 없는 말에 이런 말이 있다.

"너 오해하지 마. 내가 너를 질투해서 하는 말 아니야."

주변의 한 친구가 느닷없이 이렇게 말해온다면, '아! 이 친구가 혹시 나를 질투하고 있는지도 모르겠구나.'라고 생각해볼 필요가 있다는 것이다. 더구나 뒷이야기가 다음과 같은 식으로 펼쳐진다면, 질투의 감정이 깔려 있음을 더 이상 의심할 필요가 없다.

"너, 김 선생하고 사귄다며? 그 사람이 너랑 어울린다고 생각하니? 올라가지 못할 나무는 쳐다보지도 마라. 다 너를 생각해서 하는 말이야. 오해하지는 마. 내가 질투가 나서 그러는 건 아니니까."

질투하는 걸로 오해하지 말라고 거듭 쐐기를 박는 이유는 무엇일까. 더구나 상대가 조금만 예민하다면, 금방 간파될 질투의 마음인데도, 그걸 감추려 하는 이유는 무엇일까. 상대에게 간파된 질투는 비루해 보이기에 딱 좋은 것인데도 굳이 질투하는 게 아니라고 강변을 한다. 왜 그런 모순적인 심리 작용이 생기는 것일까.

이런 식의 심리 작용을 우리는 일상의 언어 가운데서 자주 발견한다. 아니 우리들 자신이 이런 투의 말을 곧잘 사용한다. "내가 돈 몇 푼 아까워서 그러는 것 아니야.", "내가 인사받으려고 그러는 것 아니다." "내가 용기가 없어서 이러고 있는 줄 아느냐." "내가 자리가 탐나서 하는 말이 아니다." 등이 모두 여기에 해당한다. 물론 이런 말들이 정말 마음 정황에 맞게 반듯하게 쓰일 때도 있지만, 상당 부분은 약간의 위장이 들어 있다고 보아도 무방하다. 적어도 마음의 현상으로는 본마음과 표현된 말 사이에 얼마쯤의 거리가 있다고 본다.

"내가 돈 몇 푼 아까워서 그러는 것 아니야."라고 말했을 때는 돈 아까워하는 마음이 아주 없지는 않다는 뜻도 들어 있다. "내가 인사 받으려고 그러는 것 아니다."라고 말하는 사람의 의식 심층에는 인사 받지못해 서운했던 감정이 일부 작동하고 있는 것이다. "내가 용기가 없어서 이러고 있는 줄 아느냐." 했을 때는 적어도 용기 없어 보이는 현상 자체에 대한 방어 심리가 개입한다는 것이다.

왜 사람들은 이렇게 말하는 것일까. 실제의 마음은 그러하면서도 상대에게는 그렇지 아니한 척하는 것일까. 단순히 '그렇지 아니한 척하는 것'이 아니라, 그보다 훨씬 더 고상한 뜻이나 의도가 있는 것처럼 말하는 것일까. 사람의 마음이 이중적이기 때문이라고 해명할 수도 있겠지만, 더 정확한 답은 '자존심(自尊心)'이라는 것이 작동하기 때문이다. 즉 사람을 이중적으로 만들게 하는 기제에 '자존심'이란 것이 놓여 있다고 해야 할 것이다.

2

'자존심(自尊心)'이란 말은 참 재미있는 말이다. 글자 뜻 그대로는 '내가 나를 높이(려)는 마음'이라는 뜻이다. 그런데 묘한 것은 본인이 이런 마음을 아무리 굳게 가지고 있어도 다른 사람이 그를 높여주지 않으면, 그 사람의 실질적인 자존심은 제대로 살아나기 어렵다. 마치 이름이 나의 것이면서도 그것을 남들이 열심히 사용해주어야 이름값을 하듯이, 자존심에도 그런 면이 있다.

반대의 경우도 있다. 남들이 아무리 나를 높여주어도 그것이 내가 나를 높이려는 마음과 일치하지 않으면 제대로 된 자존심으로 자리 잡기 어렵다. 남들이 부러워하는 지위와 명예를 가지고 있으면서도 죽음을 결심하는 사람의 심리에는 이런 마인드가 있다. 자존심은 한 개인의 내부에 나타나는 심리 작용이기도 하지만, 사실은 사람과 사람이 상호작용할 때 일어나는 일종의 사회적 감정에 해당하기도 한다.

어쨌든 자존심의 핵심에는 "나 괜찮은 사람이야.", "나 함부로 되어 먹은 사람 아니야." 하는 생각이 도사리고 있다. 이런 생각이 바깥으로 연장되어서 '그러니까 당신도 나를 함부로 대해서는 안 돼. 그러면 내 자존심이 상하는 거야.' 하는 경지로 이어진다. 이런 생각을 꾸준히 지니고 다니는 사람은 자존심이 있는 사람이다.

그런데 무엇을 근거로 내가 괜찮은 사람이라는 것을 보증할 것인가. 아무런 근거도 없이 '나는 괜찮은 사람'이라는 생각을 유지하기는 어렵다. 그것은 억지가 되기 때문이다. 하여간 내가 괜찮은 사람이라는 것을 무엇으로 보증해야 할 것인가. 여기서 새삼 '나의 가치'는 무엇인가 하는 문제와 만나게 된다. 이 대목에서 내 자존심의 수준이 결정된다. 나의 가치를 권력으로 보증할까. 재산으로 보증할까. 명예로 보증할까. 도덕으로 보증할까.

그런데 여기서의 보증은 내가 나 자신을 향해서 하는 보증이 되어야 한다. 그래야 온당한 자존심이 된다. 남에게(나 자신이 아닌) 보여주기 위해서, 즉 내 자존심을 남에게 보증받기 위해서, 애를 쓰면 쓸수록 빗나간 자존심으로 치달을 가능성이 많다. 재산이나 권력은 남에게 내가 어떤 사람인지를 보여주기 위한 좋은 증거가 될 수 있을 것이다. 그것이 나 자신을 내면으로 충족시킬 수 있는 근거가 될지는 사람마다 조금씩 다를 수 있다. 내가 나를 보증할 수 있는, 진정 괜찮은 점이 내 자존심의 근거가 되어야 한다. 누가 뭐래도 내 자존심의 근거는 권력이고 돈이다 하는 사람에게는 그것이 기껏 그 사람의 자존심 수준이 될 수밖에 없는 것이다.

3

나를 좀 알아주었으면 하는데 상대는 오히려 반대로 나를 무시하는 방향으로 나올 때 자존심은 시련을 겪는다. 본인은 자기를 높이려고 하는데 남들은 나를 높여주지 않을 때이다. 내 자존심을 지키기 위해서 안간힘을 쓰게 된다. 이럴 때 자칫 빠지기 쉬운 함정이 질투의 감정이다. 나를 알아주지 못하는 상대를 질투하게 되거나, 내 자존심에 손상을 준 제삼자를 질투하게 되는 것이다. 자존심의 에너지가 질투의 에너지로 바뀌는 것은 가장 불행한 자존심의 행로이다. 자존심 지킨답시고 질투에 빠지는 것이다.

질투는 인간이 가질 수 있는 감정 가운데 가장 천박한 것이다. 질투의 본질을 잘 간파한 문호 셰익스피어의 말이다. 굳이 그의 어록을 빌리지 않더라도 질투는 가장 낮은 수준의 인간 감정임에 틀림없다. 질투란 원래 동물의 짝짓기 과정에서 생겨나는 본능적 독점 욕구일 뿐이다. 서로 잘생긴 짝을 차지하기 위해 경쟁 상대에게 뿜어내는 독기 가득한 견제의 발톱이 질투의 본질이다. 그런데 자존심이 이런 차원에 머물 때가 있다. 삼각관계에서 사랑싸움을 하는 사람들 사이에 '자존심'이란 이름으로 벌어지는, 가관도 아닌 해프닝들이 모두 여기에 해당한다. 이런 장면들을 오늘도 막장 TV 드라마들이 여실하게 보여준다. 요컨대 이건 자존심이 서식할 곳이 아니다.

질투로 화한 자존심보다 한 등급 나은 자존심의 행태는 상대를 거부하는 것이다. "내가 너 같은 사람을 친구로 사귀고 있다고 생각하니 내 자존심이 허락하지 않는다." 운운하며 자리를 박차고 일어나는 자존심이 여기에 해당한다. 내 자존심을 위해서 상대방 자존심도 밟아버리는 자존심이 요런 수준에 해당한다. 그러나 결과적으로는 내 자존심도 상대의 자존심도 함께 망가지는 것을 면하기는 어렵다.

4

자존심을 다 버렸는데도 비참한 생각이 들지 않는 경지가 있다면 그것은 대단한 경지의 자존심이다. 이게 말로나 가능하지 실제로 사람의 성정이 이럴 수는 없다. 이렇게 되자면 오랜 인격적 수양의 내공을 쌓아오면서 다음 두 가지의 경지를 이루어내어야 한다.

하나는 내가 나를 존중하지 않으면 남도 나를 존중해주지 않는다는 것을 터득해야 한다. 쉬운 것 같지만 어렵다. 내가 나를 존중한다는 것의 구체적 모습은 무엇일까. 그것은 이기적 목표를 추구하는 것이라기보다는 나를 꾸준히 갈고 닦는 연마의 모습으로 보아야할 것이다. 다른 하나는 남이 나를 알아주지 않는다 해도 화를 내지아니하는 경지이다. 일찍이 공자가 군자를 그와 같이 정의했다.

도대체 이런 수준의 자존심은 어디에서 연유하는 것일까. 자존심의 근원은 앎이라고 생각한다. 앎이 깊어질수록 마침내 내가 누구인지를 제대로 알아 가게 되는 것이, 인간 발달이고 자아의 성숙이다. 무지하면 세상의 온갖 일을 판단할 수 없다. 특히 세상과 관련하여 나를 알아가게 되는 것이다. 제대로 알면 모든 것이 두렵고소중하다. 그런 바탕 위에서 나를 높이려는 것이 무엇인지를 판단할 수 있다. 모르면 자존심은 황량한 이기심으로 전락하기 딱 좋다.

자존심 때문에 한없이 천박해질 수도 있고, 자존심 때문에 더없는 정신의 고양을 드러낼 수도 있다. 고상한 자존심을 오래 잘 지니고 있어도 천박한 자존심이 한 번 판을 뒤엎어버리면, 원래의 그 고상함을 회복하기 어렵다. 자존심 잘 유지하기가 참으로 어렵다.

바보를 아십니까

1

'바보', 어리석고 멍청한 사람을 얕잡아, 또는 욕으로 이르는 말이다. 비슷하게 쓰이는 말에 '멍청이'라는 말도 있다. '멍청이'는 사물을 제대로 판단하는 능력이 없어 흐리멍덩한 사람을 뜻한다. 심한 경우는 이 두 말을 이어 붙여서 '바보 멍청이'라고 쓰기도 한다. 그야말로 곱빼기로 바보를 강조하는 셈이다.

바보의 가장 고약한 전형은 루쉰의 『아큐정전』에 나오는 아큐이다. 아큐는 어리석다. 부정확하게 현실을 인식한다. 순수하지도 않다. 자기 기만의 태도도 있다. 강자에 굴종하고 약자에게 으스대는 노예근성을 지니고 있다. 바보라도 이런 바보가 되어서는 곤란하다. 루쉰은 당시 중국인들이 버려야 할 부정적 모습을 아큐를 통해 그렸다. 루쉰은 동족의 처형 장면을 보고도 희희낙낙하는 중국인의 사진을 보고, 이 소설을 쓸 결심을 했다고 한다.

바보에도 스펙트럼이 있다. '바보를 자처하는 바보'가 왼쪽 극단에 있다면, 자신이 바보인지 모르는 (남들이 바보라고 하는지조차도 모르는) 바보가 오른쪽 극단에 있다.

나에게는 이 두 가지가 다 그리 나쁘지 않은 인상으로 다가온다. '바보를 자처하는 바보'는 원칙과 근본을 향해서 나아가는 사람이다. 바보 소리를 듣더라도 내가 꿈꾸는 어떤 이상의 실현을 위해 현실의 역풍을 무모할 정도로 맞아가면서라도 바보처럼 행하겠다는 사람이다. 일종의 근본주의자라 할 수 있다. 근본을 추구하는 정도가 인간의 윤리를 저버릴 정도로 지나치게 극단으로 치우치지 않는다면(근본주의자 중에는 탈레반 같은 부류도 있다), 소망스러운 인물이다. 현실의 손익 계산에 영악한 세태에 정말 이런 바보가 드물기 때문이다. 그리고 보면 요즘은 '바보'라는 말에서 특별한 모욕감이 실려 있지 않다는 느낌도 든다.

그래서 그런지 바보라는 말은 대중가요 가사에도 자주 등장한다. '사랑을 몰랐던 바보'이거나 '사랑을 고백하지 못하는 바보' 또는 '말 한마디 못 하고 상대를 떠나보내야 하는 바보' 등이 이른바 중요 콘셉트(concept)로 대중가요에 등장한다.

바보 만화로 낙양의 지가를 올린 강풀은 이 세상은 바보가 없으면 '순정'이라는 것 자체가 존재할 수 없을 것 같은 분위기에 빠지게 한다. 대중들이 좋아했던 이 만화는 영화 〈바보〉로까지 만들어졌다. 이 영화에서 바보 '승룡이'의 모습을 그럴듯하게 소화해낸 배우 차태현이 높은 인기를 얻기도 했다.

2

충청도에서는 바보를 '밥통'이라고 한다. 어리석어서 머리 쓰는 일을 못 하여 사람 노릇을 못 하니 기껏 밥이나 먹고 소화시키는 존재라는 뜻이다. 이렇듯 폄하가 들어간 말인데도 바보가 애칭이 되기도 한다. '바보'라는 상호를 가진 수많은 가게들도 있다. 성황을 누리는데, 의외로 음식점이나 여성 의류점의 상호로 각광을 받는다고 한다.

바보를 추구하는 인생철학 속에는 지혜가 있다. 이름에 '어리석을 우(愚)' 자가 들어갔던 전직 대통령도 있다. 아호(雅號)에 '빌 허(虛)' 자를 사용했던 정객(政客)도 있다. 정녕 바보처럼 어리석고 텅 비어 있는 존재가 되기를 바랐던 것일까. 아닐 것이다. 그것은 오히려 그 반대의 경지를 구하려는 지혜를 담은 것이라 할 수 있다. 자청하여 '어리석음(愚)'을 표방하거나 '텅 비어 있음(虛)'을 지향하는 것은 스스로를 경계하려는 지혜라고 할 수 있다.

'어리석음'을 자처함으로써 지나치게 잘난 척해서 실족하지 말 것을 경계하고, '비어 있음'을 각성함으로써 지나치게 꽉 채우려는 탐욕으로 흐르지 않으려는 안목이 담겨 있는 것이다. 이것이 진정한 바보의 철학이다. 그러나 이런 다짐과 경계에도 불구하고, 많은 사람들이 '바보'를 지향하면서도 '진정한 바보'에 이르기는 쉽지 않다. 바보를 내세우려는 그 마음에 이미 어떤 욕심이 도사리기 때문인지도 모른다.

어쨌든 우리들 내면 의식 속에는 바보에 대한 지향이 있는 것 같다. 바보 소리를 듣기 좋아하는 경우를 살펴보았더니 남자들이 보인 반응이 재미있다. 예쁜 여자한테 '바보' 소리를 들으면, 은근히 기분이 좋다는 남자들이 많다. 여자들이 애교 있는 억양으로 '바~보'라고 하는 짧은 말 속에는 '내가 너 좋아하는 것도 모르는 바보'라는 긴 뜻이 그야말로 애교스럽게 숨어 있다고 어렴풋이 알아차리는 데서 오는 기분 좋음 아닐까. 달리 해석할 수도 있다. 오로지 한 가지 사랑으로 마음 변하지 않고, 죽으라면 죽을 수도 있는, 순정 백 퍼센트 바보의 사랑을 꿈꾸는 여자 쪽 사랑 심리가 묘하게 반영된 것일 수도 있다. 어쨌거나 내가 좋아하는 예쁜 여자에게라면 그렇게라도 인정을 받아 사랑의 가능성을 한 가닥이라도 걸쳐두고 싶은 남자 쪽 애정 심리가 맞아떨어지는 대목이기도 하다.

바보 남자의 마음이 이렇듯 극진하고 상대 여자의 기품이 고상하면 할수록, 감동의 사랑 드라마가 필연적으로 탄생한다. 이런 구도의 사랑을 상투적이라고 아무리 몰아붙여도 좀체 허물어지지 않는다. 그건 '보편성'에서 오는 감동이 대중을 움직이기 때문이리라.

우리에게 감동을 주었던 사랑의 명작 가운데 남자 주인공의 캐릭터가 바보 스타일로 등장하는 경우가 적지 않다. 「바보 온달과 평강공주」는 고귀한 공주가 바보인 온달을 택하는 장면이 이채롭고, 이 이채로움에 힘입어서 감동을 빚어낸다. 나도향의 소설 「벙어리 삼룡이」도 고귀한 아씨와 사랑의 대각선을 이루는 자리에 바보 삼룡이를 세워두었기에 감동적 순정을 피워 올린다. 빅토르 위고의 명작 『노트르담의 꼽추』에 나오는 꼽추 콰지모도도 바보 범주를 벗어나지 않는(딱히 바보라고는 할 수 없지만) 캐릭터이다. 이 우직하고 순정한 캐릭터 없이 아프고 슬픈 사랑의 감동을 만들 수 있었을까. 김유정의 소설 「동백꽃」에도 모자라고 어수룩한 남자 주인공이 적극적이고 쾌활한 여자 주인공에게 바보처럼 이끌려 있다. 그래서 재미있다.

3

때가 묻지 않은 순수한 인간의 가치와 순정의 아름다움이 바보에게 있을 수 있다는 인식은 근래에 들어와서 부쩍 일반화되었다. 한 세대 전만 해도 '바보'는 사전의 뜻 그대로 '어리석고 멍청한 사람을 얕잡아 이르는 말' 정도로만 쓰였다. 요즘처럼 무언가 긍정의 이미지로 '바보'가 차용되는 데에는 그럴 만한 세태의 변전이 있었다고 해야 할 것이다.

사람들이 모두 잘난 척하고, 잘난 척하지 않았다가는 큰 봉변을 당할 것 같기도 하고, 그래서 남 잘된 것은 조금도 인정해주려 하지 않고, 손해 보는 일은 눈곱만큼도 않으려 하고, 내 이익이 걸린 일이라면 죽기살기로 다투고, 참 인정머리들 없는 세태를 산다.

착한 사람은 금방 바보 같다는 핀잔을 받는다. 심지어 착한 것은 무능한 것, 착한 것은 나쁜 것으로 받아들이게 되었다. 그렇게 해야 시대를 앞서가는 의식 있는 사람이 되는 것 같다. 세태가 이렇게 변한 것이다. 한마디로 바보가 없어졌다. 자연스럽게 드러나 있던 바보들도 숨어 살 수밖에 없는 형국이 되었다.

잘난 사람들만 살면 좋을 것 같지만 그렇지 않다. 삭막하다. 이렇게 삭막하게 살다 보니, 세상에서 멸종된 바보의 모습이 그리워진다. 스스로 초래한 삭막의 세상에 그늘 하나 펼쳐줄 사람 나무가 그리워진 것이다. 있을 때 대수롭지 않던 것도 없어지면 그 진가를 아쉬워하게 된다.

바보를 긍정적으로 희구하는 마음은 일종의 반성적 사고(reflective thinking)이다. 그래도 우리들 본성에 '사람 사랑'의 양심과 통찰이 있기에 '바보'에 대한 새로운 가치를 발견하는 데에 이르는 것이라 보고 싶다.

4

조금 다른 위치에서 '바보'의 문제를 생각해보자. 생각의 대위법(對位法)이라고나 할까. 또 다른 위상에서 보면, 바보가 되지 않으려는 각성 또한 소중하게 받아들여진다. 존 테일러 게토가 쓴 『바보 만들기(Dumbing us down)』(1992)라는 책이 여기에 해당한다. 존 테일러 게토는 30여 년 동안 아이들을 가르친 교사이다. 그는 뉴욕시와 뉴욕주가 주는 '올해의 교사상'을 연달아 받았는데, 이 책은 '올해의 교사상' 수상 기념 행사에서 한 연설을 정리한 것이다.

게토의 『바보 만들기』는 현재의 교육이 학생들을 바보로 만들어 가는 측면이 있다는 전제에서 출발한다. 게토는 아이들을 바보로 만드는 교육의 오류를 일곱 가지로 지적한다. 첫째는 아이들에게 자연의 순리나 사물들 간의 관계를 가르치지 않고, 파편적 지식을 가르치는 데 치중하는 것, 둘째는 아이들을 교실 공간에 가두어두는 방식으로 가르치는 것, 셋째는 아이들을 무관심하게 만드는 것, 넷째는 정서적으로 의존하게 하는 것, 다섯째는 자기 주도적으로 탐구하지 못하는 것, 여섯째는 자유롭게 자신감을 심어주지 못하는 것, 일곱째는 숨을 곳 없는 감시 체제 속에 두는 것 등을 지적한다. 이렇게 교육을 하면 할수록 아이들은 바보가 된다는 것이 게토의 생각이다.

게토는 주장한다. 아이들에게 진정한 의미를 찾을 만한 곳을 경험하게 하고, 가정과 친구 관계를 발전시키고, 대자연과 계절의 변화를 경험하게 하며, 소박한 예절과 의식에 참여하게 하고, 호기심과 너그러움과 봉사와 동정하는 마음을 배우게 하며, 인간의 존엄과 독립성을 가르치라고 한다. 이렇게 함으로써 아이들을 바보로 만드는 교육에서 벗어날 수 있다고 말한다.

약간의 혼돈이 생긴다. 아이들을 바보로 만들지 말자는 게토의 주장이나, 바보 인간형을 지향하자는 요즘의 '바보 옹호론'은 어떤 관계인가. 서로 충돌하는가 싶어서 보니 그런 것 같지는 않다. 조금만 진지하게 들여다보니 혼돈이 사라진다. 같은 이야기를 하고 있는 것이다.

제4부

소통의 생태학

생각 화두 | 거기 누구 없어요?

　　"거기 누구 없어요?" 무너진 탄광의 막장, 지진으로 폐허가 된 건물의 막힌 공간에 있는 외롭고 위험한 사람이 떠오릅니다. 고립무원(孤立無援)의 단절상태에서, 누군가와 통할 수 있기를 간절히 바라면서 부르짖는 말입니다. 그저 아무하고라도, 그저 아무 말이라도 통하기만 해도, 이 죽음 같은 적막의 공간에서 일단은 안도와 위로를 느낄 수 있을 텐데, 그래서 죽을힘을 다하여 부르짖습니다. "거기 누구 없어요?" 소통의 결핍이 극한에 처한 상태입니다.

　　사실 소통은 인간의 생존 본능에 닿아 있는 그 무엇입니다. 생명체로 살아는 있지만, 소통이 전혀 없는 사람을 상상할 수 있습니까. 그리고 그런 사람을 진정 살아 있는 사람이라 할 수 있습니까. 20세기의 대표적 비평가 롤랑 바르트(Roland Barthes, 1915~1980)는 "이야기가 끝나는 곳에 죽음이 있다."라고 했는데, '이야기' 대신에 '소통'을 넣어도 그 뜻은 더 잘 살아납니다.

　　'소통(communication)'은 원래 의사소통이라는 비교적 좁은 뜻으로 쓰였는데, 이제는 여러 층위의 사회 · 문화적 교섭은 물론, 다양한 네트워킹, 사회적 문제에 대한 참여와 연대, 학제적(interdisciplinary) 문제 해결 등, 매우 광범위한 공유와 상호작용을 포괄하는 의미로 확장되었습니다. 그래서 소통이 품고 있는 덕성도 더 많아졌습니다. 그렇기 때문에 소통이 인성과 밀접한 연관을 가지게 되는 것은 너무나 당연합니다.

사람들의 소통 능력은 생애를 살아가며 점점 발달합니다. 소통은 인간 발달의 차원에서 보면 '기능(skill)'의 자질을 가집니다. 상당한 인지 기능이 없으면, 소통 기능의 발달을 기대할 수 없습니다. 물론 개인이 습득하는 정의적 기능과 사회적 기능도 소통의 기능을 형성하고 강화합니다. 소통은 대인관계라는 국면에서 보면, 그 사람의 사람됨을 보여주는 인성적 역량이기도 합니다. 그래서 소통은 그 사람의 심리·사회적 도덕성을 불가피하게 보여주게 됩니다. 하버드대학의 발달심리학자 하워드 가드너(Howard Gardner, 1943~)는 최근 들어서 개인의 소통역량을 리더십 인성으로 결부시켜서 설명합니다.

오늘날의 '소통'은 인간의 문화를 생성하고 유지하는 기제가 됩니다. 소통이 이루어지지 않고서는 '문화의 생성'을 기대하기 어렵습니다. 예컨대 공동체의 정체성, 민주주의 가치의 실현, 다문화 사회의 발전 등은 모두 사회적 가치이면서 동시에 문화의 모습으로 존재합니다. 이런 가치를 사람들이 공유함으로써 문화가 되는 것입니다. 따라서 이런 문화가 자리 잡으려면, 이를 지지하는 소통이 점점 더 널리 확장되어야 합니다. 이러한 과정에서 사람들은 '소통'을 하면서, 자신의 내면에 '사회적 인성'을 길러갑니다. 그러므로 소통은 도덕성의 일종이 될 수밖에 없습니다. 물론 그 소통은 언어로써 이루어집니다.

소통은 상대가 있는 활동입니다. 나와 남을 같은 기준, 같은 잣대로 설정하는 것은 소통의 원칙입니다. 그러나 우리는 이걸 알면서도 자주 잊어버립니다. 소통이 어려움을 겪는 것은 바로 이 때문입니다. 존 맥스

웰(John Maxwell, 1947~) 목사의 지적에 동의할 수밖에 없습니다. 이는 소통 언어의 중요한 조건이기도 합니다.

사람들은 대부분 자신을 판단할 때와 남을 판단할 때, 완전히 다른 이중 잣대를 적용한다. 남을 판단할 때는 그의 '행동'을 기준으로 삼으며, 그 기준은 가혹하기 이를 데 없다. 반면에 자신을 판단할 때는 자신의 '의도'를 기준으로 삼는다. 우리가 잘못을 범하더라도, 우리 의도가 훌륭했다면 쉽게 용서한다. 따라서 우리는 변화를 요구받을 때까지 자신의 실수와 용서를 반복한다.

소통은 상생의 목표를 가질 때, 큰 덕을 발휘합니다. 상생의 언어를 추구하려면, 먼저 감사의 마음을 가지라고 조언하는 사람도 있습니다. 긍정 심리학의 대가인 캘리포니아 데이비스대학 로버트 에먼스(Robert Emmons) 교수의 조언입니다.

6년간 지켜본 결과, 감사를 습관화한 학생의 연평균 수입이 그렇지 않은 학생보다 2만 5천 달러가 많았다. 그뿐 아니라 감사를 습관화한 사람의 평균 수명이 그렇지 않은 사람보다 9년이나 더 길었다.

정신과 의사이고 뇌과학자이며, 미국 에모리대학의 신경경제학과 교수인 그레고리 번스(Gregory Berns) 박사는 상생 소통의 마인드를 가지는 순간 우리는 소중한 자존감을 가진다고 말합니다. '소통을 지향하는 마음' 자체에 어떤 도덕적 심성이 들어 있음을 알 수 있습니다. 그리고 그것이 인간에게 유익함을 가져다준다는 것도 알 수 있습니다.

다른 사람과 협조하거나, 냉소를 극복하고 협조를 찾거나, 이기심을 버리고 관대해지는, 아주 작고 용감한 행위들은 우리의 뇌를 조용한 기쁨으로 밝혀준다. '내가 옳은 일을 하고 있다'는 느낌이 사람들에게 자신이 위대하다는 마음을 가지게 한다.

여기 제4부에서는 다음의 주제들을 염두에 두고 생각을 다듬어보기 바랍니다. 먼저 소통이 기능에 그치지 않고, 왜 덕성이 되는가. 소통의 성공을 위해서 말은 어떤 역할을 해야 하는가. 언어의 오락적 기능은 소통의 차원에서는 어떤 순기능을 갖는가. 사람들은 소통 취향을 과시하기 위해 자신의 언어를 어떻게 연출하는가. '빈말'은 위선적 거짓말에 불과한가. 감동을 주는 소통은 어떤 특성이 있는가. 슬픔이나 좌절이 극한에 이르렀을 때, 소통은 어떤 위안을 줄 수 있는가. 인간의 표정은 소통에서 얼마나 중요한가. 인간의 소통 욕구는 인간 세계 바깥으로도 확장되는가. 소통의 형식에 따라 인간관계는 어떻게 변화시키는가.

이런 주제들은 겉으로는 소통의 면모를 말하지만, 결국은 인간은 어떤 존재인가, 사회는 인간에게 어떤 소통 자질을 요청하는지를 성찰하게 할 것입니다.

말이 그렇다는 거지!

1

언제부터인가 생활 주변에 우스개 이야기가 부쩍 많아졌다. 먹고살 만하니까 생겨난 소통의 여유 징후라고나 할까. 사석에서라도 능동적 발신자가 되고 싶어 하는 현대인의 소통 참여 욕구를 반영한 것이라고나 할까. 소통의 여유를 가지는 사회는 토론을 풍성하게 하는 사회를 만들기도 하지만, 더 본질적으로는 사람들 사이에서 서사적 상상력을 풍부하게 하기도 한다. 너나없이 재미있는 이야기 한두 개쯤은 챙겨 가지고 다니면서, 고만고만한 친교의 자리에서 적절하게 활용한다.

이런 현상을 불러오게 된 원인으로 보아야 할지, 아니면 이런 현상의 결과로 보아야 할지는 잘 모르겠지만, 인터넷 공간에는 각종 우스개 이야기들이 허다하게 떠돌아다닌다. 학자들은 '새로운 구비 문학의 시대'라고 진단하기도 한다.

우스운 이야기도 자꾸 들으면 면역이 생기는 모양이다. 웬만큼 재미있는 이야기가 아니고서는 웃으려고 들지도 않는 경우도 있다.

그러나 우스운 이야기를 들어주는 마음에 소통의 건강성이 있기도 하다.

우스운 이야기에도 여러 층위가 있어서 질박한 웃음을 불러내는 것이 있는가 하면, 지적 감흥을 불러일으키는 웃음도 있다. 물론 그 사이에 여러 종류의 우스개 이야기들이 있다. 이야기의 내용 자체는 비현실적이기도 하고 터무니없기도 하다. 그러나 그렇더라도 무언가 공감의 마당을 마련한다는 점에서 의미를 지닌다. 사회적으로는 소통의 매개 거리들이 많아지는 것이라 할 수 있으니, '열린 사회'의 한 양상이라 해도 좋을 것이다.

2

일전 어느 자리에서 한 친구가 모임의 분위기도 살릴 겸, 우스개 이야기 하나를 꺼내었다. 요즘 나돌아다니는 우스개 이야기의 전형이다. 이야기의 요지는 이러하다.

어떤 사나이가 정신과 의사를 찾아왔더란다. 사나이와 의사가 나눈 대화는 이러했다.

"의사 선생님, 침대에 올라가기만 하면, 누군가가 내 침대 밑에 있다는 생각이 듭니다. 침대 밑으로 들어가면 누군가가 내 침대 위에 있다는 생각이 들고요. 이거 참 미칠 지경입니다!"

"2년 동안 매주 세 번씩 나한테 와서 치료받아야겠군요."

"치료비는 얼만데요?"

"한 번 올 때마다 5만 원이요"

"생각해보겠습니다."

그렇게 말하고 돌아간 사나이는 그 후 병원에 나타나지 않았다. 그러다가 6개월 후 의사는 그 사나이를 우연히 거리에서 마주쳤다.

"왜 병원에 다시 오지를 않았죠?"

"한 번에 5만 원씩 들여가면서 어떻게 갑니까? 우리 동네 목공소 아저씨가 단돈 만 원에 고쳐준 걸요."

"아니, 어떻게 고쳐주었다는 말이오?"

"간단하던데요. 침대 다리를 없애버리라더군요."

이야기가 끝나자 모두들 웃었다. 과장된 황당함이 웃음을 불러오기에 충분했고, 정신적 고통을 물리적 방식으로 해결한다는, 말도 되지 않는 발상이 재미있었다. 생각을 좀 깊게 해보자면, 이른바 전문가라는 사람들의 잘난 체하는 모습에 한 방을 먹이는 듯한 풍자가 들어 있는 것 같기도 했다. 그러나 그 모두는 생각하기 나름이었다. 그렇게 느껴도 그만, 그렇게 느끼지 않아도 그만이었다. 이야기를 지어내자니 말이 그렇다는 것이지, 굳이 의미를 규정하거나 해석을 통일해야 할 이유가 없는 것이었다. 그야말로 웃자고 한 이야기이다.

그런데 문제가 생겼다. 그 이야기를 듣던 사람들 중에 의사 친구한 사람이 정색을 하고 이의를 제기했다. 이야기가 근거가 없어도 너무 없다는 것이었다. 아무리 우스개 이야기라도 어느 정도 사실에 부합하는 이야기라야지, 엉터리없다는 것이었다. 침대 위와 침대 밑에 누군가 있을 것이라는 불안 의식을 치유하는 데 그리 많은 치료비가 든다는 것부터가 말이 안 된다는 것이었다. 그리고 그 환자의 증세가 침대 다리 자르는 것으로 해결될 수 있는 성질의 것이냐고 다소 흥분하여 따지고 들었다. 아마도 자신의 직업에 대한 이야기라 자존심이 상한 듯했다. 그리고는 기어이 이런 말 한마디를 내뱉으며 말문을 닫았다.

"비싼 밥 먹고 쓸데없는 소리 하고 다니지 말아라."

3

웃자고 한 이야기인데 상대가 불쑥 화를 내면 그것처럼 민망한 것도 없다. 모든 이야기를 사실에 근거하여 시시비비를 굳이 가리기로 친다면, 이 이야기는 결함투성이의 이야기이다. 처음 이야기를 한쪽에서 민망하기는 하지만 사태를 수습하려고 들었다. 어디 이런 이야기가 실제로 있었다고 했느냐. 웃자고 만들어낸 이야기 아니냐. 말이 그렇다는 것이지, 말도 못 하느냐. 이런 식으로 화를 낸 친구에게 이해를 구하였다.

그랬더니 화를 낸 친구는 누그러지기는커녕 더 날카로워졌다. 말이 그렇다는 거라고? 말도 못 하느냐고? 그러나 아무리 그래도 해야 될 말이 따로 있지, 그따위로 말할 수 있느냐는 것이었다. 사태가 이 지경에 이르면 달리 방도가 없다. 이야기를 꺼낸 쪽에서 거두절미하고 "미안하다."라는 사과를 해야 한다. 네 마음을 다치게 해서 미안하다고 정중히 사과를 하는 것이 가장 좋은 방책이다. 물론 그간의 화기애애한 분위기는 회복되기 어렵다. 머쓱해지는 분위

말이 그럴듯한 거짓!

기, 어딘가 불편하고 답답한 소통 단절의 쓸쓸한 분위기를 맛보게 되는 것이다.

그러나 이 대목에서 대부분의 한국인들은 쉽사리 사과하지 않는다. 기왕에 분위기는 망가지게 된 것. 오히려 역공을 퍼붓는다. 여기에는 물론 상대가 너그럽게 들어주지 못한 데 대한 서운함이 깔려 있는 것인데, 조금도 망설임이 없이 역공에 나서는 것이다. 이때 자주 등장하는 말이 있다. 소갈지가 밴댕이 속같이 좁아터져 가지고서는 무슨 말을 할 수가 없다고, 들이대는 말이 바로 그것이다. 서해 바다에 가서 밴댕이하고나 놀아라. 이렇듯 거침없이 야유성 공세를 취한다. 이쯤 되면 싸움은 점입가경에 드는 것이고, 양쪽 다 잘한 놈도 없고 못한 놈도 없는 이전투구(泥田鬪狗)의 형세를 연출하기 이른다.

말이란 엄격하고 정확하기도 해야 하지만 그것이 말의 전부는 아니다. 그 엄격과 정확에 집착할수록 더 중요한 것을 놓칠 수도 있다. 소통의 본질을 놓쳐가면서까지 부스러기 말의 정확성에 매몰되는 것은 지혜롭지 못하다. 말이 말 그 자체로 완벽하기를 기대하는 것은 영원한 꿈일지도 모른다. 말이란 기껏해야 사람의 마음과 사람의 기분과 사람의 뜻과 사람의 사는 모습을 드러내는 도구에 불과할 뿐이다. 그것도 아주 불충분하게 드러내는 도구이다. 사람들 사이를 원활하게 하는 말이라면 그것이 곧 사람의 뜻과 사람의 마음이 반영된 말이다. 좋은 소통은 마음과 마음들 사이에 흐름을 만드는 것이다.

4

'말이 그렇다는 거지. 말도 못 해보나.'

이 말은 실없이 해본 말을 상대가 무어라 이의를 달 때, 슬그머니 변명하는 말로 쓰인다. 그러나 달리 생각해보면 현실을 초극하려는 인간의 열정과 상상력이 매몰찬 현실과 늘 맞서 있음을 보여주는 말이기도 하다. 인간의 열정과 상상력은 언어를 통하여 비로소 소통된다. 그리고 그것은 때로 우의(寓意)로서 살아나 인간의 지혜를 밝혀 나아가게 한다.

젊은 날 내 존재와 영혼 모두를 바꿀 수 있다고 믿었던, 그렇게 사랑하는 사람에게 보냈던 절절한 연애편지의 언어들은 어떠했는가. 하늘에서 별을 따다 그대에게 드리리다. 하늘에서 달을 따다 그대에게 드리리다. 나와 결혼해주면 평생 손가락에 물 한 방울 안 묻히도록 하리다 등등. 이런 약속의 언어들이야말로 '말이 그렇다는 것이지.'의 영역에 속하는 언어들이다. 이렇게 받은 사랑의 메시지들을 변호사 사무실에 가서 공중 받아두고, 훗날 약속 이행을 왜 않느냐고 다그치는 사람이 있다는 이야기를 나는 아직 듣지 못하였다. '말이 그렇다는 거지.'를 너그럽게 이해하고 즐겁고 감격스럽게 받아준 것이다.

일제 억압과 수난의 현실을 살며, 광복의 그날을 절절한 마음으로 소망하던 그 열정과 해방의 상상력을 표출한 시 가운데 우리는 심훈의 「그날이 오면」을 익히 알고 있다. 시인은 광복에 대한 열정 어린 감격을 특유의 시적 상상력으로 보여준다. 그날이 오면 삼각

산이 일어나 더덩실 춤이라도 추고, 한강 물이 뒤집혀 용솟음칠 그날이 이 목숨이 끊기기 전에 와주기만 한다면 그는 어떻게 하겠다고 했던가. 종로의 인경을 머리로 들이받아 울리겠다고 한다. 두개골은 깨어져 산산조각이 나도, 기뻐서 죽으니 오히려 무슨 한(恨)이 남겠는가 하고 말한다. 그뿐인가. 그날이 오면 드는 칼로 자기 몸의 가죽이라도 벗겨서 커다란 북[鼓]을 만들어 들쳐메고는 광복의 기쁨을 알리며 행렬에 앞장을 서겠다고 말한다.

심훈 선생은 아깝게도 광복을 보지 못하고 돌아가셨다. 만약 선생께서 광복을 보셨다면, 과연 종로 인경을 울리려다 두개골이 깨어지고, 칼로 살가죽을 벗겨 북을 만들어 치고 다녔을까. 이런 질문이야말로 우문이다. 숨어 있는 열정을 보지 못하고 눈앞의 표현에만 집착하기 때문이다. 요컨대 사람과 말의 작용을 크게 보지 못하는 데서 나오는 우문이다. 그리고 보니 문학이야말로 '말이 그렇다는 것이지.'의 방식으로 인간의 숨은 열정과 상상력을 드러내며, 말의 감동적 효용을 실현하고 있음을 새삼 확인하게 된다.

인간이라면 누구나 현재의 사실 세계를 넘어서려는 '열정과 상상력의 말'을 창공 높이 자유롭게 쏘아 올리려 한다. 인간에게 말이란 그러한 것이다. 그걸 두고 비싼 밥 먹고 헛소리하는 것이라고 한다면, 그것은 말의 본질 기능 하나를 거세하려는 것과 다를 바 없다. 인간과 소통에 대한 이해가 모자라도 너무 모자란다.

개인기의 재개발

1

'개인기(個人技)'란 것이 유행이다. 아니 유행이 된 지 오래되었다. '개인기'는 물론 요즘 사람들의 유머 경향을 반영하는 말이다. 여럿 모인 자리에서 자신이 가장 잘 할 수 있는, 말재주 특기를 발휘하여 모인 좌중의 사람들을 즐겁게 웃길 수 있는 재주를 개인기라고 하는 것 같다. 일반적으로 한 개인이 가진 개인기라면 노래 개인기, 춤 개인기, 운동 개인기, 솜씨 개인기 등등 다양할 것이다.

그런데 이런 개인기 중에서도 유독 '말로써 하는(보여주는) 개인기'가 관심을 끈다. 내 생각에는 한국인의 전통적인 개인기 장르는 노래인데, 이 노래 개인기가 기계음으로 연출되는 노래방으로 잠적하면서, '말로써 보여주는 개인기'가 등장한 것 같다. 즉 노래방 노래로서는 개인기다운 면모를 충분히 나눌 수 없게 된 것 아닌가 하는 생각이 든다.

'말로써 하는 개인기'란 게 무엇인가. 주로 대중들에게 잘 알려진 유명인의 목소리나 화법 특징을 그대로 모방하여 연출하는, 이른바 '성대모사(聲帶模寫)'가 주종을 이룬다. 전두환, 김영삼, 김대중, 노무현 같은 전직 대통령들의 성대모사를 잘해내는 개인기를 가지고 있으면, 그것만으로 방송에서 뜨게 된 연예인들도 있었다. 방송 오락 프로그램들이 출연자들을 불러놓고 이런 식으로 개인기를 강요하다 보니, 으레 오락 프로그램에 나가는 출연자들은 그럴듯한 개인기 한두 개는 미리 준비해서 나가야 한다.

방송이 이렇듯 '개인기의 풍속도'를 유행시키다 보니, 일시에 개인기 열풍이 만연하게 되었다. 학생들의 학급 오락회 같은 곳에서도 개인기 소개가 빠질 수 없게 되었다. 이 경우에는 선생님들이 수업 시간에 보여주는 말투를 그럴듯하게 모사하는 학생이 단연 인기를 얻는다. 심지어는 대학 사은회의 여흥 장면에서도 개인기 코너는 어김없이 살아난다. 돌잔치, 생일잔치의 자리에서도 친구나 직장 동료들이 모이면 돌아가면서 개인기 선보이기가 빠지지 않는다. 관광버스 안 풍경도 더러는 변하였다. 노래 부르기 일변도에서 노래 대신 자청하여 개인기를 보여주겠다는 경우가 생긴다. 아니 개인기 위주로 차 안 오락프로그램을 이끌어가는 가이드들이 많아졌다.

말이 변하면 세태도 변하는 법이다. '개인기'란 말을 이렇게 사용할 줄이야. 그야말로 예전에는 미처 몰랐다. 말에 대해서 논하는 자리이니 굳이 이 말을 따져보자면 이러하다. 개인기란 말은 물론 글자 뜻 그대로는 '개인의 재주'란 뜻이다. 그러나 이 말은 원래 생겨난 맥락은 축구나 럭비 등의 구기 스포츠에서 선수들의 개인적 기량을 나타내는 말로 쓰였다. 그리고 이 '개인기'란 말은, 선수들이 팀워크(team work)를 이루어 조직적인 플레이를 할 수 있는 기량에 상대되는 '개인의 기량'이라는 개념으로 쓰인 말이었다. 예컨대, "브라질 축구는 '개인기'를 앞세우고 독일 축구는 '조직적인 세트 플레이'에 강하다."라고 할 때, 적격으로 쓰였던 말이었다. 그런데 요즘 우리가 감당해야 하는 '개인기'는 스포츠와는 상관도 없을 뿐 아니라, 그야말로 누구도 따라올 수 없이 나만 잘해야 하는 재주 같은 것이 되었다. 세상 돌아가는 세태가 그러한지도 모르겠다.

2

그런데 문제는, 내보일 만한, 이렇다 할 개인기를 가지지 못한 사람들에게 있다. 성대모사와 같은 개인기는 다분히 타고나는 측면이 있다. 안 되는 사람은 죽어도 안 되는 것이다. 개인기 콤플렉스란 말이 나올 정도로 그 고민이 심각하다는 경우도 있단다. 개인기 자체가 안 되는 데서 생기는 열패감은 그만두고라도, 잘 나가던 분위기가 나 때문에 망가진 것 같다는 느낌이 들면, 그저 이 자리를 빨리 면하고 싶다는 생각밖에 들지 않는다.

그러나 이 문제로 너무 깊이 고민할 필요는 없다. 대부분의 사람들이 이렇다 할 개인기가 없는 사람에 속하기 때문이다. 그렇기 때문에 우선 이런 식의 개인기에 너무 주눅들 필요가 없다. 물론 연연해할 필요도 없다. 교단에 서는 선생님들에게 개인기는 어떻게 인식되는가. 더러 개인기 모자란 것이 아쉽기는 해도, 그것에만 빠질 일은 아닌 것 같다. 잘 쓰면 약(藥)인가 싶기도 하지만, 달리 교육적 보완의 기제를 갖추지 못하면 해를 가져올 수도 있기 때문이다.

사실 따지고 보면 '성대모사' 개인기란 흉내 내기의 일종이어서 경박함을 감수해야 한다. 그 경박함과 더불어 개인기를 하는 사람은 스스로 망가지는 과정을 보여주어야 한다. 그 과정을 통해서 좌중이 일회성 웃음을 나누는 데 일조를 할 뿐이다. 물론 성대모사의 내용을 특별히 의미 있게 준비하여 퍼포먼스의 수준과 질을 높일 수도 있다. 그렇게만 한다면 성대모사 개인기도 고급의 유머가 되지 말란 법은 없다. 그러나 대개는 그냥 웃자고 흉내를 내는 것이다. 그저 흉내를 잘 낸다 하는 정도의 기교가 되거나, 미운 대상을 고약하게 흉내 냄으로써 스트레스 해소의 효과를 가져다주는 정도가 고작일 것이다.

학생들에게서 선생님의 개인기를 주문받고서 고역을 치러본 선생님들도 있다. 학생들과 눈높이를 같이 하여 어울리며, 어렵사리 개인기라는 것을 해 보이지만, 스스로도 "에이, 이거는 아니다." 하는 느낌이 들 때가 적지 않을 것이다. 잘 안 되는 개인기를 했을 때의 부자연스러움과 어색함은 차라리 그 자체가 웃음거리가 될 정도로 민망한 것이어서 낭패스럽다. 설사 아이들 앞에서 개인기가 그럴싸하게 성공했다 하더라도, 스승의 진면목을 가릴까 하는 염려가 있어서 무언가 보완의 지도를 병행하지 않을 수 없다. 대개는 손사래를 치며 "선생님, 그런 것 못 한다." 하고 완강히 거절한다. 그렇다고 마음이 편한 것은 아니다. 무언가 다가가주지 못했다는 찜찜함이 남는다. 눈높이를 맞춘다는 것이 정말 만만치 않음을 실감하는 대목이다.

　그렇다고 진정한 의미의 개인기 자체를 무시하는 것은 지혜로운 판단은 아니다. 이렇게 소통이 중시되고 사회적 상호작용이 중시되는 시대에 남과 어울릴 수 있고, 학생들과 교감을 나눌 수 있는 소통 코드로서 나만의 개인기가 있어야 한다. 그리고 진정한 개인기는 나 자신에게도 은은한 기쁨과 그 나름의 보람을 줄 수 있는 것이어야 한다.

　이쯤에서 나의 진정한 개인기는 무엇인가 하는 물음을 자신에게 던져 보면 어떻겠는가. 아니 더 본질적으로 개인기과 관련한 나의 정체성은 무엇이겠는가 하는 물음이 더 좋을 듯하다. 물론 이 물음은 선생으로서의 나의 정체성과 분리될 수 없는 것이다. 개인기라는 것이 사회적 자아로서 또는 교육자적 자아로서 나를 소통시켜 나가는 중요한 코드라면 나의 개인기를 이제부터 재발견해야 할 필요가 있는 것이다. 그리고 그 개인기는 새롭게 개발되는 것이어야 하는데, 하늘에서 새로 어떤 재능을 부여받을 수는 없는 일이고, 이전의 내 안에 있던 어떤 재주를 그야말로 리모델링하여 새롭게 탄생시켜야 하는 것이 아니겠는가.

3

　원점으로 돌아와서 나의 개인기를 발견해보자. 성대모사 하기에 집착하지 말고, 기존에 내가 친숙했던 어떤 재주 하나를 재발견해보기로 하자. 나는 그것을 '낭독의 개인기'로 설정해보았다. 낭독하기란 별로 무리가 없는 평범한 재주이므로, 나뿐 아니라 다른 선생님들에게도 낭독의 재주를 재발견해보라고 권해드리고 싶다.

낭독을 새로운 개인기로 개발하라고 한다고 하면, 낭독이 뭐 그리 대단한 재주 반열에 놓일 수 있을까 하고 생각하는 사람들이 많을 것이다. 개인기 하나씩을 뽐내며 돌아가는 자리에서 겨우 일어나 낭독을 하겠다고 하면 너무 썰렁하지 않을까 하고 생각할 것이다. 그러나 실제로 자꾸 해보면 이것이 예상 외로 썰렁하지 않다는 것을 스스로 체득할 수 있다.

낭독이 새로운 개인기가 되려면 약간의 창의적 노력이 필요하다. 우선은 낭독의 개념을 조금은 바꾸어볼 필요가 있다. 그냥 글을 읽는 기술이 중요한 것이 아니다. 누구를 위해서 글을 읽어주는 이벤트로 낭독을 생각하라는 것이다. 그렇게 되면 읽어주는 글의 내용이 그것을 듣는 사람들의 처지와 심정과 의욕과 동기에 부합되도록 해야 할 것이다. 목소리가 얼마나 매력적인가, 발음이 얼마나 정확한가, 등등의 문제는 부차적이다. 나 자신의 개성적 목소리로 읽어주면 된다. 상대를 위한 글 읽어주기의 마음만 진정하다면 자연스럽게 공감을 주는 목소리 연기가 나오도록 되어 있다.

상황에 맞는 낭독거리를 챙기는 일이 중요하다. 이는 낭독 개인기를 꾸준히 진화시켜가는 지름길이다. 나는 결혼 주례를 서는 자리에서는, 새 출발의 청신한 축복을 노래하는 유자효 시인의 「아침송(頌)」이란 시를 정성껏 낭송해준다. 더러는 하객들의 자리에서 박수가 나오기도 한다. 수학여행을 떠나는 학생들에게는 괴테의 「이탈리아 기행」 중 한 구절을 낭독해준다. 마치 내가 괴테인 것처럼 기분을 고조하여 정성껏 읽는다. 동료들끼리 야외 나들이를 가는 때는 그 장소와 풍경에 맞는 느낌을 글로 써서 내 글을 내가 낭독한다. 때로는 술자리에서 내 순서가 되면 송대관의 〈차표 한 장〉이나 태진아의 〈옥경이〉를 노래 가사만 뽑아서 낭독을 한다. 유명한 드라마의 대사를 외워서 낭송해주면 좋아하지 않는 이가 없다. 오이디푸스가 마지막에 아버지를 죽이고 어머니를 범하게 된 자신의 운명을 뒤늦게 알고 번민과 회한에 차서 통탄의 목소리로 전하는 대사는 그냥 보통의 낭독 연기로만 전하여도 관광버스 안의 동료 여행객 일동을 충분히 매료시킬 수 있다. 해볼수록 노하우가 개발되고, 지적인 매력이 드높아지는 개인기로 진화됨을 알 수 있다. 물론 교육의 가치와 효과를 동반한다.

우리들 안에 있는 개인기를 재발견할 때가 되었다. 그리고 그것을 창의적으로 리모델링하자. 굳이 낭독의 개인기가 아닌, 다른 그 무엇이어도 무방하다. 소통이 즐거우면 존재가 행복해진다.

그냥 자연스럽게 하세요

1

아부(阿附)를 싫어하는 사장님이 있었다. 그는 기회 있을 때마다 부하 직원들에게 자기는 아부하는 사람을 가장 싫어한다고 말하였다. 또 실제로 아부 모드로 접근해 오는 부하 직원이 있으면 그 자리에서 면박을 주며 나무라기 일쑤이었다. 그렇게 되자 모두들 사장님 앞에서 환심을 사려고 알랑거리는 말이나 태도를 취하기는커녕, 사장님에게 격려가 될 수 있는 말조차도 꺼내기를 조심하는 분위기가 되었다. 모두들 사장님이 기분이 나빠져 있을 때 무슨 말로 위로를 해드려야 할지 전전긍긍하는 분위기가 나타나기도 했다.

회사 내에 그야말로 아부하는 분위기는 사라져갔다. 물론 사장님 앞에서는 아부의 '아' 자조차도 튀어나올 수 없게 되었다. 그런데도 사장님은 달라진 분위기가 되어도 부하 직원들의 변화를 인정해주려는 기색이 없었다. 그냥 계속해서 자기는 아부하는 사람을 가장 싫어한다는 말만 되뇌는 것이었다. 그런데 영업부장 직위를 가진 부하 직원이 사장님을 모시는 공식 비공식 자리가 있을 때마다 이렇게 말하는 것이었다.

"우리 사장님은 아부하는 사람을 정말 싫어하십니다. 아주 강직하신 분입니다."

"사장님께서는 아부하는 근성을 용납하지 않으시는 분입니다. 사장님 또한 아부의 처세를 하시는 분이 아닙니다. 우리 모두 정직과 성실로 인간관계를 맺고 당당하고 합리적인 자세로 업무에 임하도록 합시다."

사장님은 흡족해했다. 영업부장의 사장님 예찬론은 널리 퍼져 나갔다. 사장님 자기 스스로 '나는 아부를 싫어한다.'라고 말하는 모습 대신, 영업부장의 사장님 예찬이 더욱 세련되게 퍼져 갔다. 그만큼 아부를 싫어하는 사장님의 이야기는 입에서 입으로 퍼져 나갔다. 사장님이 아부를 싫어한다는 것은 이제 모든 회사원들이 알고도 남게 되었다. 심지어는 이 소문이 회사 바깥으로도 알려져서 사장님의 곧고 바른 성품이 사람들 입에 오르내리기 시작했다. 마침내 사장님의 신화가 생겨나고 있었다.

사장님은 매우 흡족해했다. 영업부장이 너무도 마음에 들었다. 말할 것도 없이 영업부장은 사장님의 독점적 총애를 입었다. 누구보다도 빨리 중역으로 승진하고, 회사 내에서 가장 힘 있는 실세 중의 실세로 통하게 되었다. 일이 이렇게 되자 사장님이 아부를 싫어한다는 사실에 대해서 회사 직원들은 심각한 회의(懷疑)를 가지지 않을 수 없었다. 사장님은 정말 아부를 싫어하는 분이실까. 사장님이 정말로 원했던 것은 무엇이었을까. 사장님은 아부를 싫어하신 것이 아니라, 아부를 싫어하는 멋있는 분으로 알려지기를 원했던 것 아니었을까.

아부를 즐기는 것은 권력 가진 사람에게는 뿌리칠 수 없는 유혹이다. 게다가 중독성까지 있어서 좀 더 강력한 아부를 원하면서 점점 더 그쪽으로 빠져들게 되는 것도 바로 아부라는 것이다. 그런데 그보다 더 유혹이 강한 것이 있다. 더구나 그것은 중독되는지도 모르면서 중독되어가는 것이다. '멋있는 사람으로 인정되고 싶은 욕구'가 바로 그것이다.

2

대범함을 강조하는 교장 선생님이 계셨다. 학교를 위해서 노심초사 일을 많이 하셨다. 교육청에 들어가 학교 시설의 열악함을 호소하고, 새로운 학교 운영 계획을 의욕적이고 창의적으로 지역사회에 제시하고, 유관 기관들을 부지런히 설득하여 학교 발전을 획기적으로 실현해나가는 중이었다. 워낙 대범하신 분이어서 이런저런 노력과 공적들을 자기 스스로 말하고 다니거나 자랑하지 않았다. 교장 선생님의 활동이 학교 밖에서의 활동들이어서 학교 내의 선생님들도 교장 선생님의 수고와 공(功)을 소상하게 잘 알지는 못했다.

교장 선생님은 처음에는 이렇게 생각했다. 이건 의당 교장이 할 일이다. 이런 일 정도로 내가 내 수고를 스스로 공치사하고 다니는 것은 소인배나 할 행동이지, 대범한 사람이 할 일은 아니다. 어쨌든 교장선생님의 노고로 눈에 보이는 학교 발전의 성과들이 나타나기 시작했다. 그래도 교장 선생님은 대범하게 자기 공을 내세우지 않았다. 그러다 보니 사정을 잘 모르는 학교 선생님들로서는 교장 선생님의 공을 무심히 지나치게 되었다.

그런데 차츰 시간이 경과하면서 교장 선생님 마음에 섭섭한 마음이 조금씩 들기 시작했다. 자신의 수고를 몰라도 너무 몰라주는 교직원들의 마음이 왠지 야속하다는 생각이 들었다. 그러면서도 자신의 소인배 같은 마음을 스스로 나무랐다. 대범하게 품위를 지켜야 할 내가 내 입으로 학교를 위해 이런 노력도 하고 저런 업적도 쌓고 등등 이렇게 말한다는 것 자체가 낯간지러운 일 아니겠는가. 언젠가는 알아주겠지. 이렇게 생각하고 마음을 달랬다.

그러나 한번 생긴 서운한 마음은 쉽사리 사라지지 않았다. 아무리 눈치가 없다지만 교장의 이런 헌신적 노력을 그렇게 외면하듯 몰라줄 수 있단 말인가. 젊은 교사들이야 학교 실정을 몰라 그렇다손 치더라도, 중견 교사 누군가 나서서 "아! 우리 교장 선생님께서 이러이러하게 활동하시고, 저러저러하게 애를 써주신 덕분으로 우리 학교와 구성원들이 이런 혜택을 누리게 되었습니다."라는 말 한 마디 해주면 얼마나 좋단 말인가. 교장 선생님은 서운한 마음이 조금씩 깊어지기 시작했다.

그러면서도 다시 대범하게 생각하기로 했다. 일찍이 공자님도 말하지 않았던가. 남이 나를 몰라준다고 해서 화를 내면 그것은 군자가 아니라 소인배의 행동이라고 하지 않았던가. 이 일로 선생님들께 섭섭하게 생각 말아야지. 그거 뭐 별 대수로운 것도 아닌데. 교장 선생님은 자신이 그렇게 쪼잔하고 쩨쩨한 사람이 된다는 것을 자기 자신이 용납할 수 없었다.

그러나 참으로 이상한 일이었다. 대범하고 멋있는 모습을 유지하려 하면 할수록 자신의 노고를 몰라주는 교직원들이 미워지는 것이었다. 그런 자신을 발견할 때마다 근본적인 회의가 들었다. 나는 대범한 사람이 아닐지 모른다. 그냥 대범한 사람으로 보이려는 욕구, 그래서 멋있는 관리자로 인정받고 싶은 욕구에 나 자신이 지고 있는 것인지 모른다는 생각이 들었다. 더더구나 고약한 것은 나를 몰라주는 사람들에 대해서 미움과 짜증의 감정이 날로 커가고 있다는 것을 확인하니 자신에게도 화가 났다.

교장 선생님은 깊이 고민했다. 대범한 사람으로서의 멋을 보이기 위해 계속 이런 상태를 유지하는 것이 좋을지, 아니면 내가 내 입으로 교직원들에게 내 노력과 업적들을 이야기하는 것이 좋을지를 고민했다. 생각 끝에 교장 선생님은 후자를 택하기로 했다. 그 이유로서는 현재 상태로 학교 교직원들에 대해 섭섭하고 미워져가는 자신의 마음을 더 이상 방치해서는 안 된다는 생각을 한 것이다. 그까짓 거, 내가 좀 대범하지 못한 사람으로 보이면 어떤가. 내가 교직원들을 미워하는 마음을 고치는 것이 중요하지. 그렇게 생각을 한 것이다.

교장 선생님은 마침내 자신의 공적을 스스로 말하기로 했다. 그간 아무도 몰라주는 것 같아서 좀 섭섭했다는 말도 농담 반 진담 반으로 살짝 끼워 넣었다. 그 대신 대범하고 멋있다는 평가를 받는 것은 포기하기로 했다. 또 한 가지를 분명히 했다. 이러한 자신의 공치사는 전체 교직원이 모인 공식적인 자리에서 오늘 딱 한 차례만

하고 이후에는 절대 이런 이야기를 하지 않을 것이라고 했다.

3

교장 선생님의 판단은 지혜로웠다. 효과가 금방 나타났다. 교장 선생님의 말씀이 끝나자마자 박수가 터져 나왔다. 회의가 끝나고 사람들이 저마다 교장 선생님의 수고를 따뜻한 말로써 화답해주었다. 며칠 동안은 사람들이 교장 선생님을 만나면 인사처럼 교장 선생님의 수고에 감사의 언어를 표현해주었다. 교장 선생님의 마음에 자리 잡고 있던 섭섭함과 미움의 감정들이 서서히 씻겨 내려갔다. 다시 평명한 감정의 상태로 돌아와 학교 관리에 유쾌하게 전념할 수 있게 되었다. 무엇보다도 교직원들과 밝은 감정과 상쾌한 기분으로 소통을 할 수 있는 마음의 기조를 되찾을 수 있어서 좋았다.

이 대목에서 사실 교장 선생님과 같은 지혜를 발휘하기는 상당히 어렵다. 아마도 대부분의 사람들은 한편으로는 자신의 대범함을 강조하면서, 부하 직원들에 대한 섭섭함과 미움의 감정은 술자리 등 비공식적이고 사적인 자리에서 여과 없이 거칠게 나타낸다. 내가 대범해서 그런 이야기 안 하려고 했는데, 내 참 섭섭했다고, 나쁜 놈들…… 어쩌구저쩌구 하면서, 술자리가 있을 때마다 단골 메뉴처럼 이야기를 꺼내서, 나중에는 모르는 사람이 없게 되는, 매우 고약한 상황을 자초한다. 이렇게 되면 대범함은 대범함대로 상실하면서, 직원들과의 소통은 단절되고, 관계는 악화일로를 걷게 된다.

애초에 교장 선생님이 그렇게 집착하여 보여주고자 했던 '대범한 멋'이라는 것이 섭섭함을 솔직하게 털어놓고 마음의 미움을 없애는 것보다 더 가치 있는 것이라 할 수 있을까? 교장 선생님은 '연출된 멋'에 홀리지 아니하고 '우러나는 멋'의 경지를 체득하신 것이다. 아부를 싫어했다는 사장님 경우도 마찬가지이다. 진정으로 아부를 배척하는 철학을 실천했다기보다는, 아부를 싫어하는 '멋있는 사장 님'이라는 이미지에 집착한 것인지도 모른다.

현대는 이미지가 넘쳐나는 시대이다. 이미지는 보여줌으로써 멋과 매력을 극대화한다. 그럴듯한 멋진 모습들은 모조리 이미지로 전달되고, 대중매체는 그것을 열심히 매개한다. 이미지가 빚어내는 멋은 순간의 감성으로 전달되고 포착된다. 현대사회에서 사람들의 관계 또한 파편적이고 순간적이다. 그런 탓인지 현대인들은 누구나 자신의 멋을 '보여주는 이미지'로 연출하려 한다. 상업 자본들이 그런 욕구를 끊임없이 부채질한다.

그러니 리더십마저도 '멋있어 보이려는 성향'으로 흐른다. 더러는 '연출된 멋'에 '우러나는 멋'이 쫓기는 형국도 있다. 그러나 연출되는 멋은 일시적으로 매력을 발하지만, 우러나는 멋은 오래 향훈이 남는다. 그렇기 때문에 '연출되는 멋'은 '우러나는 멋'보다 한 수 아래이다. 그냥 자연스럽게 하는 것보다 더 나은 연출은 없다.

'빈말'은 비어 있는가

1

한 방송사가 최근 며느리 1,000명에게 시어머니에게 하는 흔한 거짓말이 무엇인지를 설문으로 물었더니, "어머니, 벌써 가시게요? 며칠 더 계시다 가세요."가 1위로 꼽혔다고 한다. 설문에서는 며느리의 이 말을 '거짓말'이라고 했지만, 나는 이것을 굳이 거짓말로 분류하고 싶지는 않다. 거짓말과는 좀 다른, '빈말'이라고 하고 싶다. 말에 별 악의가 없기 때문이다.

며느리가 빈말로 하는 인사를 듣는 시어머니들은 어떠한가. "너, 마음에도 없는 거짓말 말아라. 내가 네 소가지 모를 줄 알고?" 이런 시어머니는 없을 것이다. 만약 이렇게 말하는 시어머니가 있다면, 그런 이야말로 죽다 깨어나도 어른 노릇을 할 수 없다. 시어머니 노릇하기를 포기한 사람이나 이런 식으로 말을 한다.

빈말로 보살펴드리는 데에는 역시 빈말로 응대함이 자연스럽고 평화롭다. "네가 해주는 밥 먹고 있으니 날짜 가는 줄 모르겠다. 너무 편하고 좋구나. 마음 같아서는 더 있고 싶지만, 비라도 오면 고추 모종도 옮겨야 하고……. 내려갔다가 다음에 또 오마." 물론 이 또한 빈말이다. 비 온다는 예보도 없었고, 고추 모종은 꼭 시어머니가 해야 할 일도 아니다.

이런 빈말 응대를 지켜보고 있노라면, 빈말이 굳이 본마음 그 자체는 아니라 하더라도, 또 다른 차원의 미더움과 배려를 만들어내는 역할을 하고 있음을 엿보게 된다. 위와 같은 고부 간의 빈말 인사는 두 사람 사이의 탄탄한 심리적 안정의 틀을 만들어 낸다. 빈말 인사조차도 오갈 수 없는 고부 사이에는 갈등이 훨씬 고약한 구조로 드러난다. 빈말은 시어머니와 며느리 사이에 '미적(美的)인 거리'를 만들어내는 기제라고나 할까. 이것이 빈말의 매력이다.

2

여러 해째 나는 아침 일찍 올림픽공원에 걷기 운동을 나간다. 나무들 잘 둘러선 자리 좋은 곳마다 새벽잠 없는 할머니들이 삼삼오오 모여서 이야기를 나누기도 하고, 흘러간 유행가를 단체로 부르기도 한다. 더러 귓전으로 들려오는 할머니들 대화는 대개 며느리에 대한 못마땅함과 섭섭함을 토로하는 것이다. 시어머니 용심은 하늘이 낸다고 한 옛말도 있거니와, 그러려니 하고 생각하면 그런대로 이해도 간다. 지금의 며느리들도 나중에는 피해갈 수 없는 시어머니의 자리가 있을 것 아니겠는가. 그런데 그중 가장 흔하게 들을 수 있는 시어머니들의 불만은 바로 이런 말이다.

"빈말이라도 제 입으로 '어머니 한번 다녀가세요.' 그 소리 한번

하는 걸 못 봤어."

"손자들 노상 맡겨놓고서는 빈말이면 어때. '어머니 힘드시죠.' 그 말 한 마디를 못해요. 내가 인사 듣고 싶어서 그러는 게 아니야. 너무 정 없이 해. 말 한마디에 천 냥 빚을 갚는다는데, 어휴 속상해."

그렇다. 빈말이래도 좋다지 않는가. 그 빈말 한마디만 해주었어도 이렇게까지 섭섭하지는 않았을 것이라고 하지 않는가. 우연히 할머니들의 푸념을 들은 것이지만 젊은 며느리 세대인들 시어머니 쪽에서 베풀어주는 빈말에 대한 갈증이 왜 없겠는가. 그 아무것도 아닌 빈말을 왜 그렇게 못하는 것일까. 빈말을 그야말로 텅 비어 있는 말이고, 허언(虛言)이라고 생각한다면, 그것이야말로 꼭 막힌 생각인지 모른다. 오히려 빈말의 효용을 터득하지 못한 사람이야말로 자기중심의 사고 벽에 갇혀서 답답하게 소통하는 사람들이 아닐까.

3

실제로 있었다는 또 다른 이야기 하나. 경상북도 북부 지역의 어느 시골에 면장님이 새로 오셨는데, 그날 저녁 부면장님과 함께 인근 식당에 가셨다. 두 양반이 다 등심구이 고기를 좋아하셨단다. 그런데 고기 먹는 취향은 조금 달라서, 면장님은 바짝 다 구운 고기, 이른바 웰던(well-done)을 좋아하시고, 부면장님은 중간 정도 구운 고기(흔히 양식을 주문할 때, medium이라고 하는)를 좋아하셨단다. 불판에 고기를 올려놓고 고기를 먹기 시작하는데, 고기가 익을 만하면

'빈말'은 비어 있는가

부면장이 냉큼냉큼 먼저 다 집어 먹는 것이었다. 미디엄 상태의 고기를 좋아하는 부면장으로서는 굳이 다 익기를 기다릴 필요가 없었겠지. 면장은 참을성 있게 기다렸으나 좀체 기회가 오지 않았다. 고기는 제대로 익기도 전에 부면장이 다 먹어치우는 것 아닌가. 마침내 면장이 자리를 박차고 일어섰다.

"예끼! 여보게 혼자서 다 먹게나. 나 원 참!"

해프닝에 가까운 장면이지만, 어쩌다 이렇게 민망한 사태로까지 이르게 되었을까. 왕성한 식욕을 탓해야 할까. 아니면 부면장의 눈치 없음을 탓해야 할까. 이쯤에서 생각나는 텔레비전 라면 광고(CF) 하나가 떠오른다. 워낙 국민 전체가 인상 깊게 받아들였던 광고인지라, 세월이 한참 지났어도 범국민적 광고처럼 느껴진다. 다 끓여 놓은 라면 한 사발을 앞에 놓고, 코미디언 두 사람이 화면에 나와서, 얼굴 가득 먹고 싶은 표정이 번지면서도, 서로 라면 사발을 상대에게 권하면서 말로는 "형님 먼저" "아우 먼저"를 외치는 것이다. 진짜 마음은 내가 먹고 싶은데, 공연히 마음에 없는 말로 "형님 먼저" "아우 먼저"를 반복하는 것이다. 이것이야말로 빈말 인사의 가장 전형적인 장면이다.

분명히 빈말에도 힘이 있다. 앞 이야기에서 면장님과 부면장님은 빈말의 효용을 제대로 배우지 못한 것이다. 빈말로라도 "면장님 먼저 드시지요." "부면장 먼저 드시오." 이렇게 몇 번만 권유를 했더라면, 그렇게 낭패스러운 장면으로 한걸음에 치달았을까. 빈말 권유를 받는 동안에, 면장님은 '나는 익은 고기가 좋아서 좀 기다려야 합니다.'하고 아주 자연스럽게 자신의 입맛 취향을 말했을 것이다. 부면장 또한 빈말 권유에 얹혀서 이른바 미디엄으로 구운 고기를 좋아한다는 말을 어디쯤서 했을 것이다. 그렇게만 했더라도 그렇게 민망하지는 않은 소통의 가닥을 잡아 나갔을 것이다.

지하철 안에서 민망스러운 장면 가운데 하나가 빈자리를 서로 차지하려고 체면 돌아보지 않고 몸으로 또는 말로 다투는 장면이다. 그 다툼의 주인공이 젊은이와 늙은이일 경우에는 타고 있는 사람 모두가 민망하다 못해 어떤 수치감 같은 것이 느껴진다. '젊은이가 어른 공경할 줄 모른다.'고 '어디서 그런 버르장머리 배웠느냐?'고 거품 품고 일장 훈시를 하는 늙은 양반의 모습도 각박해 보이기는 마찬가지이고, '여기가 당신 안방이냐. 누구를 훈계하느냐. 그렇게 대접받고 싶으면 자가용 타고 다니시지 지하철 왜 타느냐.'고 바락바락 대드는 젊은이의 말대꾸를 듣노라면 무언가가 와르르 무너져 내리는 황폐감을 나만 느끼는 것은 아닐 것이다.

모두가 빈말을 우리 생활에서 추방했기 때문에 생기는 일들이다. 내가 앉아 가고 싶은 생각이 굴뚝같지만, 빈말 한번 하는 것이다. "할아버지 여기 앉으시지요." "아가씨 먼저 앉으세요." "아저씨 앉으세요." "젊은이 나는 곧 내리니 앉으시게." 이렇게 빈말이라도 해보는 것이다. 상대 또한 빈말로 한 번쯤 사양을 해주면 속된 말로 참 그림이 좋다. 물론 상대가 냉큼 앉아버렸을 때의 허탈한 상실감이 있을 수도 있다. 그 야속함이란 내가 한 말이 빈말이기 때문에 그런 것이다. 그렇기는 해도 그런 빈말 덕에 앞의 장면처럼, 막 사는 사람들처럼 망가지지는 않는다. 이것이 소위 자존심의 영역이다.

4

빈말은 그냥 텅 비어 있는 말이 아니다. 딱히 거짓말이라고는 할 수 없지만, 그다지 마음에 담고 있지는 않지만, 상대를 생각해서 굳이 말로 표현해주어야 하는 것이 있다. 이걸 그냥 정직과 부정직의 단순 이분법으로, 정직하지 못한 말이라고 딱지를 붙여버리지 말 일이다. 사람 살면서 상대방에게 말 붙이는 일에 숨어 있는 소통의 지혜를 허망하게 놓쳐버린다. 이 대목에서 빈말의 심리학이 가능하다.

마음에 넘치는 진정됨이 꽉 차 있어서만 말을 하는 것은 아니다. 마음에 없어도 상대를 배려하고 상대와 나의 관계가 소중하게 이어지기를 바라는 뜻을 깔고서 하는 말이 빈말이다. 빈말의 반대말을 굳이 만들라고 한다면 '찬 말'이 되겠으나, 이런 말이 실제로는 쓰이지 않는다. 그런데 '빈말'이라는 말은 쓰인다. 어떤 말이 실제로 쓰인다는 것은 그 말의 기능이나 값이 그 나름대로 사람살이에서 인정된다고 보면 틀림없다. 그런데 빈말의 묘미는 생각해볼수록 오묘하다. 사람 사는 세상이 오묘하다는 것이리라. '빈말의 사회학'이 가능해진다.

빈말의 효용을 옛사람들은 "미운 놈 떡 하나 더 준다."는 속담으로 이미 지혜롭게 터득하였다. 문제아들에게 다가가는 교육적 노력이 "미운 놈 떡 하나 더 준다."는 이치로 시작하는 것 아니겠는가. 이걸 일상에서 실천해보라. 만만치 아니한 인내심과 인간적 수양이 필요함을 금방 느낄 수 있다. 여기쯤에 도달하면 '빈말'은 산처럼 큰 화두로 다가온다.

'비어 있음'의 가치를 아는 것은 인식론의 고매한 영역이다. 모든 형상들은 그 안의 비어 있는 것들로 인하여 비로소 그 보이는 실체를 드러낸다. 내부의 비어 있는 허공이 없이는 어떤 청자 백자도 그 아름다운 형상의 미를 연출해낼 수 없다. 말의 작용 또한 그러하다. 빈말 안에 가득 차 있는 지혜들을 볼 수 있으면 좋으련만.

이별의 기술

1

김 교수는 '참 괜찮은' 사람이었다. 음악교육을 전공한 그녀는 영민하기도 하였지만 곱기도 하였다. 맑은 품성에 인간미 또한 소박하고 친근하여 동료 교수들 모두가 그녀를 좋아했다. 30대 후반인 그녀는 작고 가녀린 풍모였지만, 소중하다고 판단하는 일에는 누구도 따라올 수 없는 굳센 의욕으로 몰두하여 주변을 놀라게도 하였다. 사람들이 모여서 담소하는 자리에는 그녀로 인해서 따스함이 묻어났고 웅숭깊은 그녀의 속뜻에 사람들은 오래도록 고마움을 느끼기도 했다.

그런데 그녀에게 암이란 몹쓸 병이 찾아왔다. 학자로서는 한창 젊은 나이이었다. 이 어렵고도 부조리한 상황에 대해서 우리는 분노하고 개탄하고 어이없어했다. 그 분노와 개탄의 에너지가 상달된 탓일까. 그녀는 일 년 가까운 기간을 잘 투병하여 새봄에 다시 학교로 돌아왔다. 우리는 쾌재(快哉)의 갈채를 보냈다. 그녀와 다시 함께 보낼 수 있게 된 시간에 대해서, 그리고 여전한 감동을 주는 그녀에 대해서 축복과 감사의 마음을 깊이 느끼고 화창하게 전했다.

그러기를 잠시, 그해 가을 그녀에게 그 병이 재발하였다는 소식이 전해져 왔다. 누구도 말을 하지는 않았지만 짙은 두려움이 우리들 마음을 눌렀다. 정작 본인은 얼마나 고통스럽고 절망했을까. 병상의 그녀에게 다가가는 일은 쉽게 허용되지 않았으므로 우리는 그녀의 고통과 절망의 구체적 모습을 보지는 못했다. 마음에서 상상으로 그녀의 고통을 떠올리는 것만으로도 우리가 더 두려웠다.

그녀의 병이 깊어갈수록, 우리들 안타까움이 짙게 배어들수록, 애써 그녀를 떠올리는 것이 아프고 두려웠다. 이별에 대한 두려움에서 비켜서 있고 싶은 마음이리라. 무어라 할 말이 하나도 없는 정황! 죽음 아닌 이별이면 좀 나을까. 아니 오히려 죽음이 갈라놓는 이별이므로, 무슨 말이든 다가가 전해야 하는 것 아닌가. 우리들 어정쩡한 사람들이 이별하는 방식은 이렇게 맥없이 애매하고 모호하다.

이듬해 늦은 봄 그녀는 세상을 떠났다. 영결식 유가족 자리에는 그녀의 어린 딸아이가 있었다. 여섯 살이나 되었을까. 눈망울을 아래로 내리고 슬프게 앉아 있었다. 딸아이는 엄마만큼 귀엽고 반듯했다. 그 어린 상주가 사람들의 슬픔을 더욱 불러일으켰다. 저 아이를 두고 어떻게 떠날 수가 있었을까. 이 장면을 쳐다보는 것만으로도 가슴이 미어지는데, 그녀가 감당할 수밖에 없는 슬픔은 어떠했을까. 이 이별을 그녀는 수백 번도 더 예감하고 떠올렸을 것 아니겠는가.

2

김 교수가 '참 괜찮은 사람'이라는 것을 진정으로 알게 된 것은 그로부터 얼마 뒤이다. 장례를 다 마친 후 인사차 학교를 방문한 유가족들로부터 나온 이야기가 오래도록 감동의 여운을 남긴다. 그녀는 죽음을 예감하는 절망의 병상에서 여러 수십 통의 편지를 딸에게 남겼다. 어떤 편지는 딸아이가 초등학교를 졸업할 때 읽도록 준비했고, 어떤 편지는 딸아이가 대학에 입학했을 때 읽도록 했고, 어떤 편지는 사랑하는 사람을 만났을 때 읽도록 했다. 아기를 낳았을 때 읽도록 준비한 편지도 있었단다. 그런가 하면 딸이 외로울 때를 위해 읽도록 남긴 편지도 있었고, 혹시나 병고에 시달릴 때를 위해 남긴 편지도 있었단다.

그렇듯 슬픈 이별을 이토록 아름다운 감동으로 승화시키다니 참으로 그녀가 위대해 보였다. 슬픔의 힘으로 단단하게 희망과 사랑의 메시지를 빚어내는 이 아득히 높고 빛나는 정신의 작용 때문에 사람만큼 아름다운 존재는 이 세상에 없다는 생각을 나는 다시 했다. 이별은 쓸데없는 눈물을 쏟아놓게 하고, 사랑을 깨치게 하는 것이라는 것을 알기 때문에 슬픔을 희망으로 이끌어올리려고 하는 그녀의 모습이 떠오른다. 나는 그때까지 그냥 추상적 관념으로만 되뇌고 있던 만해 한용운의 시 「님의 침묵」 한 구절이 아주 또렷한 구상으로 확인되어 내 가슴 안에 살아나는 느낌을 받았다.

> 이별을 쓸데없는 눈물의 원천을 만들고 마는 것은
> 스스로 사랑을 깨치는 것인 줄 아는 까닭에
> 걷잡을 수 없는 슬픔의 힘을 옮겨서

새 희망의 정수박이에 들어부었습니다
우리는 만날 때에 떠날 것을 염려하는 것과 같이
떠날 때에 다시 만날 것을 믿습니다.

이 대목이 김 교수의 마음에 해당하는 것일 수도 있겠다는 생각이 들었다. 이는 물론 만해 시인의 의도와는 무관한 순전히 내 일방의 적용이다. 그러나 내게는 이 일과 더불어 이 시의 해석이 내 안으로 구체적으로 다가와 심상의 자리 하나를 차지하였다. 다음의 대목은 그녀의 딸아이를 비롯하여 남아 있는 우리들의 마음에 호응하는 것이라 생각되었다.

아아 님은 갔지마는 나는 님을 보내지 아니하였습니다
제 곡조를 못 이기는 사랑의 노래는 님의 침묵을 휩싸고 돕니다.

김 교수가 간 지도 10년이 되었다. 이쁜 여섯 살 딸도 이제는 열여섯 아름다운 처녀로 성장해 있겠다. "님은 갔지마는 나는 님을 보내지 않았다"는 느낌은 우리들 가슴에도 살아 있다. 영원한 이별의 길을 떠난 엄마로부터 삶에 대한 희망의 메시지를 수십 통 편지로 받으면서 자라가는 그녀의 딸에게는 더욱 또렷한 다짐으로 이렇게 마음에 살아 있을 것이다.

"엄마는 가셨지만 저는 엄마를 보내지 않았어요."

3

송구영신(送舊迎新)을 하는 즈음이다. 송구영신! 이것도 일종의 이별이다. 오래 지내온 것을 보내고 새것을 맞이하는 것이기 때문이다. 그러나 이 송구영신의 이별도 짙은 인과의 섭리에 같이 묶여 있음으로 보는 것이 지혜로운 태도이다. '송구(送舊)'와 '영신(迎新)'이 '송구영신(送舊迎新)'으로 붙어서 다니는 것은, 이 둘이 사실은 같은 것임을 보여주는 것이다. 송구의 끝단인 12월 31일 24시와 영신의 발단인 1월 1일 0시는 같은 시각이고 긴밀하게 붙어 있다. 달이니 날이니 시(時)니 하는 것은 그야말로 인위적으로 설정해둔 것일 뿐, 이 둘은 긴밀하게 연속되어 있는 것임을 부정하기는 어렵다.

오래 지내온 것을 보내거나 그것과 헤어지는 일은 새것을 맞이하자면 반드시 해야 하는 일이다. 잘 보내지 못하면 잘 맞이할 수도 없다. 보내고 헤어지는 모습은 사람의 성숙을 가장 여실하게 보여주는 대목이다. 그래서 헤어짐에는 깊은 배려와 강한 절제가 지혜로 스며들어야 한다.

우리는 헤어지는 데에 얼마만 한 지혜를 잉태하는가. 그 '지혜'라는 것이 너무 무겁게 다가온다면, 조금은 가볍게 '이별의 기술'이라고 명명해볼까. 그러면서도 오해가 따를까 염려가 된다. 요즘 세상에 유행하는 기술 중에는 '작업의 기술' 같은 초경박의 기술들이 만연해 있는데, 그것과 같은 부류로 '이별의 기술'을 생각하면 어떻게 하나 하는 불안이 그것이다.

이별의 기술이라는 것이 무엇이겠는가. 잘 보내어주는 것이다.

아니 보내는 쪽과 보내어지는 쪽이 달리 구분되어 있다고 생각하는 그 자체가 일종의 고정관념인지 모른다. 이별은 동등하다. 누가 누구를 보낸단 말인가. 내가 아무개를 보내는 순간 나 또한 그에 의해서 보내지는 것이다. 죽음으로 갈라서는 이별의 경우도 그 점에서는 마찬가지이다. 다만 우리들의 착시 현상으로 이 점을 잘 보지 못할 뿐이다. 이는 마치 '송구'와 '영신'이 동등하면서, 같은 현상으로 연속되거나 묶이어 있음과 같은 이치이다.

그런데 요즘 세상에는, 두 사람이 헤어지는데 실제로는 한 사람만이 이별의 경험을 한다고 생각하는 풍조가 아주 없지는 않은 듯하다. 이별은 너의 고통일 뿐 나에게는 불가피한 사정일 뿐이야. 이렇게 생각하는 경향이 있다는 것이다. 이것은 대체로 경박한 연애 풍조가 만들어낸 것이 분명하다. 새 애인이 생기면 옛날 애인을 큰 탈 없이 떨쳐내어 버리는 정도를 '이별의 기술'로 생각하지는 않는지 모르겠다. 그래서 연애를 '작업의 기술'로 작정하고 달려들다 보니 이별 또한 '천박한 기교'로 취급된다.

다시 묻는다. 이별의 기술이란 무엇이겠는가. 이별을 유별난 기술이라 생각하지 않음이 중요하다. 그러니 이렇게 생각해야 할 것이다. 이별도 일상 겪는 범상한 일의 한 가지 일일 뿐이다. 그러므로 여전히 나에게 성실하고, 여전히 상대에게 배려하고, 여전히 내가 지어온 관계들에 감사하며, 그렇게 이별을 할 일이다. 그러나 이처럼 쉬운 말임에도, 실제로 당하여 행하기에는 이보다 더 어려운 일이 세상에 어디에 있을 것인가.

드릴 말씀이 없습니다

1

국립국어원이 편한 『우리말의 예절』이라는 책에는, 상가(喪家)의 상주(喪主)에게 문상(問喪)할 때 인사말 표준으로 다음과 같은 것들을 권장하고 있다. "얼마나 망극하십니까?" "상사 말씀이 웬 말씀이십니까?" "상을 당하여 얼마나 애통하시겠습니까?" 그런데 이런 말이 너무 딱딱하고 옛날 투로 느껴져서 부자연스러울 때가 있다. 그럴 때는 흔히 일상에서 하는 인사 말투로 "얼마나 슬프십니까?" "정말 훌륭한 분이셨는데, 참으로 뜻밖입니다." "너무 상심하지 말고 뒷일을 잘 보살피십시오."라고 말할 것을 권유한다.

또 그렇게 한마디만 불쑥 던지는 것이 너무 형식적이라고 생각된다면, 문상하는 이가 상사(喪事)에 대해서 두루 관심을 표명하고 함께 염려한다는 마음을 전하는 말로서 몇 마디를 덧붙여도 좋다고 한다. 이를테면 "장지는 어디로 정하셨습니까?" "춘추는 얼마나 되셨습니까?"라는 말을 쓸 수 있다고 밝히고 있다.

상주 또한 문상객의 문상 인사를 듣고 답을 해야 하는데, 『우리

말의 예절』에서는 "망극하기 한이 없습니다." "망극합니다." 하는 말들을 소개하면서, 이들이 부모상을 당한 상주의 말로 가장 일반적인 것이라 한다. 상주의 답례 말은 장황하기보다는 짧은 것이 좋다고 본 것이다. 효를 중시하던 전통 속에서 효의 사상이 비치는 상주의 말도 물론 있다. 즉 상주는 죄인이라는 심정을 담아내는 상주의 말로는, "저희들이 잘 섬겨드리지 못하고 불효막심하여 이런 일을 당하였습니다. 죄송합니다." "돌연히 상사를 당하여 효성 있게 해드리지 못해 불효의 죄 크옵니다." 같은 것들이 소개되어 있다.

그런데 막상 초상집을 찾았을 때 이런 문상 인사의 말들이 입에서 술술 떨어지지 않는다. 상사에 부닥쳐서 이런 인사들이 자연스레 몸에 배려면 본인이 상사를 직접 당해보기도 하고, 다른 상사에 여러 번 문상을 가본 경험이 쌓여야 한다. 그리하여 사람 죽는 일이나, 그 일을 위로하는 일이나 모두 인간 일상의 소통에 해당되는 것이라는 점을 터득하는 어느 지점에서 비로소 자연스러워진다. 이지점이란 것이 무엇이겠는가. 한국 사회에서 살아가기 위한 언어문화의 문법을 터득하는 지점일 것이다.

오랜 불치의 병으로 자리를 보전하고 있던 고령의 환자가 세상을 뜨면, 문상 인사에도 달리 마음의 어려움이 없다. 이미 이전부터 죽음이 예고되어 상주나 문상객이나 마음의 준비를 하고 있던 상황이기 때문이다. 문상 인사는 마치 잘 준비된 매뉴얼(technical manual)처럼, 격식 갖추어 품위 있게 연출될 수 있다. 문화가 형식으로 드러나는 장면이라 하겠다. 언어문화의 이러한 소통으로 인해 인간 세상의 질서와 상징이 만들어진다. 물론 언어문화의 형식만 지나치게 부각되어, 문상 인사 본연의 심정을 밀쳐내게 되면, 그것은 한갓 언어의 상투성으로 전락할 것이다.

2

그런데 상사도 상사 나름이다. 인생이 구만 리 같은 자식의 죽음 앞에 참담한 고통을 가슴 터지듯 안고 있는 상가에는 어떤 문상의 말이 좋단 말인가. 청천벽력과도 같은 교통사고로 신혼의 아내를 잃고 충격 속에 빠져 있는 사람에게 어떤 문상 인사를 전해야 하나? 슬픔으로 몸을 가누지 못하는 상주 앞에서 문상객 또한 망연자실하게 우두커니 서 있다가 나올 뿐이다. 무어라 위로랍시고 말을 머금어보아도 그저 입안에서 우물거리는, 말이랄 수도 없는 뜻이랄 수도 없는, 어정쩡한 상태로 처리되는 것이 고작이다.

참으로 비참한 상사를 당한 상가에 문상을 가면, 특별히 준비하여 속이 가득 찬 말을 한다는 것이 가당치 않다는 것을 온 가슴으로 느낄 때가 있다. 말이 설 자리가 아님을 그렇게 저리게 느끼게 하는 장면이 있을까.

이런 경우 "드릴 말씀이 없습니다." 하고 고개를 숙이는 것이 그나마 말이 마음에 다가가는 최소한의 표현이라 할지도 모르겠다. 말로써 따라잡기에는 어림도 없는 심정의 처절함과 상황의 엄중함을 말로써 나타내자니 기껏 "무어라 드릴 말씀이 없습니다."라는 표현이 만들어지는 것 아니겠는가. 1987년 민주화 투쟁의 소용돌이 가운데 분하고 억울하게 젊은 아들을 잃어버린 고 박종철 군의 아버지가 했던 말이 생각난다. "철아, 아부지는 아무 할 말이 없데이." 말로써는 도무지 감당하지 못하는 심정의 극한인 것이다. 심신이 다 소진한 극한에서는 언어가 설 자리가 없다.

누가 누구를 억압적으로 간섭하여 개인의 소통을 방해하는 시대는 지나갔다. 지금이야말로 왕성하고 자유로운 소통이 사람들의 생활 리듬을 장악하고 있다. 말의 시장에는 온갖 말들이 번다하게 누비고 다닌다. 또 그러한 언어생활을 권장하는 세태이다. 말 못 하고 살아서는 절대로 안 된다는 새로운 계몽주의가 등장했다는 착각에 빠질 때도 있다. 경영이니 마케팅이니 하는 영역에서는 말로써 모든 해결방법에 도달하는 기술들이 속속 개발된다. 상담, 컨설팅, 대인관계, 홍보, 소통, 토론 등등의 말이 이 시대를 설명하는 키워드로 등장하고 있다. 마치 언어 중심 사회를 새롭게 맞이하는 듯하다.

한때 폭력으로 안 될 것이 없다는 반민주의 시대를 겪은 우리로서는 말로써 안 되는 것이 없다는 것을 보여주려는 시대가 반갑고 좋다. 그러나 말로써 미치지 못하는 인간의 정신의 영역이 있다는 것을 혹시라도 현대인들이 놓치고 있지는 않는지 모르겠다. 말로써 안 되는 것이 있음을 앎으로써 비로소 높은 수준의 소통 안목에 이르는 것 아닌가 하는 생각에 든다.

3

라디오 방송 프로그램에 출연한 혼성 보컬 '신촌블루스'의 한 여가수가 요즘의 대중음악에 대해서 말하는 것을 우연히 들었다.

"요즘 일부 대중음악은 청중의 환호성은 큰데, 그 환호만큼 감동은 없는 것 같다."

나는 왠지 이 말에 공감이 갔다. 환호와 감동이 어긋난다는 것은 무얼 말하는 걸까. 노래든 공연이든 가수의 외모이든 음악적 퍼포먼스의 바깥 외양 수식은 눈길을 끄는데, 막상 음악 자체의 메시지가 마음 깊숙한 곳을 울려주는 점은 약하다는 뜻 아닐까, 내가 그런 식으로 생각하는 동안 사회자 배철수 씨도 나와 비슷한 생각으로 여가수의 진술에 동의를 표했다.

나는 현대인의 화술에도 그런 점이 많다고 생각한다. 대중음악인들 소통이라는 측면에서는 사람들의 일상 소통과 그 본질이 다를 바 없을 것이다. 극진한 마음의 경지를 전하여 느끼게 하는 데에는, 다채롭게 의도한 기교적 장치들이 오히려 방해가 될 때가 있는 것이다. 음악 공연의 모든 요소를 화려하고 요란하게 장식하여 시선을 끌기는 하지만, 그것만으로는 다가가지 못하는 어떤 진정성의 영역이 있을 터인데, 그것을 우리 대중음악이 소홀히 한다는 뜻이라 생각된다.

이쯤에서 노자의 지혜에 기대어보기로 한다. 『노자 도덕경』 45장에는 "대교약졸(大巧若拙) 대변약눌(大辯若訥)"이란 말이 나온다. 노자 해석이 간단치는 않지만 상식의 수준에서 풀어보면 이렇다. '대교약졸'이란 재주가 크게 뛰어난 것은 오히려 재주가 모자란 것과 같다는 말이다. 재주가 뛰어난 사람은 오히려 어수룩하게 보인다는 뜻으로도 쓴다. '대변약눌'은 아주 뛰어나게 말을 잘하는 것은 말을 더듬거리는 것과 같다는 말이다. 또 다른 해석으로는 "최고의 웅변은 더듬는 듯하다."는 뜻으로도 통한다.

말이란 알고 보면 모순과 결함이 많은 도구이다. 그저 그보다 더 나은 연장을 인류가 발명하지 못했으므로 최선의 도구가 아닌, 차선의 도구로, 부족한 채로 사용할 뿐이다. 말의 효용을 지나치게 과신하면 반드시 어려운 경지를 자초하게 된다. 그러므로 말을 잘한다는 것을 너무 믿을 일이 아니다. 교묘한 것이 오히려 결함이 있고 거친 것보다 못하지 않다 하지 않았는가. 소통제일주의 언어만능주의에서 경계해야 할 것이 바로 그것이다. 소통을 위한 소통, 말하기를 위한 말하기는 결국은 일류 아닌 이류의 소통과 말기술에 머물 뿐이다.

우리들 마음 안에 도(道)의 경지가 있다면, 그리고 그 도의 경지란 쉽사리 얻어서 유지되는 것이 아니라면, 그래서 의식하는 순간에 사라지고 마는 것이라면, 그러한 도는 필시 말로써는 감당이 되지 않는 그런 영역이 아닐까. 망극한 슬픔이나 분노 그 자체가 도의 구경(究竟)이라고 할 수는 없겠지만, 그런 심정의 극한 경지를 통해 사람의 마음이 언어를 넘어선, 저편의 어떤 자리에 잠시 머물 수 있다면, 그것이 도에 다가간 경지가 아닐까.

이 대목에서 다시 『노자 도덕경』의 첫 구절 "도가도 비상도(道可道非常道)"를 떠올리게 된다. '도를 말해버리면 이미 도가 아니다.'라는 뜻이라 했던가. '말로 형상화된 도는 늘 그러한 원래의 도가 아니다.'라는 뜻이라 했던가. 이렇게 짚어보는 것 역시 도를 말로써 체포하려는 어리석음에 불과한 것 아닌지 모르겠다.

265

표정에 관하여

1

표정은 한 사람이 살아 있음을 증명하는 가장 섬세하고도 역동적인 증거이다. 이때 살아 있다는 것은 생물학적 살아 있음이기도 하지만, 더 정확하게는 한 인간이 소통적 존재로서 살아 있음을 증거한다는 말이 더 적실하겠다. 완전무결하게 표정이 없는 얼굴은 죽은 사람의 얼굴이다. 그러므로 한 인간의 실존을 가장 정밀한 시간의 틈새에서 가장 구체적으로, 그리고 가장 상황적으로 보여주는 것으로 '표정'보다 앞서는 것은 없다. 말이 중요하다고는 해도, 표정과 동떨어져 있는 말은 그냥 '언어의 형식', 그 자체일 뿐이다. 말을 죽여놓는 것도 표정의 힘이고, 그것을 제대로 살려놓는 것도 표정의 힘이다.

"마흔 살 이후의 얼굴은 자기 자신의 책임"이라는 링컨의 어록을 우리는 기억한다. 이때의 '얼굴'이란 무엇일까. 눈이나 코나 입의 생김새나 위치를 말하는 것은 아니리라. 다시 말해서 잘생기고 못생기고를 논하려고 남긴 어록은 아닐 것이다. 그 사람만이 자주 지어내는 미묘 섬세한 표정의 역동성이 그 사람의 얼굴 정체성을 만들어내는 것인데, 우리가 어떤 친구를 특정의 인상으로 떠올리는 것은 바로 그 친구가 지어내던 표정의 전형성을 기억해내는 것을 말한다. 그런데 표정은 그냥 얼굴의 동적 형상(動的形象)에 불과한 것이 아니다. 표정은 마음의 심연에 한없이 그윽하게 연결되어 있는 그 무엇이다.

그렇다면 그 '표정'이란 도대체 무엇인가. 주자(朱子)는 인간의 심리 현상을 성(性)과 정(情)으로 나누어 설명한다. 즉 인간의 본성[性]이 발(發)하여 구체적으로 나타나는 것을 정(情)이라 하였다. 기쁘고, 슬프고, 사랑하고, 미워하고, 노하고, 즐거워하는 것 등이 '정'이고, 이것이 아직 발동하지 않은 상태로 있는 것을 인간의 본성, 즉 성(性)이라 하였다. 따라서 우리의 마음은 본성과, 그것의 작용으로 나타나는 정이라는 현상으로 설명될 수 있다. 이럴 경우의 정이란, 단순히 감정이라 일컫는 것보다는 다소 넓은 개념이다. 표정(表情)이란 이러한 정이 얼굴 표면으로 표상되는 것을 말한다.

2

탈근대의 사회가 이성 못지않게 감성의 중요성을 인식하면서, 표정은 제2의 언어라 할 정도로 소통의 중요한 변수가 되고 있다. 이성적 메시지조차도 '표정의 힘'을 무시하고서 효과적인 전달을 보장받기 어렵다. 사람들은 상대의 표정을 먼저 지각하고 그 후에 말을 듣는 경우도 많다. 텔레비전 토론에 나오는 패널들의 표정을 보면 각양각색이다. 특히 상대의 견해에 대해서 반박하는 말을 하려고 할 때, 화난 표정을 짓는 사람들이 있는가 하면, 그런 거북한 이야기를 꺼낼 때 가벼운 웃음을 먼저 표정에 띠는 사람도 있다.

내 개인적인 선호로 말하라면 나는 후자의 방식을 지지한다. 토론이든 대화이든 화난 표정을 일단 드러내기 시작하면, 생각이나 메시지를 평명하게 전달하기 어렵다. 우선 말하는 내가 어떤 감정에 사로잡혀서 평상심을 잃는다. 표정이란 마음속 감정의 기운을 상대에게 얼굴로 드러낸 것이기 때문에, 상대방 또한 불필요한 긴장을 하지 않을 수 없다. 그렇게 되면 토론과 대화는 제대로 흘러가지 못하고 감정의 난기류에 휩싸이게 된다.

생각해보면 웃는 표정을 짓는다고 반론을 제기하지 못하라는 법은 없다. 웃는 표정과 더불어서 제기하는 반론이나 반박은 오래도록 울림을 가지고 살아남는다. 무엇보다도 성난 표정으로 상대를 닦달하듯이 반대 의견을 피력하는 패널은 상대 패널에게는 물론이고, 그 토론을 지켜보는 사람들에게도 불필요하고 불쾌한 긴장을 안겨준다. 마치 토론에 참여한 목적이 상대에게 모욕을 주어 민망함을 안기려는 데에 있는 것같이 표정을 짓는 사람도 있다. 그것은 단순한 민망함으로 그치지 않는다. 무어라 설명할 수 없는 심리적 공해를 일으킨다. 보는 사람 모두에게 마음의 불편함을 가져다준다. 이런 장면이 교양과 식견을 갖추었다는 명사들의 TV 토론에서도 자주 연출된다. 나는 이런 토론은 조용히 채널을 돌려버린다.

3

　표정의 양극단에는 각각 '호들갑스러움'과 '무표정'이 있다. 무엇이든 극단에 치우치지 않고, 중용을 취하는 것이 지혜일진대, 표정 또한 예외가 아니리라. 그래서 양극단의 표정, 그 중간에 있는 모나리자의 표정이 풍부한 해석과 그 모호함의 미학을 견지하고 있는 것은 어쩌면 당연한 것인지도 모른다.

　호들갑스러운 표정은 본마음과 다른, 지어낸 표정일 가능성이 크다. 예로부터 남의 비위를 맞추려고 일부러 꾸미는 얼굴빛 표정[表情]을 '영색(令色)'이라 하여 경계하였다. 이런 표정에는 반드시 '교묘하게 꾸며대는 말[巧言]'이 꼭 함께 따라오게 되어 있어서, 사람들이 속아 넘어가기 쉽다. 그러나 호들갑스러움을 무조건 폄하할 일은 아니다. 표정에 변화감이 있어서 주변 사람들에게 밝고 명랑한 분위기를 선사할 수 있다면 그 나름의 순기능이 있다고 해야 할 것이다. 문제는 그 다채롭고 변화감 있는 표정을 만들어내는 본마음이 얼마나 인간적 진정을 담고 있느냐 하는 데 있을 것이다. 다양한 생활 리듬과 개성적 삶을 추구하는 현대인들에게는 이런 종류의 표정이 대중적 매력으로 부상하기도 한다.

　대중문화 시대의 인기 연예인 중에는 이런 표정을 자신의 상징 캐릭터로 삼기도 한다. 노홍철의 믿지 않은 호들갑이 그 전형에 속할 것이고, 개그맨 유재석의 표정도 다채롭기 그지없다. 텔레비전에 나오는 대부분의 현장 리포터들이 '호들갑스러움의 표정'으로 안방 시청자들을 찾아간다. 그 다채로운 표정 구사력에 힘입어 대중의 인기를 흡수해가는 것이다.

'천의 얼굴을 가졌다'는 말을, 더할 수 없는 찬사로 여기는 사람이 배우들이다. 표정의 다채로움을 보여주었던 배우로는 안성기, 박중훈, 사미자, 김희애 등의 얼굴이 떠오른다. 조금 달리 보면 정치인 또한 이런 범주에서 멀리 떨어져 있지 않다. 국민과 소통하는 정치적 상황에 따라 표정의 유연함을 다채롭게 보여주는 인상적인 얼굴로는 배우 출신 레이건 대통령이 떠오르고, 노무현 대통령도 표정이 역동적이었던 분이다. 그러나 대부분의 정치인들은 이보다는 오히려 표정을 감추고 있는, 포커페이스의 표정 코드에 더 가깝게 닿아 있다 해야 할 것이다.

표정의 한쪽 극단에 '무표정'이 있다. 표정이 없다는 것은 감정이 없다는 것이다. 물론 의도적인 무표정, 즉 속마음을 들키지 않으려고 하는 무표정은 그 나름의 노력이 개재되어 있어서, 일말의 연민이 아니 가는 것도 아니다. 때로는 기쁜 감정도 애써 숨겨야 할 때가 있다. 나의 기쁨이 이웃의 슬픔이 되는 경우이다. 오죽하면 '표정 관리'라는 말이 생겨났겠는가. 더 아이러니한 것은 슬퍼도 기쁜 표정을 지어야 하는 경우이다. 현대인들이 일하는 대부분의 서비스 영역에서는 표정이 무형의 재화 가치를 발휘하기 때문이다. 친절의 표정을 달고 일해야 하는 백화점 점원 아가씨들은 정말 슬픈 날에는 어떤 표정으로 지낼까.

'무표정'은 현대 사회의 병리 현상을 극명하게 보여주는 것이다. 정신의 활력을 잃은 사람들은 무표정하다. 감당할 수 없는 정신적 충격으로 실성한 사람이 보여주는 표정도 무표정이다. 현대인들이 조금씩 무표정 성향으로 변해가는 것은 그만큼 정신의 활력을 놓치고 있다는 증거이리라. 사정이 이러하니 '호들갑스런 표정'이 대중 사회에 인기 있는 아이콘으로 떠오를 수밖에 없기도 하겠다. 대지진으로 엄청난 상실과 절망에 직면한 아이티 사람들의 얼굴에는 분노와 공포도 잠시일 뿐 이제는 무표정이 넘쳐난다. '실존의 실종'을 보는 듯하다.

4

이 글을 쓰기 위해 주변 사람들과 표정에 관한 이야기를 많이 나누었다. 누군가 나에게 "당신은 어떤 표정을 좋아하십니까?" 하고 물었다. 또 어떤 이는 "가장 한국적인 표정은 어떤 표정으로 보십니까?" 하고 물었다. 그 자리에서는 마땅히 대답할 말을 찾지 못했다. 이 글을 다 쓸 즈음에서야 마침내 내가 좋아하는 가장 한국적인 표정을 떠올릴 수 있게 되었다. 우선 다음 시 한 편을 함께 읽어야 내가 좋아하는 한국적인 표정을 설명할 수 있을 것 같다.

> 나는 북관(北關)에 혼자 앓아누워서
> 어느 아침 의원을 뵈이었다
> 의원은 여래(如來) 같은 상을 하고
> 관공(關公)의 수염을 드리워서
> 먼 옛적 어느 나라 신선 같은데
> 새끼손톱 길게 돋은 손을 내어
> 묵묵하니 한참 맥을 짚더니

문득 물어 고향이 어데냐 한다

평안도 정주라는 곳이라 한즉

그러면 아무개씨 고향이란다

그러면 아무개씰 아느냐 한즉

의원은 빙긋이 웃음을 띠고

막역지간(莫逆之間)이라며 수염을 쓴다

나는 아버지로 섬기는 이라 한즉

의원은 또다시 넌즈시 웃고

말없이 팔을 잡아 맥을 보는데

손길은 따스하고 부드러워

고향도 아버지도 아버지의 친구도 다 있었다.

— 백석, 「고향」

이 시는 타관객지를 혼자 떠돌며 외롭게 앓던 시인이 어느 의원을 찾아가는 장면으로 시작된다. 이 시에 나오는 의원의 표정을 구체적으로 떠올려볼 수 있겠는가. 딱히 어떤 표정을 확실하게 보여주는 것 같지도 않다. 그런데도 나는 시의 후반 대목에 나오는 의원의 표정이 참 좋다. 어지간히 한국적이고, 그래서 오래 잔상으로 울려 남는다. 나는 이 의원의 표정이 참 좋다.

귀신 이야기

1

　　육군 보병학교에서 유격 특공 훈련을 받던 때의 일이다. 비정규전 상황에서 산악 루트를 이용하여 적진을 수색 침투해서 목표를 타격 섬멸하고, 적진에서 잡히지 않고 탈출해 와야 하는 훈련이었으므로 훈련의 강도가 매우 높았다. 산악구보와 특공무술, 참호격투, 도피 탈출 등 훈련의 전 과정이 고도의 긴장과 더불어 정신력과 체력 그리고 담력을 요하는 것이었다. 작은 실수조차도 용납되지 않아서 기합도 혹독했다. 앞 중대에서 하강 훈련을 하던 동기생 한 명이 사망하는 일까지 발생하여 심신이 바짝 긴장할 수밖에 없었다.

　우리 중대는 무등산을 넘어 지리산으로 향하는 54킬로미터의 심야 전술행군을 시작함으로써 유격 특공 훈련 일정에 들게 되었다. 그로부터 온갖 고초의 훈련 과정을 다 감당해내는 동안, 몸은 오로지 임무 수행의 목표 기제에 기계처럼 단순하게 적응되어갔다. 어떤 임무가 주어져도 오로지 그것만을 위하여 몸을 던질 것 같은 일

당백의 기운과 의지가 등등할 때쯤 우리들의 유격 훈련은 끝나가고 있었는데, 그 끝자리에 '담력 강화 훈련'이라는 것이 있었다.

능선과 구릉이 맞닿은 산악 어느 지점 밤 12시에 우리 중대는 집결해 있었다. 교관은 엄숙한 표정으로 '담력 강화 훈련'에 대해서 말했다. 담력을 시험할 수 있도록 코스에 여러 가지 귀신들을 분장 배치하고 그 귀신들에게도 귀신으로서의 극렬한 미션을 주었다고 말했다. 우리는 그 코스에서 각종 귀신과 요괴들을 공포 속에서 만나고 기습적으로 괴로움을 당해야 했다. 한 명씩 2킬로미터의 코스를 출발하여, 귀신들을 만나면 차분히 대처하고, 귀신 머리에 꽂은 비녀나, 해골 안에 박혀 있는 구슬 등 특정의 목표물을 찾아서 가지고 와야 했다. 교관은 엄숙하게 강조했다.

"굳센 기상과 담력으로 귀신 요괴들을 물리치기 바란다. 정신을 못 차리고서 자신의 개인 장비들을 귀신들에게 빼앗기지 않도록 해라. 그런 사람은 용서치 않는다."

교관의 말을 듣고서도 우리는 크게 긴장하지는 않았다. 오히려 그 힘든 유격 훈련이 다 끝나간다는 안도감에 젖어 있었다. 첫 번째로 훈련생이 그저 덤덤한 표정으로 출발했다. 그런데 그게 아니었다. 그가 산모퉁이를 지나 어둠 속에서 사라지고 얼마나 되었을까. 계곡과 밤하늘로 울려 퍼지는 비명과 고함이 들려왔다. 비명은 계속해서 이어졌다. 출발 순번을 기다리고 있던 우리들은 하나같이 웃음을 터트렸다. 동료가 당하고 있는 궁색한 봉변의 장면이 너무도 리얼하게 떠올랐기 때문이다. 그게 남의 일이 아니라는 데서 묘한 아이러니를 느끼기도 했다. 불안과 연민을 지우기 위해 헛기침 같은 웃음이 필요했는지도 모르겠다. 그날 심야의 산골 계곡은 귀신에 놀라는 우리들의 비명으로 몸살을 앓았다.

귀신의 존재를 믿고 있지 않았지만, 나 역시 그날 가짜 귀신들에 여러 번 놀랐다. 담력 훈련을 마치고 새벽에 다시 재집결했을 때는 대검, 탄띠, 수통 등을 놓치고 온 친구들이 많았다. 이 담력 강화 훈련을 유격 훈련의 끝에 배치한 이유는 무엇이었을까. 그간의 유격 특공 훈련에서 쌓은 기개가 얼마나 인간적 한계 안의 것이었는지를 시험해보자는 의도였을까. '너희 아직도 한참 멀었다. 부족함을 알아라!' 이런 깨우침을 주려 한 것일까. 사람의 영역에서 아무리 단단하게 쌓아 올린 내공도 귀신의 영역에서 보면 아무것도 아니라는 것일까.

2

대형 서점의 어린이 도서 매장에 가보신 적이 있는가. 어린이 도서 매장에서는 책들이 분류되어 있는 모양이 특이하다. 학습 참고서를 제외한 어린이용 일반 도서들이 어린이들의 관심 주제별로 좀 엉뚱스럽게 나누어져 있는 것을 볼 수 있다(항상 꼭 그런 것은 아니지만). 이를테면, 초등학교 저학년 어린이들이 좋아하는 단골 메뉴로 '오줌이나 똥 이야기'를 빼놓을 수가 없는데, 서점에 가보면, 오줌이나 똥을 소재로 한 책 코너가 마련되어 있는 것을 볼 수 있다. 그런가 하면 명랑하게 깔깔댈 수 있는 '우스운 이야기' 책들만 한곳에 모아놓기도 하고, 특별한 프로 스포츠 시즌에는 '프로야구나 프로

축구 이야기'만 모아놓은 곳이 있는가 하면, 기네스북(Guinness book)에 나올 만한 온갖 '기이하고도 잡다한 잡학 상식 이야기'만으로 한 코너를 만들어놓은 곳도 있다. UFO 이야기에 관련된 책 코너가 따로 만들어져 있던 때도 있었다. 이렇게 되어 있는 이유는 어린이들은 자신의 경험과 지식을 어른들처럼 어떤 논리적 계열에 따라 습득하고 정리한다기보다는, 자신이 겪었던 인상적 경험을 중심으로 또는 자기 주관을 중심으로 구성한다는 데서 찾아야 할 것이다.

그런데 이미 오래전부터 어린이 도서 매장에서 변함없이 인기를 누리는 책이 있다. 바로 '귀신 이야기'를 다루고 있는 책이다. 아이들은 귀신 이야기를 좋아한다. 귀신은 과학으로 증명되지 않는 존재인데도 어린이들은 아주 쉽사리 귀신의 존재를 믿고 싶어 한다. 어린이들이 귀신 이야기를 좋아하는 심리의 원천에는 무엇이 있을까. 아마도 세상의 온갖 불가사의한 현상들을 호기심 있게 다가가려는 마음에 꼭 맞추어 화답하는 존재가 바로 귀신과도 같은 신이(神異)한 존재가 아닐까. 어린이들이 가지고 있는 인지 능력의 범위 안에서 자연과 세상과 인간을 모순 없이 이해하기 위해서는 모두가 현실을 뛰어넘는 자유로움을 지녀야 하는데, 그것이 곧 신적인 존재 아니겠는가.

어린 시절에는 초월해서 상상하기를 좋아한다. 숲도 산도 바다도 하늘도 인격적인 신으로 이해함으로써 그것들에 더욱 친숙하게 다가간다. 어디 자연 세계만 그러하겠는가. 사랑, 고통, 질병, 죽음, 이별, 재앙, 행운 등을 겪어내는 인간의 정신적 과정에서, 누구든 인간이 넘어설 수 없는 차원의 어떤 존재를 간절하게 추구하게 된다. 어른이라고 해서 크게 다르지 않다. 아이가 자라 어른의 세계 또는 합리성의 세계에 처음 눈을 뜰 때, 다가오는 화두가 '귀신의 존재'에 대한 실용적 접근이다. 누구든 성장기를 지나면서 '귀신은 있다' '귀신은 없다'의 논쟁에 한 번쯤 휘말려 들어보지 않았던 사람은 없을 것이다. 학교가 그런 것을 가르치지는 않지만 그것은 생의 발달에서 필수의 과정이다.

그러나 귀신 그 자체의 존재 여부는 사실 중요하지 않다. 귀신이 존재하지 않아도 귀신을 소구하는 것이 인간의 본성인지도 모른다. 원래 '귀신(鬼神)'이라는 말에는 좋은 의미와 나쁜 의미가 모두 통합해 있다. '귀(鬼)'는 나쁜 범주의 것으로 '악귀(惡鬼)'라는 말이 그 쓰임을 잘 보여주고, '신(神)'은 좋은 범주의 것으로 '선신(善神)'이라는 말이 그 흔적을 보여준다. 굳이 좋고 나쁨을 갈라가며 귀신을 구분하려 했던 인간의 속내는 무엇이었겠는가. 귀신인들 인간과 다를 바 없다고 생각했을 것이다. 또 인간 삶이 더 초월적으로 승화하기를 바라는 로망의 반영일 수도 있을 것이다. 인간의 삶이 시간적으로 공간적으로 더 확장되기를 꿈꾸는 정신적 시도의 과정에서 귀신은 인간의 삶에 친숙하게 따라붙는다.

'귀(鬼)'든 '신(神)'이든 인간이 이들 존재를 향하여 끊임없이 상상력을 발동하는 것은 그 자체가 대단히 인간적임을 입증한다. 그렇기 때문에 귀신 이야기는 그 나름의 인문적 가치를 보여준다. 일찍이 조선조의 김시습이 『금오신화(金鰲新話)』에서 다섯 개의 이야기를 지었는데, 이들 대부분이 귀신이 등장하는 내러티브 구조를 통하여 인간의 해방과 자유와 온전한 사랑을 꿈꾸었다. 비현실적 귀신의 세계에 의탁하여 현실의 고뇌를 절절히 말할 수 있었다 한다. 그런 점에서 '금오신화(金鰲新話)'에서 '신화(新話)'는 '새로운 이야기'라는 뜻을 지니는데, 또 김시습 자신도 그런 시대적 각성을 가지고 이들 이야기를 썼다고 한다. 귀신 이야기라면 낡은 구닥다리 이야기로만 여기는 발상이야말로 귀신 이야기의 새로운 가치와 작용을 재발견 하지 못하는 고정관념에 사로잡힌 것이라 할 수 있다.

3

귀신 이야기에서 필연적으로 발생하는 '공포의 기제'는 이야기 의 역동성을 만들어내는 데 기여한다. 무섭지 않은 귀신 이야기도 없으란 법은 없겠지만, 그 무서움의 요소가 이야기를 더욱 이야기 답게 한다. 그런 점에서 귀신 이야기는 소통의 강점이 있다. 조금만 관점을 달리해서 보면, 귀신 이야기는 요즘 말하는 '스토리텔링'용 으로 가장 적절한 텍스트이다.

세상이 너무 바쁘게 돌아가다 보니 효율과 실용의 가치만이 우 리들 삶을 독점하는 듯하다. 이야기로 돌려 말하기보다는 직설로 말하란다. 그런데 모든 이야기는 자신도 모르는 사이에 반성의 기 제를 제공한다는 사실을 알아야 한다. 이야기 속에서 악귀(惡鬼)는 인간의 나쁜 본성에 대한 각성을 불러일으키는 에이전트(agent)로서 작용하고, 선신(善神)은 우리들 정신을 영원성을 가지고 구원하는 존재로서 이야기 내부를 이끌고 간다. 그러고 보니 세상의 이야기 중에 귀신의 요소를 빼고서 이야기가 성립하는 경우도 드물다는 생각을 한다. 동서양을 막론하고 고전의 경우는 더욱 그러하다.

언젠가 나는 학생을 가르치는 선생님의 진정한 힘은 '이야기의 힘'이라고 한 적이 있다. 이야기 자체의 힘을 포함하여 이야기를 잘 할 수 있는 스토리텔링의 능력을 '힘'이라는 뜻으로 강조했었다. 귀신 이야기가 인류의 인문적 가치를 내면적으로 담보하기도 하고, 이야기 수행의 역동성을 가장 잘 구현할 수 있기도 하다. 즉 귀신 이야기는 이야기를 수행하는 선생님의 메시지 소통 기술을 고양할 수 있기도 하고, 무엇보다도 수용자 학생들의 상상력을 초월적으로 전이시켜 갈 수 있다. 수업기술 향상 차원에서 귀신 이야기에 대한 관심을 제고할 필요가 있다고 본다.

그래서 생각해보는 것인데, 가칭 '전국 귀신 이야기 스토리텔링 경연대회' 같은 것을 열어보면 어떨까. 선생님들의 경연이 되어도 좋고 학생들의 경연이 되어도 좋으리라. 동서고금의 숱한 신화들이 스토리텔링의 퍼포먼스를 통해서 아주 새롭게 부활할 수 있을 것이다. 수업 능력 제고라는 문제를 꼭 수업 실기 대회라는 도식으로만 접근하라는 법은 없다. 수많은 수업 실기 대회의 도식에서 잠깐 벗어나서 이렇듯 확산적 사고로 다가가는 교수 이벤트를 생각해볼 수는 없을까. 귀신 이야기가 담을 수 있는 내용에는 제한이 없다. 펼칠 수 있는 기능(skill) 또한 엄청나게 다양하다.

'전국 귀신 이야기 스토리텔링 경연대회', 그래도 엉뚱하게만 여겨지는가.

독대의 명암

1

조직의 최고 권력자(또는 최고 책임자)를 나 혼자서만 만나서 대화를 나누는 것을 독대(獨對)라고 한다. 국가 차원에서는 장관들이 대통령을 독대할 수 있고, 관청의 경우는 부하 공무원이 기관장을 독대할 수 있고, 회사의 경우는 회사원들이 CEO를 독대할 수 있다. 학교 조직 또한 달리 예외가 될 수는 없을 것이다.

독대란 원래 왕조 시대에 벼슬아치가 다른 사람 없이 혼자 임금을 대하여 정치에 관한 의견을 아뢰던 일을 뜻하는 말이다. 그러나 흔한 일은 아니었다. 아무리 임금의 절대 권력이 강한 시대라고는 해도, 독대를 상설 소통 시스템으로 운용하지는 않았다. 오히려 왕과 신하가 둘만이 대화를 나누는 것이 허용되지 않는 것이 일반적이었다. 그만큼 '독대'는 특별한 사유를 필요로 하는 것이었고, 또 그만큼 독대의 폐해가 있었다는 것을 뜻한다.

그러니까 독대는 권력의 수직 관계가 뚜렷한 사이에서 일어나는 둘만의 대화 장면이라 할 수 있다. 권력 작용이 일어나지 않는, 따라서 별다른 이해(利害)관계가 없는 친한 친구 사이에는 아무리 둘만의 호젓한 대화 장면이라 하더라도 그것을 굳이 '독대'라고 하지는 않는다. 그건 그냥 예삿일일 뿐이다. 실제로도 '임금과의 독대'는 흔치 아니하였으므로 '독대'는 예삿일이 아니었다. 권력자를 독대했다는 것은 그 자체로 권력을 표상할 수 있었다. 그래서 '독대했다는 사실'을 과시하고 다녔다. 이는 요즘도 마찬가지이다.

독대의 반대 현상은 무엇이라고 해야 할까. 독대로 인해서 무시되거나 밀려나는 것이 무엇인지를 생각해보면 될 것이다. 아마도 그것은 '제도(조직)의 시스템에 따른 투명한 의사 결정' 같은 것이 아닐까. 건강한 시스템에 의해서 모든 것이 소통되고 작동되는 조직에서는 독대가 불필요하다. 그렇다면 왕조 시대의 유물쯤에 해당하는 독대가, 탈근대를 살고 있는 오늘날에도 남아 있다는 것은 어떻게 해석해야 할까.

독대에도 전혀 합리성의 여지가 없는 것은 아니다. 조직 내에서 소통, 특히 상층부를 향한 소통이 왜곡되거나 단절된다고 여기는 구성원은 최고 책임자에게 자신의 의견과 판단을 직접 전하고 싶은 의지를 가질 것이다. 오히려 윗사람에 대한 소통 욕구를 포기하고 무기력하게 순응하는 것보다는 독대의 의지를 강하게 발휘하는 편이 낫다고도 할 수 있다. 적어도 이 사람의 독대 욕구는 진정성이 있음을 부정할 수 없다.

최고 책임자 쪽에서 독대를 추구하는 데에도 그 나름의 합리성은 있다. 17세기 후반 영국 철학자 홉스는 세속적 공동체의 권력 현상을 논한 그의 저서 『리바이어던(Leviathan)』에서, 조언을 들을 때는 집단적 조언보다는 개별적 조언이 더 훌륭하다고 말한다. 개별적으로 들을 때는, 모든 사람의 조언을 들을 수 있으나, 집단적으로 들을 때는 주류의 의견과 반대되는 의견을 가진 사람들은 주류를 불쾌하게 하지 않을까 하는 두려움 때문에 자신의 의견을 잘 나타내지 못하거나, 최소한의 찬성 반대 의사 표시만을 하게 된다고 지적한다.

그러나 독대가 단순히 유해하다 유효하다 따지는 것은 그야말로 독대를 기술적 수단으로만 보는 것 아닐까. 인간에게 권력 본성이 있는 한 독대는 사라지지 않을 것이다. 그뿐만이 아니다. 인간이 일하는 존재이면서, 일 속에서도 어쩔 수 없이 '관계적 존재'인 한에는 독대의 유혹을 지니기 마련이다. 더구나 우리 모두가 고독한 실존적 존재임을 인정하는 한, 독대는 인간과 함께 있을 것이다. 그래서 독대라는 불합리해 보이는 소통을 완전무결한 합리적 시스템 소통으로 대체하는 일은 인간의 한계를 넘어서는 것일지도 모른다.

2

스마트폰과 이동통신 기술의 무한대로 진화되고 있다. 온갖 자료와 메시지를 자유자재의 방식으로 소통할 수 있게 되었다. 많은 일들이 직장에 출근하지 않고도 처리할 수 있는 재택근무로 전환되고, 업무의 조정과 통제도 스마트폰 체제 속에서 얼마든지 가능하다. 그렇게 되면 업무는 효율성과 투명성을 훨씬 더 높일 수 있게 된다고 한다. 굳이 특정의 직장 공간에서 얼굴 맞대고 만나지 않아도 되니, 집에서 일하는 동안 자유롭고, 육아 등 다른 일을 살피며 일할 수 있다. 이렇게 되면 현재 우리 사회가 안고 있는 저출산(低出産) 문제도 점차 해결될 수 있다고 낙관하는 미래학자들도 있다. 물론 '독대'의 풍속은 발붙일 틈도 없어지지 않겠는가.

그러나 부정적 인식론 또한 만만치 않다. 그랬을 때, 사람과 사람의 인간적 관계에서 빚어내는 '관계의 향기'는 증발되어 버린다는 것이다. '일 중심 삶'과 '관계 중심의 삶'이 균형을 잃어버리게 되면, 그것이 진정으로 사람을 행복하게 하는 토양이 되겠느냐는 것이다. 일이란 것이 효율성만으로 담보되는 것인가. 인간이 효율성의 노예가 되면 '일하는 기계'와 무엇이 다른가. 일과 여가는 그렇게 확연하게 구분되는 것인가. 일 속에 삼투되어 있는 '사람들의 관계'는 효율성에 기여하지 못한단 말인가. 여기쯤에 이르면 사람 사면서 가지는 사회적 관계의 한 전형이 독대인데, 그 독대를 쉽사리 몰아낼 수 있겠는가 하는 생각이 든다.

투명성과 인간성의 대결도 만만치 않다. 투명성만 있으면 부패는 원천적으로 방지되는 것일까. 투명성이 강화되면 부패의 모드도 새롭게 진화하지 않을까. 일의 과정이 차갑게 투명하다는 것이 관계의 차가움까지도 필연적으로 불러오는 것은 아닌가. 인간과 사회의 총체적 도덕성은 투명성으로 인해 유익할 수도 있지만, 그 반대일 수도 있지 않겠는가.

이런 주장에 줏대 없이 따라가다 보면 일상 삶의 행복이 무엇인지를 다시 생각하게 된다. 특히 사람 중심의 관계에 치중하는 유교적 동양 문화의 유전자를 지닌 우리로서는 '관계의 문화'를 놓치고 마침내는 삶의 원기까지도 놓치는 것 아닌지 우려하게 된다.

이처럼 반대쪽 주장에 귀를 갖다 놓다 보면 '독대가 사라진 사회'를 이상적 풍경이라 해야 할지 삭막한 풍경이라 해야 할지 얼른 판단이 서지 않는다. 또 현실적으로 독대 금지를 누가 강제할 수 있겠느냐는 생각도 든다. 이쯤 되면 아무리 투명사회가 되어도 '독대' 자체를 완전 소멸시키기는 어렵지 않을까. 당위와 현실 사이에는 언제나 괴리가 있기 마련 아닌가.

그렇다면 '독대'가 진화되는 방식을 바꾸는 것이 현실적이고 합리적이다. 옛날식 권위주의 독대가 아닌 새로운 독대의 방식을 만들어보자는 것이다. 어떤 진화 방책들이 있을까. 독대의 대화를 기록으로 남겨서 보관하는 일은 어떨까. 독대 자체를 공개하는 것도 한 방책이 되겠다. 조직 내 소통 방책이라면 독대의 기회를 공평무사하게 누리도록 하는 것은 어떨까.

무엇보다도 독대가 권력으로 작용하는 것을 피해야 한다. 대등하고 평등하게 만나는 독대는 불가능한가. 속된 말로 "계급장 떼고 맞붙는다."의 독대 모드를 만들 필요도 있다. 수직적 독대에서 수평적 독대로 바꾸어 나가자는 것이다. 권력의 칼자루를 쥐고 있는 쪽에서 아랫사람을 향하여 먼저 수범을 보이는 것이 좋다. 훌륭한 리더십이라 인정받을 것이다. 이상적인 것은 그렇듯 수평적이면서 '진정한 정'을 나누는 독대라 할 수 있다. '진정한 정' 이외의 아무런 목적도 수단도 아닌, 그런 독대가 '지선(至善)의 독대'가 아닐까.

3

벌써 10년 전 일이 되었다. 군대 마치고 늦깎이로 우리 대학에 들어온 L군은 가슴이 따뜻한 청년이었다. 속이 꽉 찬 듯한데, 때로는 순진한 열정으로 세상과 사람을 사랑하다 상처를 입기도 했다. 그는 그런 상처들을 나한테 수줍게 털어놓는다. 내가 뭐라고. 나는 그런 이야기를 내게 털어놓는 그가 고마웠다. 막걸리 몇 잔을 나누며 열심히 들어주었다.

그는 학과의 궂은일을 마다하지 않았다. 행사 뒤끝이면 으레 뒤처리 수고를 했다. 지도교수인 나는 그저 막걸리 몇 잔을 사주는 것으로 그의 수고를 치하했다. 그 무렵 목수 일을 하다 몸을 다친 아버지에 대한 그의 효심이 각별했다.

L은 예술적 감수성이 뛰어났고 특히 우리의 국악을 좋아했다. 그가 대학에서 이끌었던 국악 동아리는 늘 북적거렸다. 봄과 가을에 한 번씩 하는 학내 공연은 성황이었다. 공연이 있을 때면 L군은 내 연구실에 들러서 "교수님, 꼭 오세요!" 하고서는 급히 사라졌다. 나는 그러겠노라고 웃음 가득 화답했다. 그런데 무슨 피치 못한 일이 겹쳤던가. 그해 봄 나는 그의 공연장에 가지를 못했다. '아, 이거 꼭 갔어야 하는 공연인데!' 낭패를 되새기던 나의 모습도 생각난다. L군이 다시 찾아왔다. "가을 공연에는 꼭 오세요. 졸업 공연이거든요." 그래, 꼭 가마. 나는 마음으로 다짐했다. 그런데 공교로웠다. 가을 공연 날에 나는 병원에 누워 있었다. 그의 공연에 갈 수 없었다. 미안했지만 어쩔 수 없었다.

　　그해 가을이 다 갈 무렵, 연구실 서창으로 오동잎 떨어지는 해질 무렵, 그는 전화를 걸어왔다. 10분 후면 교수님 연구실에 갈 터인데, 30분만 자기에게 시간을 내어달란다. 자기 외에는 그 누구도 연구실에 들어오지 않도록 해달란다. 이른바 '독대'를 신청한 것이다.

　　잠시 후 L군이 연구실로 들어섰다. 그는 들어오자마자 연구실 출입문을 안에서 잠근다. 그는 내게 머리 숙여 인사를 한다. 공연에 나를 모시지 못한 것이 아쉬웠다고 말했다. 나 또한 아쉬웠다고 했다. 그러셨지요. 그가 내 감정을 확인하고는, 나와는 좀 떨어진 출입문 쪽 의자에 앉았다. 그리고는 대금을 꺼내 들었다.

　　"교수님이 지금 들으실 곡은 〈하림성〉이라는 대금 독주곡입니다."

　　그는 나를 한번 싱긋 쳐다보고는 서서히 대금을 연주했다. 나는 이 사태가 무슨 사태인지 얼른 알아차리지를 못했다. 그러나 대금의 가락과 음조가 유장하게 번져나가면서 나는 잔잔한 음률에 휘말렸다. 이것은 나 한 사람을 위한 음악회이다. L군이 왜 내게 독대를 청했는지를 비로소 알았다. 무어라 말할 수 없는 감동이 휘몰아왔다. 20여 분의 시간이 잠깐 사이 그렇게 흘렀다. 그는 단정하게 인사를 끝내고 약속한 독대 시간이 다 되었으므로 돌아가겠다고 했다. 막상 그가 돌아가고 나자 정말로 감당할 수 없는 감동이 밀려왔다.

　　L군도 이제 원숙한 중년의 선생님이 되었겠다. 지금은 어디서 그런 따뜻한 가슴을 가지고 아이들을 독대하여 감동을 심어주고 있을까.

페이스북에서 만난 '소통의 신사'

1

세상은 온통 소셜 미디어의 시대이다. 미디어 환경에 그다지 빠르게 적응하지 못하는 나도 페이스북을 즐겨 사용해온 지가 여러 해를 넘겼다. 그런데 사용해볼수록 이런 소셜 미디어에서 모두에게 유익하고 반듯한 발신자가 된다는 것이 쉽지 않다는 생각을 한다. 자칫하면 욕이나 하기 쉽고, 내 편견을 강변하기 쉽고, 내 입지만 생각하는 바람에 누군가를 배려하지 못하게 되고, 정파적 감정에 휩쓸려 반대파를 심하게 증오하고, 흥분하여 내 감정을 배설해버리기 쉽고, 쓸데없는 말로 평지풍파를 일으키기 쉽고, 등등 이루 헤아릴 수 없다. 소셜 미디어에서 사적 영역 못지않게 공적 영역이 점점 더 비중이 높아지는 경향을 보면, 반듯한 발신자 되기가 정말 쉽지 않음을 실감한다.

얼마 전 페이스북에 들어갔다가 내가 두텁게 신뢰하는 J교수가 '공유하기'로 올려놓은 글 하나를 발견하였다. 평소에도 J교수가 '공유하기'로 올려놓은 글은 나도 빠트리지 않고 읽는다. 그날도 그러했다. 나는 원래 글을 올린 사람이 누구인지를 미처 확인하지도 않고, 문제의 글을 읽었다. 나는 읽으면서 긴장했다. 그 누군가를 신랄하게 비판하는 글이었다. 그 누군가는 아마도 그 세계에서는 잘 알려진 유명 강사인 것 같았다. 아니 소셜 미디어에서 누군가를 이렇듯 공개적으로 비난하면 명예훼손으로 고발당하고도 남는데, 어쩌자는 건가.

문제의 글은 다음과 같다.

명망 있는 분들이 크고 작은 스캔들로 한 방에 날아간다. 무서운 세상이다. 그러나 외부 사건으로 한 방에 끝장나는 것 못지않게 무서운 건, 사람의 내면이 소리 없이 변하는 거다.

좀 유명해지고 나면 눈빛과 목소리부터 달라진다. 우월감으로 살짝 흔들리는 눈빛, 들뜬 톤으로 내뱉는 단정적인 메시지, 겸손과 위악이 섞인 시니컬한 농담…… 메시지는 여전히 겸손하기 이를 데 없지만, 눈빛과 목소리에서 드러나는 은근한 자신감은 숨길 수 없다. 청중은 누구나 내 이야기를 듣고 싶어 한다는 확신으로 마이크를 쉽게 놓지 않는 것도 이런 분들의 공통된 특징이다.

아주 한정된 분야에서 조금 이름을 알린 사람이 최근 기독법률가회에서 강연을 했다. 신앙 색깔의 변화, 근본주의 신앙의 한계, 기독 변호사들의 과도한 사명감 등을 비판하는 내용이었다. "저들처럼 부패한 법조인이 되지 않아 감사하다는 식의 바리새인(필자 주 : 율법의 형식만을 중시하여 본질을 해치는 위선자를 비유적으로 이르는 말) 같은 기도를 하고 있지 않느냐?"는 그의 지적은 귀 기울일 만했다. 그러나 녹음된 강연을 듣는 도중에 나도 모르게 '아, 이 사람도 변했구나' 하는 탄식이 흘러나왔다. 약간 들뜬 목소리, 시니컬한 농담, 은근한 자신감 등……. 조금 유명해진 후 누구나 겪는 덫을 피해가지 못한 거다.

녹음 파일 속의 비교적 젊은 청중들은 적절히 박수치고 탄식하며 강사에게 공감했지만, 나는 도저히 그럴 수가 없었다. 한때 좋아했던 분이라 무척 씁쓸했다. 나중에 기독법률가회 소식지에서 젊은 변호사 한 분과 로스쿨 학생 한 분이 올린 후기를 읽었다. 솔직한 내면을 나눠준 강사에게 고마움을 표시하는 내용이었다. 하긴 가룟 유다(필자 주 : 예수를 배반하여 팔아넘긴 제자)가 와서 강연을 해도 적절히 공감하며 그런 후기를 올릴 착한 분들이니…… ㅜㅜ

그의 변화를 감지한 것이 이번이 처음은 아니다. 그가 동료들과의 식사 자리 등에서 자신이 만난 유명인들의 뒷이야기를 슬쩍슬쩍 흘리기 시작한 지는 꽤 됐다. 실제로 유명한 사람을 만날 기회가 많아지다 보니 당연한 일일 수도 있지만, 어쨌든 돌아서면 늘 뭔가가 찜찜했다. 꼭 집어 지적하기는 어려운, 그의 미세한 변화 때문이었다. 이번 녹음 파일을 들으면서 내 느낌이 틀리지 않았음을 확인했다. 억지로라도 녹음 파일을 듣기를 잘했다는 생각이 들었다.

예전에는 늘 형식이 아니라 본질이 중요하다고 생각했는데, 요즘은 형식도 본질의 일부라는 생각을 자주 한다. 때로는 눈빛과 목소리가 내용보다 더 중요할 수도 있다.

그분이 올린 글은 여기서 끝을 맺고 있는 것처럼 보였다. 나는 궁금해졌다. 도대체 이 글을 쓴 분은 누구이고, 기독법률가회에서 강연을 한 그 사람은 누구일까. 그 분야에서는 알려진 사람이라는데, 누구일까. 이렇게 독한 비판을 받고, 가만히 있을까. 더구나 여기 비판은 좀 주관적이지 않은가. 마치 상대의 감정 내면 세계까지

들어 와본 것처럼 말하고 있지 않은가. 상대가 가만히 있을까. 도대체 누구를 이렇듯 쥐 잡듯이 털어서 공격하고 있는가.

그러나 나의 궁금증은 이내 해소되었다. 그분이 올린 글의 끝 대목에 두 줄의 P.S(post script, 追伸, 추신)가 있었다. 거기에는 글쓴이가 비난한 강사가 누구인지 적혀 있었다.

> P.S. 아 참…… 강연 제목은 "우리는 어떻게 살 것인가 : 법조계의 현실"이었고, 강사는 김두식이었다. 그는 경북대 법학전문대학원 교수이고, 몇 권의 책을 썼다.

순간 나는 놀랐다. 아니! 자기가 비난한 사람을 이렇게 공공연하게 공개해도 된단 말인가. 그러면서도 나는 딱히 집어낼 수는 없지만 무언가 이상하다는 느낌이 들었다. 나는 서둘러 찾아보았다. 이 글을 작성하여 최초에 페이스북에 올린 원래의 글쓴이(이 글을 페이스북에 소개한 J교수 말고)를 확인해보았다.

그렇다! 그러니까 말이 되지! 최초의 글쓴이, 그는 바로 김두식 교수 자신이었다. 자기가 자기를 이렇듯 준엄하게 비판한 것이었다. 이 짧은 글에 이런 기막힌 반전이 숨어 있다니! 김두식 교수가 페이스북에 올린 이 메시지에는 끝도 없이 줄을 이은 댓글들이 각자의 감동과 공감과 신뢰와 자기 다짐들을 이 글만큼이나 진지하게 고백하고 있었다. 물론 나도 그중의 하나였다. 그뿐이 아니었다. 이글을 '공유하기'로 전파한 수많은 소통의 흔적들이 나타나 있었다. 나도 기꺼이 '공유하기'를 눌러서 나의 페이스북 친구들에게 이 글을 전하였다.

2

‘소셜 미디어’란 미디어를 통해서 맺는 사회적 관계의 생성과 변화가 그만큼 강화된 미디어란 뜻이다. 굳이 ‘소셜(social)’이라는 말을 붙인 것도 미디어의 사회성 면에서, 신문 방송 등의 전통 미디어와는 다르다는 뜻이 들어 있기 때문이리라.

소셜 미디어를 사용하면서 우리는 모든 사회적 관계를 훨씬 더 촘촘하게, 훨씬 더 섬세하게, 훨씬 더 복합적으로 네트워킹하며 소통을 한다. 또 그렇게 함으로써 우리는 모든 사적 · 공적 소통에서 훨씬 더 다양한 사회적 맥락을 확장해간다. 이것이 미디어 사용자의 힘이 되는 환경이다. 미디어 생태의 진화인 것이다. 내 주변만 보아도 미세한 일상의 소통들은 소셜 미디어로 모두 옮겨온 듯하다. 블로그, 페이스북, 등에서 이루어지는 무수한 소통이 모두 소셜 미디어의 영토에 속한다. 여기서 눈을 떼면 세상이 나를 금방 소외시킬 것 같은 생각이 든다. 큰 영향을 미치는 만큼 새로운 문제들도 많이 생겨난다.

소셜 미디어는 그것의 기술적 묘미와 기능적 효용에만 매몰하면 현대인에게 재난이 될 수도 있다. 소셜 미디어의 진정한 가치는 그야말로 사회의 공동선에 기여하는 소통 가치를 실천함으로써 구현될 수 있다. 그것은 웹 2.0의 정신으로 일컬어지는 ‘공유’, ‘참여’, ‘개방’, ‘협업’ 등의 사회적 가치를 실현하는 데에 있다. 김두식 교수가 페이스북 공간에서 실천해 보인 발신자 행위는 소셜 미디어의 사회적 가치를 제대로 일깨워준다. 먼저 김 교수 자신을 비판함으로써 겸허한 개방의 정신을 보인다. 일부 유명 강사들의 교만한 소통 태도에 대한 비판을 성공적으로 공유한다. 우리들 각자를 성찰하는 데로 참여하게 한다. 그리고 이런 성찰의 네트워킹으로 시민들이 우리 사회 각 부면에 다양한 조언과 협업의 체제를 만들 수 있음을 보여준다.

소셜 미디어의 사용에게도 윤리를 가르쳐야 한다. 윤리에는 적극적 윤리와 소극적 윤리가 있다. 적극적 윤리는 'Do(하라)'의 행동 모드로 강조되고, 소극적 윤리는 'Don't(하지 말라)'의 모드로 강조된다. 김두식교수의 발신 행위는 'Do' 모드의 전형이라 할 수 있다. 그런데 우리의 윤리교육은 얼핏 보기에도 'Don't'의 규범들이 더 많아 보인다. 'Do'를 강화하자. 좋은 발신자와 좋은 수신자 사례를 더 많이 경험해보도록 하자. 그리고 본인이 좋은 'Do'의 사례가 되는 데에 이르도록 하자.

제5부

언어의 추락

생각 화두 | 말에게 무슨 죄를 물을까

인간이 언어를 만들지만, 언어가 인간을 만들기도 합니다. 인간과 언어는 떨어질 수 없는 관계를 맺고 있습니다. 그래서 말이 추락한다는 것은, 인간이 추락함을 의미합니다. 인간의 추락이란 단순히 높은 곳에서 아래로 떨어지는 것이라기보다는, 인간의 정신이 올바름을 버리고, 타락하는 것을 뜻합니다. 타락한 사람의 마음과 정신을 가장 잘 보여주는 것은, 그가 사용하는 말입니다. 말에게 무슨 죄를 물어야 할까요.

우리는 좋은 말과 나쁜 말을 구분하고 좋은 말을 사용하도록 교육받습니다. 또 어떤 말이 나쁜 의미로 쓰이게 되면 그 말을 경계합니다. 나쁜 말의 대표적인 것에 욕설이 있습니다. 욕설을 정당화할 수 없습니다. 그렇게 아니하고도 얼마든지 의사소통을 할 수 있기 때문입니다. 또 욕설로 문제를 해결하기는 매우 어렵습니다. 오히려 문제를 더 꼬이게 하는 것이 욕설입니다. 그런데 사람들은 욕설을 몰아내지 못합니다. 욕설에게 무슨 죄를 물어야 할까요.

누군가에게 욕설을 퍼붓는 동안, 사람들은 분노, 저주, 시기, 적개심, 심지어는 상대를 죽이고 싶은 격정에 빠져듭니다. 학살 심리라고 하지요. 이런 심리의 소유자를 정상적인 사람이라 할 수 있겠습니까. 욕설을 퍼붓는 동안 사람들의 이성은 사실상 마비됩니다. 이성의 마비 때문에 욕설을 퍼붓는 동안에 욕설 못지아니한 또 다른 잘못을 범하게 됩니다. "내가 완전히 미쳤어." 하고 후회할 때는 이미 돌이킬 수 없습니다. 말에게 무슨 죄를 물어야 할까요.

인터넷과 미디어 기술이 발달하면서 말의 추락은 더 많이 더 다양하게 나타납니다. 특히 인터넷 공간에서 악성 댓글은 사람을 죽이기까지 합니다. 더 악랄하고 엽기적인 언어들이 횡행합니다. 누군가 고백합니다. 악성 댓글에 몰입하는 '나'는 평상시의 '나'가 아니었다, 악마가 나에게 빙의되어 나는 정신없이 악성 댓글을 썼다고 말하는 사람도 있습니다. 언어의 추락은 디지털 기술 시대에 훨씬 더 심해졌습니다. 첨단 테크놀로지에게 어떤 죄를 물어야 할까요.

말의 추락은 인간의 정신을 망가뜨립니다. 악성 댓글과 욕설언어의 만연은 좀비(zombie)가 준동하는 것 같습니다. 좀비는 부활한 시체를 일컫는 말입니다. 좀비는 영혼이 뽑혀버린 존재입니다. 영혼이 뽑혀버린 사람은 좀비가 되어, 자신에게서 영혼을 뽑아버린 악령이 시키는 대로, 음습한 분위기를 휩쓸고 다니며 선량한 인간을 괴롭힙니다. 좀비는 공포물 영화와 판타지 작품에 자주 등장합니다. 작품 속에서 좀비는 '인간을 적대시하는 괴물'로 묘사되는 경우가 많습니다. 주체로서의 자기 생각이 없고, 타인에게 조종됩니다. 의지가 아닌 생물적인 본능과 반사행동에 의하여 움직입니다. 어두운 골방에서 악성 댓글에 파묻혀, 저주와 살의의 언어를 퍼붓고 있는 병든 현대인들이 바로 좀비가 아닐까요. 좀비 캐릭터가 현대인의 관심을 끈다는 것도 어딘가 수상합니다. 좀비에게 어떤 죄를 물어야 할까요.

일찍이 공자는 이름을 원래의 뜻에 맞고 바르게 쓰라고 했습니다. 이른바 공자의 정명 사상(正名思想)입니다. 사람들이 붙인 이름이 원래의 뜻을 지키지 못하고, 다른 뜻으로 왜곡되면, 말이 타락하는 것으로 보았습니다. 이름이란 무엇이겠습니까. 인간이 언어로 만들어 붙인 것이 이름입니다. 내가 생각하는 '정의(正義)'와 상대가 생각하는 '정의'가 상당히 다른 것이라면, '정의'라는 이름은 어딘가 왜곡된 말이 되어버린 것입니다. 실제로 역사에서 찾아보면 정의롭지 못한 권력자들이 정의라는 말을 가장 많이 앞세웠던 예를 찾아볼 수 있습니다. 말이 추락한 것이라 하겠습니다. 정의라는 말에 무슨 죄를 물어야 할까요.

말과 사람이 동일체라고 생각하면, 어찌 추악한 말을 쓸 수 있겠습니까. 말 따로 사람 따로 되어 사는 것이 현대인의 모습입니다. 악화가 양화를 몰아내고, 위선이 원래의 선을 몰아내고, 가짜가 진짜를 압도하는 데에는 제일 먼저 말의 추락이 있습니다. 어찌 말에게 죄를 물을 수 있겠습니까. 말을 부리어 사용하는 사람에게 물어야 하지 않겠습니까. 다산 정약용 선생과 『채근담』이 전하는 맑은 말씀이 마음을 밝게 비춥니다.

> 무릇 자기가 베푼 것은 말도 하지 말고, 덕을 주었다는 표정도 짓지 말며, 사람에게 이야기도 하지 말 것이다. 전임자의 허물도 말하지 말 것이다. (정약용)

> 자기를 반성하는 사람은 부딪치는 일마다 모두 약이 될 것이요. 남을 원망하는 사람은 움직이는 생각이 모두 창칼이 될 것이다. (『채근담』)

여기 제5부에서는 말에 의해서 가짜들이 범람하는 세상을 주시할 수 있으면 좋겠습니다. 진정성 대신에 상업성이 자리를 차지해서, 우리를 현혹하는 말들, 그리고 연출 과잉의 늪에 빠져버린 마케팅 언어와 미디어 언어에도 비판을 가해봅시다. 실체가 아닌 우상을 만들어 따라가게 하는 대중문화의 언어들에 대해서도 감식안을 길러야 합니다. 그 죄가 언어에 있지 않고, 사람에 있음을 생각해 보게 됩니다.

말의 상품화와 가짜 감동

1

오슬로에서 국제학회를 마치고, 학회의 후속 행사인 소풍(excursion) 프로그램에 참가하였다. 빙하로 침식된 노르웨이 피오르드(fjord)식 해안을 따라가는 여행이다. 절벽과 폭포의 경관도 아름다웠거니와 우리 일행을 인솔·안내하는 현지 한국인 여행 가이드의 친절한 태도와 부드러운 말솜씨가 인상적이었다.

미남형 얼굴에 부드러운 미소를 머금은 가이드는 '스칸디 박'이라고 불렸다. 관광객을 위해 그가 정성껏 준비한 음악들은 공감을 얻기에 충분했으며, 그의 해박한 여행 정보는 어떤 궁금증도 쉽게 풀어주었다. 기품 있는 유머를 구사하며, 일행을 배려하는 그의 모습에 일행은 금방 친화감을 느낄 수 있었다. 그가 마이크를 잡아서 놓을 때까지는 공식적인 그의 시간이었다. 그 시간 안에서 그의 친절한 여행 안내는 참으로 훌륭한 서비스(service)였다.

그런데 나는 여행 중에 '스칸디 박'의 또 다른 면모를 발견할 수 있었는데, 그것은 자못 혼돈스러운 경험이었다. 어느 마을에서인가 우리는 점심을 먹고 잠시 자유 시간을 즐기고 있었다. 물론 이 시간은 '스칸디 박'에게도 자유 시간이었으므로, 그 역시 개인적으로 활용하는 시간이기도 했다. 나는 그에게 다가가서 나의 개인적인 관심사이었던, 교육 관련 책을 구입할 수 있는 방법에 대해서 몇 가지 궁금한 것들을 물어보았다. 그랬더니 그는 의외로 냉담하고 쌀쌀맞게 대답한다. 자기는 그것에 대해서 아는 바가 전혀 없다는 것이다. 이제까지 마이크를 잡고 여행객 앞에서 보여주던 친절의 분위기와는 다른 것이었다.

다음 날 저녁 호텔 정원에서 쉬고 있는 그에게 다가가 다시 개인적인 도움을 구했다. 내가 다시 유럽을 올 때에 대비한 내 개인 여행 계획을 말하고 그의 조언을 요청하였다. 그러나 그는 최소한의 대답만 할 뿐 적극적으로 조언해줄 의사가 없는 것처럼 보였다. 나는 실망스러웠다. 버스 안에서 친절했던 모습과는 사뭇 다른 것이었다. 다른 일행 분들에게 이런 느낌을 이야기하니 몇 분이 나와 비슷한 느낌을 겪었다는 말을 한다.

그의 친절은 직업적인 것이었다. 자신이 공식적인 역할을 할 때만 그는 친절했다. 그의 친절은 공식적인 상황—여행객 전체를 향하여 마이크를 잡는 시간과 공간—에서만 유효하다. 여행 안내자로서 마이크를 잡는 시간과 공간을 벗어나면 그의 친절은 작동하지 않았다. 서구식 합리주의의 바탕에서 보면 친절 자체가 일종의 용역(service)으로 작동되는 것이라 할 수 있다. 이렇게 보면 '스칸디 박'이 나에게 보인 개인 차원의 불친절은 당연한 것이고, 나로서는 달리 탓할 성질의 것이 아닌지도 모른다.

그러니까 그의 친절은 일종의 계약적 성격을 띠는 것이라 할 수 있다. 여행 안내의 공식적 장면에서는 반드시 친절할 것을 그는 그의 사용자인 관광회사와 계약한 것이고, 관광회사는 그의 친절을 포함한 여행 안내 용역을 우리 여행객과 상품으로 계약한 것이다. 이런 계약적 성격의 친절이 일반화되다 보면, 마침내 친절은 일종의 사회적 제도로서 작동하게 될 것이다. 그런데 그 제도로서의 친절이란 알고 보면 또 얼마나 허망한 것일지.

이를 어찌 유럽에서만 볼 수 있는 장면이라 할 수 있겠는가. 우리나라에서도 얼마든지 볼 수 있다. 백화점과 음식점 등에서 우리가 경험하는 친절은 대부분 이런 부류이다. 허리를 굽혀 소비자에게 인사를 하고, 온갖 부드러운 말로 친절을 다 하며 상품을 권한다. 인물을 추켜주기도 하고, 기분을 맞추어주기도 한다. 그랬던 그가, 나중에 물건에 이상이 있어 반품이라도 하려고 치면, 불친절과 무뚝뚝함의 극치로 소비자를 대한다.

2

말이 상품으로 변하기 시작하면 말은 온갖 요술단지 같은 재주를 피운다. 그 요술 같은 재주를 제압하는 안목을 가져야 말에 휘둘리지 않을 수 있다. 그 요술을 미리 꿰뚫어 볼 수 있어야 말로 인해 열 받지 않을 수 있다. 말의 농간을 간파하고 있어야 미리 섭섭함을 피해 갈 수 있다. 마음이 말로 나타나야 하는 것이 순리인데, 말이 마음을 억지로 만들어내려 한다. 상품화 되는 말의 특징이 여기에 있다.

친절은 말로써 상품화가 된다. 심지어는 맞춤형 상품으로 친절의 말이 가공되기도 한다. 텔레비전에 나온 연예인들이 대중 팬들을 향하여 수도 없이 반복하는 "여러분, 사랑해요!"는 맞춤형 상품으로서의 언어이다. 상품화된 친절은 이내 상투화되기 마련이다. 각종 시상식에서 그들이 전하는, "이 영광을 팬 여러분들과 함께하고 싶습니다."라는 말이 상투화의 전형이다. 말이 상투화되면 감동을 주기 어렵다. 진정성이 달아나기 때문이다.

간간이 신문에서 '욕쟁이 할머니' 이야기를 접할 때가 있다. 골목의 허름한 음식점, 음식 맛이 일품인데, 음식을 만들어내는 주인 할머니가 욕쟁이라는 것이다. 음식을 먹으러 오는 손님들에게 친절은커녕 질박한 욕을 그대로 쏟아부어, 처음 가는 사람에게는 당혹감을 주고도 남는다는 것이다. 그런데도 그 집이 문전성시를 이루어 손님이 끊이지 않는다고 한다. 음식 맛이 기가 막히기 때문이라고 하지만, 반드시 그렇지만은 않다는 것이 내 생각이다.

교언영색(巧言令色)으로 처바른, 상품화된 친절의 말에 아무런 감동을 받지 못하는 현대인들이 감동의 진정성과 소통의 솔직함을 맛보려고 '욕쟁이 할머니 집'을 찾는 것이 아닐까. 할머니의 소박하고 솔직한 품성은 '욕의 언어'로 표상된다. 할머니가 보여주는 '욕의 언어'는 '상품화된 언어'의 대척점에 놓이는 언어이다. 할머니의 질박한 마음은 '상투화된 감동'의 반대 자리에 놓이는, '제법 와닿는 감동'이 될 수 있다.

우리는 상투적인 감동과 가짜 소통의 일상에서 살고 있는 셈이다. 이러한 일상을 몰고 가는 중심 자리에 대중이 소비하는 매스미디어가 있다. 물론 매스미디어가 그런 의도를 위해 존재하는 것은 아니지만, 소통 자체가 상품화되면서 인간의 말과 감정도 모두 상품화의 블랙홀로 말려드는 것이다. 대량 전달식 언어의 상품화는 표현의 상투화를 불러온다. 이러다가는 연인들의 인사까지도 상투화되는 것은 아닐지.

상품화와 상투성이 지배하는 말의 세계를 살아간다는 것은 서글픈 일이다. 이렇듯 상품화의 제도 속에서 진정한 말과 진정한 마음은 갇혀버리고 만다.

나는 학기 초 첫 강의 시간의 학생들에게 자주 이렇게 말한다.

"내 연구실은 언제나 여러분을 향해서 활짝 열려 있다. 언제든지 연락하고 찾아오라. 나는 환영한다. 와서 학문을 이야기하고 그대들 젊음의 고민들을 함께 이야기하자."

그런데 곰곰 생각해보니 이 말이야말로 상투적인 말이 되어버린 것 같다.

반성에 대한 반성

1

　　"음주 운전이란 잘못된 행동으로 피해를 드리게 되어 사죄의 마음으로 반성합니다. 향후 본인은 얼마간 무면허 상태이기 때문에, 본인의 차량은 수리해서 팔고, 집에서 근무지까지 멀기는 하지만 대중교통을 이용하거나 자전거로 출퇴근을 병행하겠습니다. 그리고 절대로 무면허 운전을 하지 않을 것입니다. 다시는 이와 같이 어리석은 일을 저지르지 않고 선량한 시민으로 살아가겠습니다. 가정에서는 아내와 자녀로부터 존경받는 가장이 되도록 열심히 살겠습니다. 판사님께서 이러한 형편을 고려하시어 선처해주기를 간곡히 부탁드립니다."

　　인터넷 포털 검색창에 '반성문'을 치고 검색해보았다. 그랬더니 '반성문 양식과 예문'을 올려놓은 사이트들이 있었다. 위에 소개한 글은 음주 운전으로 사고를 낸 사람이 법원의 판사에게 제출하는 반성문인데, 인터넷에 있는 예시 글의 일부를 옮겨와본 것이다. 물론 전문을 다 받아가려면 유료이다. 이런 식으로 돈을 내고서라도 반성문 양식과 예문을 구하는 사람이 있으니까 반성문 장사가 이루어지는 것이리라.

음주 운전 사고는 분명 잘못된 것이고, 이로 인하여 재판에서 처벌까지 받게 되었다. 그러하니 반성문 아니라 더한 것을 제출해서라도 처벌을 경감해야 할 입장일 것이다. 그런 입장을 이해하면서도, 이렇게 반성문을, 자신의 마음을 담아 직접 쓰지 않고, 인터넷에서 구입하여 편리하게 제출하려는 데에 대해서는 전폭적인 신뢰를 주기 어렵다. 반성의 진정성이 떨어진다는 생각이 들기 때문이다. 판사들도 이런 반성문 제출 풍조를 알까.

검색 포털에 들어간 김에 반성문 관련 사이트를 더 뒤져보았다. 정말 생각지도 못했던 반성문들의 사례가 즐비했다. 남편이 잦은 음주를 아내에게 반성하는 반성문, 남편이 아내에게 자신의 게으름에 대해서 반성하는 반성문, 아내가 남편에게 홈쇼핑 과잉을 반성하는 반성문 등은 흔히 있을 수 있는 반성 형태로 보였다. 부모가 자녀에게 심한 말을 한 것을 반성하는 반성문, 엄마가 아들에게 자신의 행동에 대해서 반성하는 반성문 등은 부모의 반성이라는 점이 특이했다. 옛날 같으면 없었던 반성 양태이다.

학원에 빠진 것에 대해 부모에게 반성하는 반성문, 자녀가 부모에게 실언한 것에 대해 반성하는 반성문, 시험 부정을 모의한 것에 대해서 반성하는 반성문 등은 이전에도 보아왔던 것이다. 매우 구체적인 정황을 반영한 것으로, 시아버님의 제사를 잊은 아내가 남편에게 반성하는 반성문, 부모님께 부부싸움을 한 것에 대해서 반성하는 반성문 따위도 있었다. 거듭 말하지만 이들 반성문 양식과 예시 글은 모두 돈을 내어야 다운받을 수 있다. 반성문을 사고 팔고 하다니, 직접 쓰지 않고 돈 주고 사서 반성문을 제출한 데 대한 반성문이 있어야 할 것 같다. 아니, 그것조차도 인터넷에서 돈을 내고 다운받아서 제출하려나.

그렇구나. 반성을 가시적 행동으로 보일 때는 반성문이라는 형식이 있었지! 새삼 다시 알았다. 나는 언제 반성문을 썼던가. 초등 3학년 때 담임 선생님은 자신의 반성을 우리에게 가끔 보여주셨다. 그리고 우리에게도 반성문을 자주 써내도록 하셨다. 사관후보생 훈련 때는 '수양록'을 적어야 했는데, 무언가 반성을 요구하는 기제가 들어 있었다. 쫓기듯 써내는 반성문에는 정작 '반성'이 없다. 그래서 현실의 반성문은 자칫 상투적으로 흐르기 쉽다. 인터넷에서 돈 내고 다운받는 반성문도 상투성을 면하기 어렵다. 반성과 반성문은 반드시 일치하지는 않는다. 아니, 서로 배반할 수도 있다.

2

인터넷에는 학생들이 선생님께 제출하는 반성문의 양식도 있었다. '반성문'이란 표제를 쓰지 않고, '선생님께 들려드리는 이야기'라는 제목으로 된 양식이다. 이 반성문 양식은 크게 세 가지로 구성되어 있다. 첫째는 본인이 했던 일을 적는다. 누구와, 언제, 어디서, 어떤 일을, 왜 했는지를 적도록 한다. 둘째는 이 일과 관련해서 '잘못했다고 생각하는 일'과 '앞으로 어떻게 할 것인가'를 적도록 한다. 그리고 셋째는 선생님 말씀을 적고 선생님 도장을 받고, 부모님 말씀을 적고 부모님 도장을 받도록 하는 양식이다. 저질렀던 일을 일단은 팩트 중심으로 기억해내고, 그 과정에서 잘못을 반성하고, 그 반성의 뜻을 교사와 부모가 함께 보살펴준다. 요컨대 학생의 반성행위를 두고 여러 교육적 처방이 함께 녹아들도록 한 것 같다. 그럼에도 불구하고 '반성'이 절차적 형식이나 규범 때문에 경직되는 것을 염려하게 된다. 반성문이라는 양식(문화)을 사용하는 한 어쩔 수 없는 한계로도 보인다.

반성을 일단 행동으로 옮기면 마음에 품었던 원래의 반성적 사유(思惟)대로만 진행되지 않을 수도 있다. 생각과 달리 현실에서의 행동은 다른 사람들과의 관계 맥락에서 조정을 받기 때문이다. 그런가 하면 반성하는 마음은 없었는데 닥친 곤란 상황을 모면하자니 반성하는 행동을 보여주어야 하는 경우도 있다. 이게 의외로 많다고 한다. 관계가 복잡다단하고, 손해와 이익이 민감하게 오가는 사회에서는 '반성하는 마음'과 '반성 행동'이 다르게 갈 때가 늘어난다는 것이다. 앞에서 본 법원 판사에게 제출한 반성문이 그런 예에 들 것이다.

반성은 마음속 사고로 존재할 때만 그 본질이 훼손되지 않는다. 반성의 본질은 무엇인가. 반성은 본질적으로 '내적 성찰'이다. 반성은 사고(思考)의 차원에서 보면 그 자체로 의미 있는 독립된 사고 범주이다. 일찍이 '반성적 사고(reflective thinking)'라는 용어가 있지 않았는가. 그래서 철학하기를 지향하는 사람들은 '반성'이라는 말을 좋아한다. 반성은 인간이 자신과 세계를 다시 더 깊이 돌아보려는 철학적 성찰의 일종이기 때문이다. 철학적 성찰로서의 반성은 우리에게 도덕적 안목을 갖게 한다. 반성은 '도덕적 사고'의 한 양태이기도 한 것이다.

진실로 존재론적 고뇌가 진지하게 묻어나는 반성이 '훼손되지 않은 반성'의 원형이다. 바깥으로 보여주는 '반성의 기술'에 집착하면 그때부터 반성은 훼손된다. '정치적 수사'로 전락한 정치인들의 반성을 우리는 얼마나 많이 목격하는가. 이미 각질화되어서 의미도 없고 표정도 없는 반성은 또 얼마나 많은가. 밖으로 보여주는 반성, 행동으로 확인해야 직성이 풀리는 반성, 이것에 대한 반성이 필요하다. 교육에서도 반성을 무슨 행동 도식처럼 강조할 일은 아니다. 반성의 생명은 자발성이다. 그 자발성을 일깨우도록 반성의 교육적 맥락(context)을 살려주는 것이 먼저이다. 그걸 '교육의 지혜'로 일컫어도 좋겠다.

3

반성이 점차 사라지는 세태이다. 반성이라는 것이 낡은 유물처럼 보일 수도 있다. 생각해보면 근대 국가주의나 계몽주의 이데올로기 시절에는 반성도 넘쳐났다. 애국심이 있는지를 반성하고, 국산품을 애용하는지를 반성하고, 심지어 물자를 얼마나 아껴 쓰는지에 대해서 일상으로 반성하게 하던 시절도 있었다. 스스로의 생겨나는 반성이라기보다는 제도가 요구하는 반성이라 할 수 있다. 북한 사회가 인민들에게 생활 습관처럼 요구하는 '자아비판'은 제도

화되어 강제되는 반성의 대표적인 사례이다.

과거 우리가 감당했던 반성은 무언가 억눌려서 해야 했던, '억지스러운 고백' 같은 것이기도 했다. 반성은 더러 정죄(定罪) 받는 의식(儀式)으로서 다가왔었다. 반성과 처벌이 늘 같은 묶음으로 붙어 다녔다. 그러다 보니 반성은 각자의 내부 검열 기제로 따라다니면서, 겉으로 안 보이게 안으로 습관화되기도 했다. 물론 이런 것을 온당한 '반성'이라고 하기는 좀 그렇다.

아무튼 반성이 사라져가고 있다. 후련해야 할 터인데, 그렇지만은 않다. 우리 사회가 진정한 반성을 감당해보지도 못한 채, 반성이 사라져가기 때문이다. 이 점이 아쉽고 안타깝다. '반성'이 빠져나간 자리를 '자랑'이 점령한다. 이런 변화를 억압에서 자유로 나아가는, 시대정신인 양 말하기도 하지만, 마냥 수긍하기는 어렵다. 반성은 내가 나의 내면을 향하는 것이고, 자랑은 나를 타자 쪽으로 드러내어 보이는 것이다. '진짜의 나'에 대해서는 알려고도 하지 않으면서, '가짜의 나'를 연출하는 것은 아닐까. 우려가 있을 법하다.

비판의 담론은 넘치는데, 반성의 담론은 현저히 줄었다. 남을 들여다보면서 온갖 결점을 찾는 데는 선수가 되어 있다. 그러면서도 나의 결점에 대해서는 한없이 너그럽다. 스스로 심판자의 자리에서 남들을 정죄하기에 바쁘다. 내가 그러는 동안 남들 또한 나를 향해서 정죄할 것이다.

반성은 한갓 시대정신에 머물지 않는다. 반성은 보편적 가치를 지닌다. 자기반성을 몰가치하게 생각하는 사람은, 비록 지식이 많다고 해도, 그는 천박한 사람일 가능성이 높다. 사회 또한 마찬가지이다. 반성을 귀하게 여기지 않는 사회는 경박하다. '타자 비판'을 과시하며 '나 잘난 맛'을 즐기는 데로 흐른다. 마침내 서슴없는 '독한 비방'까지도 지적허영으로 소비한다. 그렇게 해서 탄생한 위선적 '비방 사회'가 바로 우리 곁에 있다.

자유를 슬프게 하는 것들

1

읽은 책 가운데, 오래도록 생각의 그늘을 드리우게 하는 책이 있다. 『시대의 소음(*The Noise of Time*)』이라는 책이 그러하다. 세계적인 전기 작가 줄리언 반스(Julian Barns)가 소련 체제하의 천재 작곡가 쇼스타코비치(Shostakovich, 1906~1975)의 생애를 소설 방식으로 재구성한 책이다. 나는 이 책과 더불어 참으로 오랜만에 '자유'를 생각하는 시간을 가진다. 이 책은 '자유'라는 주제를 인간 존재, 이데올로기, 예술, 권력 등의 주제들과 서로 맞물리게 하면서, 인간의 의미, 자유의 의미를 다성적(多聲的) 울림으로 빚어낸다. 이 책의 서두는 이렇게 시작한다.

그(쇼스타코비치)는 세 시간 동안 아파트 승강기 옆에 내내 서 있었다. 줄담배를 다섯 대 피웠고, 마음은 어지러웠다. 아파트에서 의자를 가져올 수도 있었다. 그러나 의자가 있더라도 초조해서 서 있을 수밖에 없었을 것이다. 앉아서 승강기를 기다리는 모습은 누가 보아도 이상하게 보일 테니까.

도대체 이 장면은 무엇인가. 왜 주인공은 이렇게 밤마다 마치 여행을 떠나는 사람처럼 가방을 챙겨 들고 아파트 승강기 옆에서 오랜 시간 서 있는가. 떠나지도 않으면서 매일 밤 이러고 있단 말인가. 작가인 줄리언 반스는 워낙 생략과 비약 그리고 도치의 기법을 많이 사용하여 독자들에게 사태를 바로 보여주지 않고 점진적으로 드러나도록 이야기를 구성한다. 그래서 내가 쉽사리 알아차리지 못한 점이 없지도 않으리라. 그러나 책을 읽어나가면서 주인공 쇼스타코비치가 고통스럽고 두려운 상황에 있음을 알아차릴 수 있었다.

쇼스타코비치는 음악 천재이다. 독재자 스탈린 정권의 눈 밖에 난 그는 음악 활동을 금지당하면서, 이제는 언제 끌려가서 처벌을 받을지 모르는 상황에 놓인다. 자유가 사라진 스탈린 치하의 소련은 무자비한 폭력과 공포의 숙청을 이어나간다. 쇼스타코비치의 친구와 동료 음악가들도 하나씩 끌려갔다. 그는 자신에게도 그런 운명이 닥쳐오는 것을 예감한다. 밤에 집 안에 들어 닥친 기관원들에게 자다가 끌려가는 모습을 가족이나 친지에게 보이기 싫어서, 본인이 모든 행장을 준비하여 아파트 승강기 옆에서 자신을 잡으러 오는 사람들을 기다리고 있는 것이다. 당시 체포와 호송은 밤에 이루어졌다고 한다.

쇼스타코비치는 1936년에 오페라 〈므첸스크의 맥베스 부인〉을 작곡했다. 그런데 이 작품이 당의 사상을 반영하지 못하고 형식주의 예술관에 빠졌다고 공산당 기관지 『프라우다』에서 두 차례나 혹독한 비판을 받았다. 이런 비판 분위기에서 당시 소련에서는 600명이상의 작가, 예술가들이 수용소로 쫓겨 가거나 피의 숙청을 당하던 때였다. 그 후로 쇼스타코비치는 스스로도 '공포의 노예가 되었다.'고 말한다. 이듬해 제5번 교향곡 〈혁명〉을 발표하고, 이 작품이 사회주의 리얼리즘을 담았다고 평가받음으로써, 그는 당의 비판을 수용하고 잘못된 태도를 교정했다고 인정받았다.(『소음의 시대』, 265쪽 참조)

소련 공산당으로부터 평생 비난과 환대를 동시에 받았던 그는 마치 두 줄 타기 광대와도 같은 이중성을 그 내부에 가졌는지 모른다. 살아남기 위해 권력 앞에서 비겁하기도 하고, 환대를 해주면 그들을 위해 영웅의 가면으로 등장하기도 한다. 그러나 이 책의 작가는 쇼스타코비치의 내면이 끊임없이 어떤 이중성에 시달리는 것을 예리하게 추적한다.

스탈린 시대 말기 소련은 쇼스타코비치의 사상 개조를 위해서, 그에게 사상 재교육 겸 감시 멘토(mento)에 해당하는 트로신이라는 인물을 보내어 같이 있게 한다. 트로신과 쇼스타코비치의 대화 장면 하나를 작가는 이렇게 표현한다.

트로신 동무와의 정중하고 따분하면서 기만적인 대화는 계속되었다. 어느 날 오후 트로신이 쇼스타코비치에게 물었다.

"몇 년 전 스탈린원수가 당신에게 직접 전화를 걸었다는 얘기가 사실입니까?"

"예, 사실입니다."

"스탈린은 정말 위대한 분이군요! 온 나랏일을 다 보살펴야 하고, 모든 일을 다 처리해야 하는데 쇼스타코비치에 대해서까지 알고 계시다니 말입니다. 세상의 절반을 지배하시면서도 당신에게 시간을 내어주시는군요!"

"예, 예, 정말 놀랍지요." 그는 열성을 보이는 척하며 맞장구를 쳤다. 트로신이 말했다.

"당신이 유명한 작곡가인 줄은 알고 있습니다만, 우리 위대한 지도자와 비교한다면 당신은 어떤 분일까요?"

"위대하신 지도자에 비하면 저는 벌레지요. 벌레입니다."

"예, 바로 그겁니다. 당신은 진짜로 벌레입니다. 그리고 이제야 당신은 건전한 자기비판 의식을 갖게 된 듯해서 다행입니다."

자유가 말살당한 황량한 풍경을 볼 수 있다. 굴종의 극한이 따로 있겠는가. 이 책을 소개할 때 어김없이 따라다니는 말이 있다. "영웅이 되기보다 비겁하기가 더 어려웠다." 쇼스타코비치의 내면 독백 형식을 빌려와서 임팩트 있게 표현한 말이리라. 읽으면서 실감하게 된다.

2

'자유'의 유의어를 사전에서 찾으면 '자재(自在, 속박이나 장애 없이 저절로 마음대로 존재하는 것)' 또는 '자적(自適, 아무 속박을 받지 않고 마음껏 누리고 도달하는 것)' 등으로 되어 있다. 도를 깨친 부처님이나 신선의 경지가 연상된다. 모순 가득한 인간 존재의 조건에서 비추어보면 도저히 이르지 못할 이상의 경지로 보이기도 한다.

'자유'의 반의어로는 '구속(拘束)', '속박(束縛)' 등이 있다. '붙잡아서 꽁꽁 묶어놓는다'는 뜻이다. 신체가 묶여 있는 상태를 자유의 반대 개념으로 잡아서, '자유'의 반의어로 사용해온 것이라 생각된다. '자유'란 말 안에 내재하는 깊고 오묘한 이상적 가치를 생각하면, 이런 반의어들이 '자유'란 말의 파트너가 되기에는 무언가 함량이 모자란다는 생각도 든다.

현실에서 '자유'를 망가뜨리는 공적은 '폭력'이다. 폭력에 휘둘리면서 자유를 구가하는 것은 절대 불가능하기 때문이다. 폭력이 잠재적으로 존재하는 것만으로도 나의 자유는 충분히 망가진다. 폭력 앞에 놓인 사람의 불안과 두려움, 그리고 그것 때문에 자신이 비겁해지고 나약해지는 것, 이것만으로도 자유는 설 자리가 없다.

쇼스타코비치가 겪었던 부자유는 제도와 이념과 체제가 개인에게 가해 온 이를테면 위로부터의 폭력이다. 그가 겪었던 대로 우리 존재를 두려움과 불안과 비겁으로 몰아넣는 것은 자유의 적이다. 이런 부자유를 몰고 오는 양태가 오늘날 열린 체제의 사회에도 있다. 그것은 '옆으로부터 오는 폭력'이라 할 수 있다.

오늘날 흔히 만나는, 한 개인에 대한 악성 댓글은 폭력의 일종이다. 악성 댓글은 무조건 상대를 감정으로 정죄하고 그에게 항변의 기회를 합리적으로 허용하지 않는다는 점에서 인민재판에 비유된다. 당사자의 자유의사 표명 자체를 초토화시킨다. 대개는 조절되지 않는 분노와 저주와 욕설과 인격 살인이 횡행한다. 집단 히스테리의 모습도 비친다. 악성 댓글들로 인해서 사람을 죽음으로 몰고 간 일들이 얼마나 많았던가. 댓글은 원래 대화를 살리려고 만든 소통의 장치이지 않은가. 악성 댓글은 가장 반대화적(反對話的)인 애물단지가 되어버렸다.

악성 댓글에 시달린 사람은 받은 상처와 두려움으로 자신을 변명할 의욕조차 상실한다. 그 불안과 두려움 때문에 자신도 모르게 비겁해진다. 스스로를 굴욕의 감방에 가둔다. 쇼스타코비치가 자신을 감독하는 자에게 '나는 벌레 같은 존재이다.'라고 말하는 대목이 바로 그러하다. 이런 소통 생태를 가진 사회는 자유가 조금씩 망가져가는 사회이다.

집단 광기의 협박과 욕설로 얼룩지는 소통 행태는 일찍이 보지 못했던 현상이다. 온라인 공간에서 생기는 댓글 폭력은 수평 관계에서 생겨나는 폭력이다. 수직의 권력 관계에서 생기는 폭력과는 성질이 다르다. 그러나 자유를 위협하는 것은 마찬가지이다. 이 또한 '시대의 소음'이라 할 수 있지 않을까. 진정한 소통의 자유를 위한 새로운 사회적 계약이 필요하다. 오래 잊고 지냈던 '자유의 이상'을 새롭게 각성해야 하는 시점에 있다는 생각도 든다.

자유의 이상적 구경(究竟)을 마음에 품어본다. 자유가 활기 있게 숨 쉬는 사회는 불평이 없다. 불행하다고 여기는 사람도 적다. 비교에 눈이 멀어서 스스로 우울의 짐을 지고 사는 사람도 적다. 자유란 단순히 억압받지 않는 것, 그 이상의 무엇이다.

이상과 우상 사이

1

텔레비전 프로그램 진행자가 출연자에게 '이상적인 이성(異性)'에 대해서 물어본다. 이런 질문에 청산유수로 시원하게 대답하는 사람은 거의 없다. 나는 그것이 당연하다고 본다. '이상(理想)'에 관한 질문이기 때문이다. 우리가 마음에 품는 이상이란 그런 것이다. 쉽게 구체화되지 않기 때문에 이상이 되는 것이다. 모든 구체성을 다 포괄하기 때문에 '이상'이 되는 것이다. 그래서 이상의 내용을 답하기가 어려운 것이다. 이상적인 사랑을 묻거나, 이상적인 소명을 묻거나, 이상적인 인생을 묻더라도 시원시원 대답하기는 어려울 것이다. 이상은 쉽사리 현실의 구체적인 것으로 바꾸어져서 확정되지 않는다.

질문에 대한 답변이 나오지 않으면, 진행자는 득달같이 추가 질문을 한다. 도와준답시고 묻는 말이, 이상적 이성이 연예인으로 친다면 어떤 연예인을 닮았는지 묻는다. 여기서 이상의 실체를 대지 못하면 그 출연자의 이상은 없는 것처럼 무시된다. 대개는 아무개 배우, 아무개 가수, 아무개 아이돌(idol) 하고서 대답을 한다. 거기서부터는 이른바 '이상형'에 대한 현실적인 해부가 시작된다. 원래 품고 있던 이상형의 아우라(aura)는 언급될 틈도 없다. 이미 현실로 실체화된 그 연예인의 외모나 언행 등이 이상의 진면목인 양 이상을 점령한다.

이상을 쉽게 현실의 그 무엇으로 대체시키면 이상은 증발하고 왜곡된다. 이상의 자리에 욕망이 대신 들어서기도 하고, 이상의 자리를 이기심이 차지하기도 한다. 이상은 한갓 얄팍한 명예욕으로 변신하기도 하고, 이상이 세속 쾌락의 그림자로 전락하기도 한다. 워낙 돈의 위세가 강한 세태이니까 이상의 물신화(物神化)가 일어난다고나 할까. 흔히 이상을 이야기하면서, 내 스타일이다, 아니다, 하는 것도 이상을 왜곡시킨다.

원터치로 욕망을 충족하는 디지털 기계 문명의 매력을 '이상의 경지'로 생각하는 사람도 있는 것 같다. 소비자들에게 '원터치 욕망충족'을 유혹하며, 100% 즐거움과 만족을 보장하니 감동을 느끼시라. 우리는 오로지 감동을 드릴 뿐이다. 이렇게 감동 경영을 내세우는 방송 광고를 따라가노라면, 거기에 유토피아가 있는 것 같고, 현실이 이상인 양 착각을 하게 한다. 언어의미론에서 '이상'은 '현실'과 대척되는 차원을 가짐으로써 자기 자리를 확보하는 개념이 아니었던가.

그런데 이런 대척의 균형이 무너지고, 이상은 잘 보이지 않는다. '음식의 이상(또는 이상적 음식 생활)'만 해도 그렇다. 텔레비전 채널 아

무 데서나 등장하는 이른바 먹방(음식 먹는 방송)은 '먹는 일의 이상'
에는 별반 관심이 없다. 그리고 그 자리에 오로지 식욕의 현실이 밀
고 들어온다. '지금 여기' 현존하는 음식이 풍기는 감관의 유혹과
식욕의 역동성이 화면을 꽉 채우며 들이밀지 않는가. '먹방'이 대세
인 세태를 따라가다 보면 현대인들의 '이상 없는 현실', 그 민낯이
잘 드러난다. 구체적 현실을 이상처럼 여기다 보면 그 이상은 우상
이 된다. 이상은 순정한 추상형으로 존재하는 것이 맞다.

2

몸에 관해서 우리는 어떤 이상을 품고 있는가. 이상은 '바람직하
고 합리적인 상태'를 전제로 하는 개념이다. 그렇다면 우리는 몸에
대해서 바람직하고 합리적인 이상을 무엇으로 설정하고 있는가. 바
람직한 합리성에 바탕을 두고, '몸의 이상(理想)' 또는 '이상적인 몸'
을 말한다면 무엇보다도 '건강'이 이상적 몸의 우선 조건이 되어야
할 것이다. 설령 몸매의 아름다움이 이상적인 몸의 조건으로 중요
하다 하더라도, 어디까지나 건강한 몸을 돕는 전제하에서 '아름다
운 몸매'가 되어야 할 것이다. 그것이 아무리 좋아도 '건강'을 넘어
서는 것이 될 수는 없다. 또 몸이란 인간 존재를 가장 실존적으로
실현하는 것이어서, '몸의 이상'과 '몸의 현실'이 서로 잘 조화를 이
룰 수 있다. 현실이 과도하게 이상을 훼손하지 않을 수 있다.

그런데 그렇지가 못하다. 오늘 우리는 몸의 이상적 경지를 '건
강'보다는 '마르고 날씬한 몸매'에 두고 있다. 부작용이 있음에도

그러하다. 잘못된 것에 끌려서 그 잘못된 것을 이상처럼 받든다면, 그것은 이상이 아니다. 그것은 오히려 우상에 가까운 그 무엇이다. 우리가 '날씬한 몸매'라는 우상에 어리석게 지배되고 있음을 보여 주는 사례가 있다.

영국 리버풀대 심리학과의 에릭 로빈슨 교수는 2017년 5월 국제 학술지 『섭식 장애 저널』에 "의류 매장에서 사용하는 마네킹이 하나 같이 비현실적인 마른 몸매를 갖고 있다."라고 발표했다. 패션업체 들은 옷을 돋보이게 하려고 늘 마른 몸매의 모델과 마네킹을 선호 한다. 연구진이 조사한 여성 마네킹은 정상적인 몸매를 가진 경우 가 하나도 없었다. 여성 마네킹의 평균 몸매는 신체질량지수(BMI) 1~12중 1에 해당됐다. 이는 최저 체중에 해당하는 지표이다.

호주 플린더스대 심리학과의 칼리 라이스 교수는 2017년 초 『보 디 이미지 저널』에 발표한 논문에서 "여자아이들이 바비 인형(바비 인형은 날씬한 몸매를 상징하는 인형이다.) 때문에 자신의 몸에 자신감을 갖지 못한다."라고 밝혔다. 그는 여자아이들을 세 그룹으로 나눠 첫 째 그룹은 바비 인형이 나오는 그림책, 둘째는 정상 체형의 에미 인 형이 나오는 그림책, 셋째 그룹은 인형 없는 그림책을 읽혔다. 이후 자신의 몸매에 대한 만족도를 물어보자 바비 인형을 본 아이들이 가장 낮게 나왔다.(이영완의 '사이언스 카페', chosun.com, 2017.5.16. 참조)

우리는 스스로 객관적 이상이라고 생각하지만, 실제로는 어리석 은 우상에 빠져 있는 경우가 많다. 마르고 날씬한 몸에 대한 우상적 믿음이 결국은 건강을 망가뜨리는 결과를 초래하는 것이다. 어리석 음이 아니라고 누가 말할 수 있겠는가. 이는 이상을 현실에서 구하려는 데서 생긴 오류이다. 이상과 현실의 관계가 깨진 데서 오는 오류이다. '이상'의 사전적 반대어는 '현실'이다. '이상'의 왜곡된 추구에서 오는 '이상'의 반의어는 '우상'이다. 이상을 섣불리 현실로 대응시키지 말아야 한다. 거듭 말하지만, 이상은 순정한 추상형으로, 우리들 가슴에서만 존재하는 것이 맞다.

3

마음에 품는 이상을 두고 '청운(靑雲)의 꿈'이라는 말을 쓴다. '청운(靑雲)'은 글자 뜻 그대로는 '푸른 구름'이다. 하지만 이 말은 이미 비유가 되었다. 마음에 품고 멀고 길게 바라다보는 이상의 위상을 비유하는 말이 된 것이다. '청운'이라는 말에는 유가(儒家)에서 말하는 '입신양명(立身揚名)'의 현실주의 출세관이 녹아 있기는 하지만, 젊은이들이 나아가고자 하는 이상의 경지를 뜻하는 말임에 틀림없다.

그래서 '청운의 꿈', 그것이 구체적으로 무엇이냐고 묻는다면 일단 당혹스럽다. 그것을 이상의 차원에서 품고 있는 사람이라면 정말 그렇다. 상대가 자꾸 캐어물어서 억지로 대답을 해놓고 보면, 금방 이게 아닌데 하는 생각이 든다. 대답을 구체적으로 해놓고 보니 내 '청운의 꿈'은 마치 추락한 날개처럼 초라하고 궁색하고 속되다. 왜 이렇게 되어버렸지. 대답한 것을 후회한다. 차라리 이렇게 말했더라면 좋았을 뻔했다. "지금으로서는 무어라 딱히 '이거다.'라고 말할 수는 없어요. 그냥 그걸 마음에 품고 있는 것만으로 내 마음에 함과 소망이 솟아요." 그렇다 '청운의 꿈'은 그냥 '청운의 꿈'으로 알아줄 때 훼손되지 않는다.

이상을 당장 현실로 맞바꾸어서 말해보라고 하는 데서 이상의 본질이 훼손되는 것이다. '청운의 꿈', 그런 막연한 것은 인생을 지연시킨다. 실현 가능한 확실한 미래를 붙잡아라. 그럴 법한 충고 같지만, 이야말로 생의 철학적 지향, 즉 이상을 버리고 메마른 현실에만 매달리라고 하는 것밖에 되지 않는다. 그런데 유감스럽게도 우리의 세태가 그러하다. 이상주의자로 사는 것이 여간해서는 허용되지 아니하는 세상을 살고 있는 것이다.

이상은 하늘에 있고 현실은 땅에 있다. 하늘을 잡아당겨서 당장 땅에 닿게 하고, 땅을 띄워 올려서 하늘에 갖다 댈 수는 없는 것이 이치이다. 하늘과 땅이, 눈에는 잘 안 보이지만, 오묘하게 서로를 순환하게 하는 것, 그것이야말로 우주의 섭리이다. "하늘에는 반짝이는 별, 내 마음에는 양심."이라고 말했던 칸트의 말에서 이상의 참모습을 본다.

'구원(久遠)의 이상'이라 일컬어지는 것들, 이를테면 순수, 사랑, 화평, 정의, 성(聖), 자유 등의 말들이 왜 그토록 그 뜻이 아득하기만 한 추상명사로 존재하는지를 마음 깊이 생각해볼 일이다. 추상어는 현실에 오염되지 않는다. 추상어는 그 안에서 숨은 생성력을 가진다. 그리고 추상어는 오래도록 우리에게 일관성 있는 추동력을 준다. 왜 그런가? 이상은 지평선과도 같다. 가닿았다고 생각하는 순간, 다시 물러나 가닿을 수 없는 저편에 또 다른 지평선으로 존재하는 것, 그것이 이상이다. 그래서 이상은 영원하다. 그 이상을 품을 일이다.

인터뷰 폭력

1

방송사에서 나를 인터뷰하러 오겠다고 하면 어떤 마음이 들겠는가. 방송 인터뷰라는 것을 한 번도 해보지 않은 사람이라면 살짝 흥분할 것이다. 아! 내가 방송에 나오다니! 그러고는 인터뷰를 잘하기 위해서 준비를 촘촘히 할 것이다. PD에게 미리 질문 사항을 확인해보기도 하고, 말할 내용을 정리해놓기도 한다. 말을 더듬거리지 않으려고, 거울 앞에서 연습을 해보기도 한다. 방송에 나가는 것이니까 얼굴이나 머리를 다듬고 용모를 단정히 할 것이다.

마침내 나를 인터뷰할 방송사 사람들이 온다. PD는 인터뷰 내용을 점검하는 차원에서, 그리고 정말 내가 잘할 수 있는지를 확인하는 차원에서 이런저런 주문을 한다. 어떤 경우는 말할 내용을 은근히 유도한다는 생각이 들 때도 있다. 그럴 거라면 당신 혼자 다 하지 나한테는 뭐 하려고 왔나 하는 생각이 들기도 한다. 그러나 프로그램의 기획 의도라는 것이 있으니 그럴 수도 있겠다고 생각한다.

엔지니어들은 오디오 상태를 시험하고, 조명을 여러 번 조정한다. 방송 인터뷰를 처음 하는 쪽에서는 이런 분위기만으로도 슬며시 긴장이 된다.

막상 인터뷰 촬영에 들어가면, 준비했던 말이 술술 나오지는 않는다. 말의 앞뒤가 바뀌기도 하고, 막상 중요한 것을 빠트리기도 한다. 잘못된 부분은 PD가 다시 하자고 한다. 어떤 부분은 내 쪽에서 미안하여 다시 하자고도 한다. 5분 정도의 분량이라 했는데 금방 2, 30분이 넘어간다. 처음 한 것치고는 최선을 다한 것 같아서 내심 뿌듯하다.

인터뷰가 방송에 나온다는 날, 만사를 제치고 텔레비전 앞에 앉는다. 아는 친지들에게 방송에 나온다고 광고해둔다. 그런데 이게 무슨 일인가. 프로그램 중간에 그저 5초 정도나 될까. 짧게 스쳐 가듯 번개처럼 지나간다. 인터뷰 때 NG 낸 것 다 제외하고, 제대로 말한 분량만도 족히 10분은 넘는데, 도대체 나는 인터뷰를 하기는 한 건가. 화면으로 보여준 내용도 엉뚱하다. 내가 말하고자 하는 핵심과는 거리가 멀다. 내 주장의 전제 조건쯤에 해당하는 것을, 그것만 잘라내어서 화면에 내보냈다.

일부 방송 인터뷰의 과정이 얼마나 방송사 사람들 마음대로 일방적으로 이루어지는지를 고스란히 보여주는 대목이다. 겪어본 사람은 방송 인터뷰의 황당함을 뼈저리게 느낄 것이다. 인터뷰 당사자(interviewee)를 자기들 입맛대로 다루면서, 상대에 대한 존중감이 없다. 일반인이 아닌 전문가를 대상으로 한 인터뷰에도 이런 일은 종종 있는 듯하다. 이 인터뷰는 어떤 절차로 이루어지며, 어떻게 편집하여 최종 방송에서 어떻게 내보내는지를 왜 사전에 설명해주지 못하는가. 나쁜 인터뷰임에 틀림없다. 나는 이를 '인터뷰 폭력'이라고 부르고 싶다.

방송사 쪽의 오만함은 또 있다. 그들이 찾아온 인터뷰일 경우, 인터뷰 당사자(interviewee)에게 아무런 사례를 하지 않는다. 거금의 출연료를 달라는 것이 아니다. 인터뷰 출연자(interviewee)가 자신의 경험과 식견과 지식을 일차적으로 방송사에 제공하는 것 아닌가. 콘텐츠를 얻어가면서 그것을 존중해주는 배려가 없다는 말이다.

2

이 문제를 꼼꼼히 들여다보면 미디어와 일반 시민 사이의 왜곡된 관계가 금방 보인다. 먼저 미디어의 권력 행사가 있다. 방송 출연 또는 방송 인터뷰 참여 등을 요청받았을 때, 사람들은 대개 감사하게 생각한다. 좀체 오는 기회도 아니다. 동요로 유행했던 "텔레비전에 내가 나왔으면 정말 좋겠네. 정말 좋겠네."라는 노래는 단순히 동심의 기대만을 담은 것일까. 그렇지 않다. 이것은 어른들에게도 본능처럼 작동하는 욕구이다. 미디어가 명예로 통하는 통로, 미디어가 세상 인기로 통하는 통로, 미디어가 권력으로 통하는 통로, 미디어가 부(富)를 찾아가는 통로로 인식되는 세상이기 때문이다. 실제로 평범해 보이는 일(사람)도 텔레비전에 몇 번 나오면 특별한 일(사람)이 된다.

그러니까 미디어는 권력인 셈이다. 신문에 나고 텔레비전에 한

번 얼굴을 등장시켜주는 것만으로도 대개는 고마워서 어찌할 줄 모르는 감지덕지(感之德之)의 마음이 되는 것을 미디어 쪽에서도 안다. 신문에 나게 해달라고, 텔레비전에 등장시 달라고 간청을 하는 사람을 찾아보기란 그리 어려운 일이 아니다. 앞에서 언급했듯이 미디어는 인터뷰를 일방적으로 시도하고 그 인터뷰 내용을 폭력적으로 처리해도 출연 당사자에게 별반 미안해하지 않는다. 미디어로서는 일종의 시혜를 베푸는 것이라고 여길지도 모른다. 출연시켜주는 것만으로도 고마워해야지. 뭐 이런 집단 무의식을 가지고 있는 것은 아닐까.

미디어에 얼굴과 이름을 내고 싶은 욕구가 잘 다스려지지 않으면 그 욕구는 허영과 명예욕의 함정으로 빠지기 쉽다. 이런 사람들이 있기 때문에 일부 미디어가 부당한 권력을 행사하는 것이다. 그러하니 시민들에게도 문제가 있는 것이다. 미디어의 유혹에 이끌려서, 미디어에 굽신거리고, 미디어 위력 앞에서 맥을 못 추는 사람들이 많아서 생기는 일이다. 그런 풍조가 공공연해서야 어찌 품격 높은 미디어 문화를 기대할 수 있을 건가. 미디어를 냉정하게 지켜보려는 시민 의식의 성숙이 필요한 것이다. 교육의 책무가 여기에도 있다.

나는 한때 방송사에 근무한 적이 있었다. 나는 그때 미디어를 통하여 인터뷰에 여러 번 응해본 적도 있고, 이슈가 된 어떤 인물을 찾아가서 인터뷰를 해본 경험도 있다. 앞의 경우 인터뷰상의 내 역할은 인터뷰이(interviewee)이고, 뒤의 경우 내 역할은 인터뷰어(interviewer)이다. 두 역할 모두 쉽지는 않았다. 그중에도 어느 역할이 더 어려웠느냐고 묻는다면, 단연코 인터뷰어라고 말하겠다. 좋은 질문자(interviewer)는 내공이 있어야 한다. 단순한 언어 기술을 넘어서는 깊은 통찰력과 두텁고 든든한 배경지식을 가져야 한다. 이것이 빈약하면 아무리 좋은 인터뷰 대상자를 만나도 좋은 콘텐츠를 이끌어내지를 못한다. 그렇게 요령 없는 인터뷰를 해놓고는, 그걸 어설픈 편집으로 수습하려 하는 데서 인터뷰의 왜곡이 생겨나는 것이다.

3

미디어가 거미줄처럼 퍼져 있는 세상은 인터뷰 천지이다. 인터뷰 없는 미디어는 존재할 수가 없다. 특히 방송 미디어는 인터뷰에서 미디어 간 경쟁의 승부가 난다. 방송 뉴스 프로그램의 경우, 인터뷰 없는 취재는 안이한 취재이다. 아니 불량 취재이다. 국민들이 만나보고 싶은 사람을 대신 만나서, 알아보고 싶은 내용을 대신 묻는 일이 온통 인터뷰에 위임되어 있는 것이다. 이것을 느낀다면 인터뷰를 담당하는 기자의 등골에는 땀이 흘러내리지 않을 수 없다.

기자들의 취재 능력은 곧 인터뷰 능력이라 해도 과언이 아니다. 인터뷰할 대상을 만나는 데까지만 가도 '절반의 성공'이다. 내가 간절히 찾는 대상이라면 다른 경쟁 방송사의 기자들도 죽기 살기로 찾아 나서기 때문이다. 그러나 이 '절반의 성공'은 이후 실제 인터뷰 과정에서, 얻고자 하는 내용을 제대로 채굴해내지 못하면, '한판의 실패'로 종결된다. 실패한 인터뷰로 만든 화면은 방송사의 실패로만 끝나지 않는다. 그것은 국민의 실패로 돌아간다.

인터뷰(interview)는 영어에서 온 말이다. '면접'이나 '면담' 등으로 풀이하지만 미묘한 차이가 있다. interview가 내포하는 문화적 뉘앙스(nuance)를 온전히 전달하지 못한다. 글자 그대로 해석을 하자면, view(견해)와 view(견해) 사이의 inter(서로 주고받음) 작용을 보여주는 것이 인터뷰이다. 수평적인 인터뷰도 있고 일방적인 인터뷰도 있다. 어떤 부류의 사람들은 그야말로 보여주기 위한 인터뷰를 할 때도 있다. 미디어가 이를 부추길 때도 있다.

어쨌든 인터뷰가 만연하는 세상이다. 바른 인터뷰는 자유 민주 사회를 떠받치는 소통 방식이다. 학생들의 숙제에도 누군가를 만나서 인터뷰를 하고, 그 내용을 적어서 내게 하는 것이 있다. 과목마다 학습 활동으로 인터뷰 과업을 하도록 교육과정이 명시하고 있다. 일상생활과 학습에서 인터뷰가 이렇게 중요한 역량으로 간주된다. 그만큼 현대인의 소통 생태가 다양하고 역동적으로 변해가고 있다는 증거이리라. 특히 미디어로 소통하고 미디어와 더불어 살아가는 생태에서는 인터뷰를 학습하고, 수용하고, 인터뷰에 참여하고, 인터뷰를 생산하는 역량이 필요한 것이다. 방송 미디어도 우리 사회가 인터뷰를 바르게 경험하도록 하는 길잡이 역할을 해야 한다.

모를 권리

1

한 방송사에서 제작·방영했던 드라마 〈응답하라 1988〉가 세간의 관심을 가파르게 끌어올렸던 적이 있다. 한 세대 전 1988년 무렵, 한국인이 살았던 삶의 분위기와 정서를 잘 재현하여, 그 추억과 감회를 시청자들의 몸이 기억하고 화답하도록 하는 드라마이다. 얼마나 인기가 있었는지 이 드라마의 약칭인 〈응팔〉이라는 이름까지도 금방 유명해졌다. 그야말로 지나간 '시대의 초상화'를 그려내고, 시청자들로 하여금 그것에 몰입하게 함으로써 묘한 자기도취와 자기연민으로 이끌고, 복고적 되새김을 하도록 한 드라마이었다. 정말 인기가 높았다. 드라마 주인공들의 기복 있는 인생사를 시청자들은 마치 자기 일인 양 관심을 가지고 드라마 속 사건의 추이에 관심을 쏟았다.

이 드라마 종영을 4회 앞두고, 〈응답하라 1988〉 제작진은 언론에 한 가지 당부를 했다. 그것은 이 드라마의 결말 내용을 미리 알리는 기사를 쓰지 말아달라는 것이었다. 드라마 제작진은 확인되지 않은 '스포일러(spoiler, 영화의 줄거리나 주요 장면 등을 미리 알려주어 재미를 떨어뜨리는 행위) 기사'들로 시청자들이 많은 혼란을 겪으실까 심히 염려스럽다며 시청자들이 기다려 즐길 수 있는 '모를 권리'를 꼭 지켜달라고 언론에 당부했다. 드라마에 열중해 있는 사람에게 누군가 '그 드라마는 이렇게 결말이 난다.'고 미리 이야기해버린다면, 얼마나 김이 새는 일인가. 드라마 수용의 긴장감도 떨어질 수밖에 없다.

이 대목에서 '모를 권리'의 중요성이 잘 드러난다. 이 경우 '모를 권리'는 시청자에게는 드라마 감상의 몰입의 즐거움을 보장하는 권리이다. 해당 방송사로서는 '모를 권리'를 확보함으로써 드라마의 흥행과 수익성을 높일 수 있는 것이다.

그런데 만약 한 언론이 이 드라마의 결말을 미리 알고서 방영 전에 세상 널리 공지한다면, 이를 어떻게 받아들여야 할까. 게다가 이는 국민적 관심을 모으는 드라마이므로, 그 결말 이야기를 미리 공개하는 것은 국민의 '알 권리'를 존중하는 것이라고 변명한다면 어떻게 될까. 아마도 '알 권리'와 '모를 권리' 사이에 일대 결전이 벌어질지도 모르겠다. 이 스포일러 기사가 얼마나 악의적이며 실제로 어떤 손해를 끼쳤는지를 중심으로 재판이 벌어질지도 모른다. 참고로 말하면 실제로 악성 스포일러 기사는 범죄에 해당하며, 그에 상응하는 벌을 받는다.

2

논술 시험에 자주 출제된 문제 중에 우리에게 상당히 익숙한 문제로, 말기 암 환자 문제가 있다. 말기 암 환자에게 암에 걸린 사실을 알려주어야 하는가, 알리지 말아야 하는가를 논하게 하는 문제가 바로 그것이다. 이는 곧 '알 권리'와 '모를 권리'에 대한 사고를 요청하는 문제이기도 하다. 정답은 무엇인가. 정답은 특정되어 있지 않다. 그러니까 논술 문제이기도 하지만, '알 권리'와 '모를 권리'는 각기 고유한 가치를 가지고 있기 때문이기도 하다.

말기 암 환자에게 '알 권리'와 '모를 권리'는 모두 중요하다. 물론 환자의 인간적 상황과 연결하여 그렇다는 것이다. 자기통제가 강하고 자신이 꼭 정리해야 하는 과업이 가로놓인 사람에게는 '알 권리'가 중요할 수 있을 것이다. 반면 심각한 정신적 공황(恐慌)과 좌절감에 빠진 환자에게는 때로 '모를 권리'가 중요할 수도 있다.

그런데 이 두 권리는 약간의 차이를 가진다. '알 권리'는 환자 본인이 스스로 요구하고 인식하는 권리이다. 즉 환자 본인도 자신의 암에 대해서 알아야 하겠다는 주체로서의 인식을 반영한 것이 '알 권리'로 나타나는 것이다. 그에 비해서 '모를 권리'는 환자 자신의 주체적 요구와 인식을 반영하는 권리는 아니다. 환자를 인간적으로 배려하는 의사의 인간애나 가족의 육친애를 반영하는 데서 드러나는 권리인 것이다. 말기 암인 줄 모르면서 암 치료를 받는 환자가 스스로 내 병의 실체에 대해서 나는 '모를 권리'를 행사하고 싶다는 주장을 하기는 현실적으로 어렵기 때문이다.

'알 권리'와 '모를 권리'는 발생론적으로는 각기 다른 맥락에서 생겨났다. '알 권리(right to know)'는 1945년 미국 AP통신사의 간부 켄트 쿠퍼가 이 말을 처음 사용함으로써, 사실을 왜곡하고 진실을 은폐하려는 부당한 권력에 맞서는 언론의 사명을 강조하는 말로 자리 잡았다. 이는 물론 언론의 권리가 아니라 국민의 권리로 이해되어야 한다.

'모를 권리'는 독일 태생의 유태계 철학자이며 환경윤리학자인 한스 요나스(Hans Jonas)가 저서 『책임의 원리』에서 언급했다. 인간에게는 '모를 권리'도 있다고 그는 주장하였다. 생태 파괴와 생명 훼손에 대한 문제를 지적하는 과정에서 그는 인간이 더 이상 생명의 신비에 대해서 몰라야 한다는 주장을 하면서 '모를 권리'를 말한다. 생명공학이 제멋대로 전개된다면 인간의 존엄성을 해칠 수 있다면서, 그런 차원에서 인간의 '모를 권리'를 강조한 것이다.

그러나 세상은 많이 달라졌다. 특히 현대 사회와 문화를 작동시키는 기술 생태가 정말 많이 달라졌다. '알 권리'와 '모를 권리'도 이런 환경 생태에 적응하며 빠르게 진화한다. 진화가 바람직한 변화만을 반영하는 것은 아니다. 새로운 양태의 '알 권리'와 '모를 권리'가 사회적 이슈로 대두한다. 좋은 권리로 진화하기도 하지만 나쁜 변이도 나타난다. 이런 변화에 교육도 민감하게 영향을 받는다.

3

'알 권리'에 충실하게 다가갔더니, 가짜 뉴스에 농락을 당한다.

이따위 뉴스와 만나고 싶지 않아. 왜 내가 이런 것을 알아야 돼 하고 분통이 터질 때, '모를 권리'를 행사하고 싶다. 어떤 강력한 계몽주의자가 나를 무지한 사람으로 취급하여 알기를 압박해 올 때도 '모를 권리'를 주장하고 싶다. 앎이 억압이 되는 것은 싫기 때문이다. 오염된 이념과 이해(利害)의 전언들에 물들지 않고, 나를 '모르는 상태'로 유지하고 싶은 것이다. '알 권리'를 강제로 요구받을 때, '모를 권리'는 더욱 간절해진다.

일부 청소년들이 모바일 메신저 단체 대화방에서 여럿이 한 사람을 심한 욕설로 괴롭히거나 모욕적 언어로 못살게 구는 것도 그 시발은 어떤 사실을 강제로 인지시키려고 하는 데서 시작된다. 억지로 알아야 한다고 강박하는 것은 폭력이다. 그리고 알려주는 사실이란 것도 대부분 잘못된 것이다. 너는 잘 모르고 있는 것 같은데, 우리가 제대로 가르쳐주지. 똑바로 알아두라고! 이렇게 강압한다. 이를테면 내가 오늘 친구에게 숙제 내용을 실수로 잘못 알려준 것을 가지고, 그들은 왜곡하여 말한다. '너는 오늘 친구를 속였다, 너는 사기꾼이다.' 이렇게 말하면서 이 사실을 네가 모르고 있으면 안 된다고 괴롭힌다. 선생님에게 예절을 갖추어 공손히 대한 것을 두고, '너는 선생의 비위나 맞추려 드는 아첨꾼이다. 우리는 모두 그렇게 알고 있다.'고 말한다. 나는 이 사실을 인정할 수도 없을뿐더러 그들이 말하는 것 자체를 알고 싶지 않다. 단체 대화방의 강제적 메시지에 시달려본 사람에게는 '모를 권리'가 간절하다.

학생들을 지도하는 일에도 학생들의 '알 권리'와 '모를 권리'는 꼬리에 꼬리를 물고 제기된다. 학생들의 자아와 인권을 존중해주려고 할수록 학생들의 '알 권리'와 '모를 권리'는 무수히 수면 위로 떠올라 온다. 그리고 그 장면 장면마다 교사는 지혜로운 판단을 내려야 한다. 대부분의 학교 폭력 사태나 이로 인한 학부모 갈등에는 '알 권리'와 '모를 권리'가 어기차게 비집고 든다. 당연히 알아야 할 사실을 우리 쪽만 모르고 있었다. 이런 일은 선생님이 미리 알려주셨어야 하는 것 아니냐 등은 '알 권리'를 내세우는 쪽이다. 그걸 우리가 알아야 할 이유가 뭡니까. 우리가 모르고 있다는 것을 인정해주세요. 이는 가해자와 피해자 간의 '모를 권리'에 대한 다툼이다. 이 소용돌이 속에서 선생님들은 고초를 겪는다.

4

얼핏 보면 '알 권리'는 사회적 가치를 중시하는 권리인 것 같고, '모를 권리'는 개인적 자유를 지향하는 권리인 것 같다. 그러나 '알 권리'와 '모를 권리'는 서로 배타적이지 않다. 이 둘은 서로 맞물려 발전하는 관계에 있다.

'알 권리'는 '모를 권리'에 대해서 너그러웠으면 좋겠다. '알 권리'의 기세에 '모를 권리'가 주눅 들지 않도록 했으면 좋겠다. '모를 권리'는 '알 권리'의 효용을 좀 더 폭넓게 이해해주었으면 좋겠다. 현대사회는 '알 권리'를 통해 '모를 권리'가 인정받고, '모를 권리'를 통해서 '알 권리'가 신장되는 선순환 구조를 요청한다.

우리는 백색의 밝음 아래에서만 살 수 없다. 그렇다고 암흑의 시공에서만 살 수도 없다. 낮과 밤이 다 필요하다. 그래야 삶의 전체 리듬이 살아난다. 이렇게 보면 '알 권리'와 '모를 권리'도 낮과 밤의 조화로 유추될 수 있다. 두 권리는 인간의 존엄과 공동체의 건강을 위해서 모두 필요하다. '알 권리'와 '모를 권리'가 기막힌 조화와 균형을 이루는 사회가 선진 민주사회의 진면목이라는 생각을 하게 된다.

언어적 **인간**
인간적 **언어**

■ ■ ■

인간의 삶이 곧 언어의 생태계일 때,

인간의 마음은 언어를 어떻게 정련하는가.